Klaus Kordon · Hände hoch, Tschibaba!

Klaus Kordon

1943 in Berlin geboren, mehrere Jahre in verschiedenen Berufen, dann Abitur auf der Abendschule, Fernstudium der Volkswirtschaft. 10 Jahre Exportkaufmann mit Reisen in Europa und nach Asien und Afrika. 1973 nach einjähriger politischer Haft aus der DDR in die BRD übergewechselt. Seit 1980 freiberuflicher Schriftsteller. Zahlreiche Veröffentlichungen (Erzählungen, Lyrik, Kinder- und Jugendbücher) wurden in verschiedene Sprachen übersetzt und mit namhaften nationalen und internationalen Preisen bedacht. Außerdem Arbeit für Rundfunk und Fernsehen sowie als Herausgeber und freier Lektor.

Klaus Kordon

Hände hoch, Tschibaba!

Geschichten von damals und heute
Illustriert von Horst Wolniak

Erika Klopp Verlag

CIP-Kurztitelaufnahme der Deutschen Bibliothek
Kordon, Klaus:
Hände hoch, Tschibaba! Geschichten von damals u. heute /
Klaus Kordon. – Berlin: Klopp, 1985.
ISBN 3-7817-1073-4

Graphische Gesamtausstattung von Horst Wolniak

Alle Rechte vorbehalten, besonders die des Nachdrucks, gleich in welcher
Form, des Vortrags, der Übersetzung, der Verfilmung, der Wiedergabe in
Rundfunk- und Fernsehsendungen sowie durch Schallplatten und andere
Tonträger
© 1985 by Erika Klopp Verlag GmbH, Berlin
Printed in Germany
Satz: IBV Satz- und Datentechnik GmbH, Berlin
Druck: Druckhaus Langenscheidt KG, Berlin
Lithographie der Innenillustrationen und des Einbandbezuges:
Brandt & Vejmelka, Berlin
Auflagenkennzeichnung (letzte Ziffern maßgebend)
Auflage: 5   4   3   2
Jahr: 1989   88   87

Inhalt

Paule Glück (1904)	11
Luise (1917)	23
Jacobs Rettung (1923)	31
Eisern, Emil, eisern! (1932)	47
Hände hoch, Tschibaba! (1941)	69
Trümmerkutte (1948)	95
Fahren wir zum Alex (1953)	125
Mach die Augen zu und spring! (1961)	151
Unsere Gegend (1969)	189
Im 31. Stock (1974)	215
Brief für Benno (1981)	231
Ich bin keine Ente (1984)	245
Zeittafel	281

1904

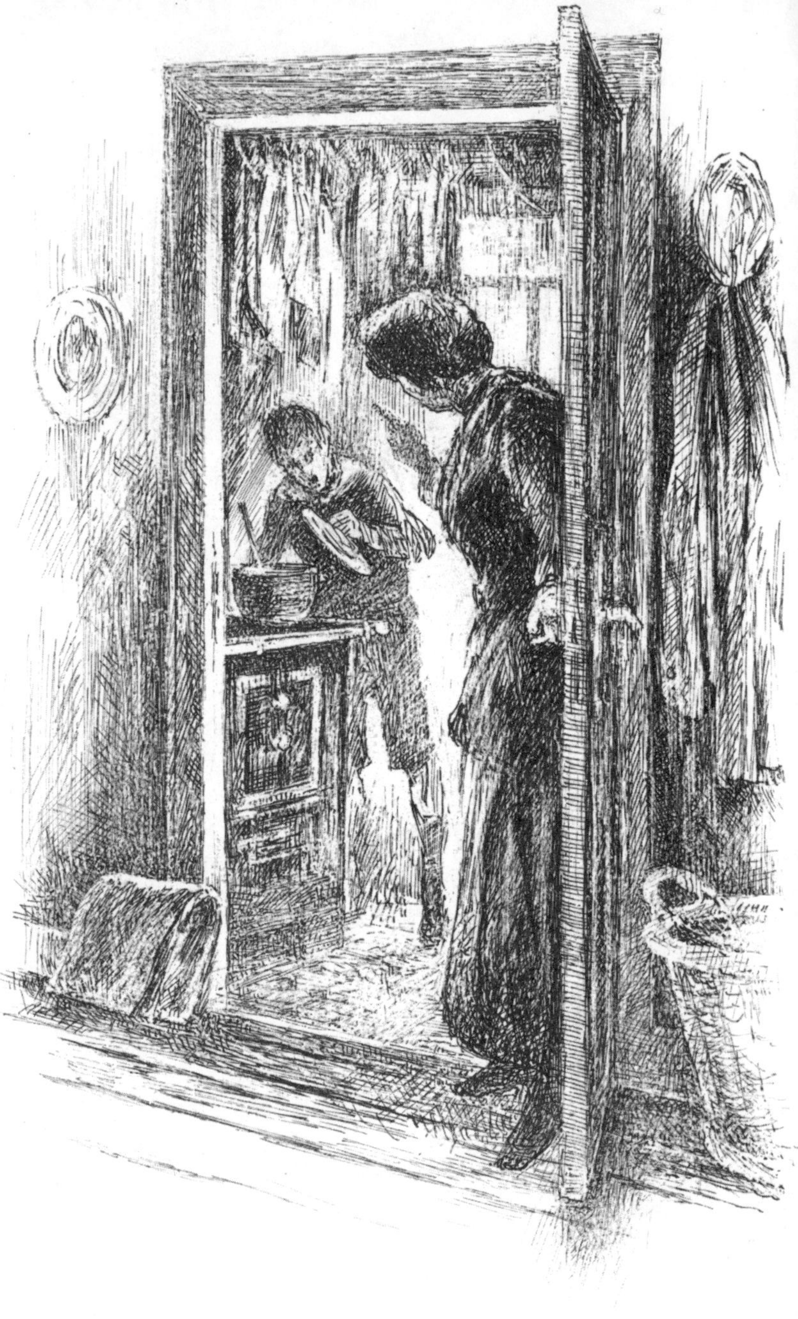

Paule Glück

Neumann, Meyer, Persicke – Zeitung in den Briefschlitz, kurz an der Klingel gedreht und weiter.

Paul flitzt die drei Treppen wieder hinab und aus der Haustür hinaus. Auf der Straße ist es noch dunkel, die Gaslaternen leuchten schwach. Und es regnet immer noch.

Nr. 24. Hier braucht er nur bis in den zweiten Stock hinauf.

Ottmar Schulze. Zeitung in den Schlitz, Klingel gedreht und runter.

Er hat es mal ausgerechnet. Um seine fünfzig Zeitungen loszuwerden, muß er in neunundzwanzig Häuser, muß er insgesamt siebenundsechzig Stockwerke hoch und wieder runter. Aber das geht noch. Wenn er jedesmal bis in den vierten Stock hoch müßte, wären das einhundertsechzehn Stockwerke.

Johannes Schneider. Der letzte. Das geizige Schneiderlein, wie er ihn heimlich nennt, weil er ihm nicht mal zu Weihnachten einen Pfennig Trinkgeld gibt.

Wieder auf der Straße, muß Paul sich sputen. Vom letzten Kunden bis zur Schule braucht er genau zehn Minuten, er hat aber nur noch acht Minuten Zeit.

Er schafft es nicht. Als er auf dem Schulhof angelangt ist, sind die Klassen schon in dem roten Backsteingebäude verschwunden. Er hetzt durch die Flure. Vielleicht schafft er es ja noch, in der Klasse zu sein, bevor die Tür geschlossen wird.

Er kommt zu spät, muß klopfen und steht dann vor Herrn Heinrich, der ihn nur ansieht und seufzt: „Also du wieder mal!"

Herr Heinrich gehört nicht zu den Lehrern, die wegen jeder Kleinigkeit den Rohrstock aus dem Schrank holen und die Schüler bestrafen, indem sie ihnen den Stock einmal oder mehrmals über die ausgestreckten Hände ziehen. Herr Heinrich schlägt nur, wenn ihm einer richtig frech kommt. Deshalb kann Paul sich ungestraft in seine Bank verziehen.

Herr Heinrich ist Geschichtslehrer, deshalb hat er es, wie er oft sagt, besonders schwer. Die Gemeindeschüler behalten einfach die Zahlen nicht. Will er wissen, wann Friedrich der Große geboren wurde, wann er starb oder wann er welche Kriege führte, kann er fragen, wen er will, da zieht er nur Nieten. Wenn er Lehrer auf einem Gymnasium wäre oder wenigstens an einer Mädchenschule unterrichten würde, sagt er oft, hätte er es leichter. Die Jungen an dieser Schule würden ihn noch einmal frühzeitig unter die Erde bringen.

Paul behält die Zahlen auch nicht. Und er behält auch das andere nicht. Er ist, wenn er endlich in seiner Bank sitzt, jedesmal todmüde. Er ist dann ja schon seit drei Stunden auf den Beinen.

„Hefte auf!"

Paul schlägt sein Heft auf, tunkt den Federhalter in das Tintenfaß in der Bank und wartet auf das, was Herr Heinrich gleich diktieren wird. Als es soweit ist, schreibt er mit. Wieder Zahlen, wieder Kriege, Könige, Schlachten. Paul denkt daran, wie der Vater die Mutter am Abend angeschrien hat. Das Geld reicht nicht, die Mutter kommt damit nicht aus. Der Vater sagt, sie muß damit auskommen, andere Frauen schafften das auch.

Herr Heinrich hat zu Ende diktiert. Nun erläutert er, was die Jungen aufgeschrieben haben. Paul schließt die Augen, ein ganz klein wenig schlafen möchte er jetzt. Wirklich, nur ein wenig. Zwei Minu...

„Glück!"

Paul fährt auf. Herr Heinrich hat ihn was gefragt. Zögernd steht er auf und stellt sich neben seine Bank.

„Hast du wieder geschlafen?"

Paul schüttelt den Kopf.

„Antworte gefälligst!"

„Nein. Ich habe nicht geschlafen."

„Und was habe ich dich gefragt?"

Paul schielt zu Berthold hinunter, doch der wagt nicht einmal, ihn anzugucken.

Herr Heinrich geht an den Schrank und holt den Stock. Zu spät kommen und dann auch noch im Unterricht einschlafen ist zuviel, das kann er sich nicht gefallen lassen.

„Hände vor!"

Paul streckt die Hände aus und beißt sich auf die Lippen. Hinter ihm wispert Hugo: „Glück hat wieder mal Pech gehabt." Paul denkt daran, daß Hugo schon lange eine Abreibung verdient hat, dann saust der Stock nieder, durchzuckt ihn ein heftiger Schmerz.

Herr Heinrich ärgert sich darüber, daß Paul ihn zu dieser Strafe gezwungen hat. „Zweimal sitzengeblieben und immer noch nicht aufgewacht", schimpft er. „Was soll bloß mal aus dir werden?"

Paul ist froh, daß Herr Heinrich es bei einem Schlag bewenden läßt. Wäre ihm das beim ollen Krause passiert, hätte er allein für das Zuspätkommen drei kassiert.

„Paule Glück! Blödes Stück! Paule Glück! Blödes Stück!"

Der dicke Jacob hat das gerufen. Aus dem Küchenfenster im dritten Stock guckt er. Paul ballt die Faust und droht ihm, Jacob aber lacht nur und tippt sich an die Stirn.

Paul überquert auch den zweiten Hof und betritt den Seitenaufgang, um in den ersten Stock hochzusteigen.

„Da biste ja endlich." Mutter ist schon angezogen. Wie jeden Tag hat sie es eilig. Sie muß in die Friedrichstraße, um dort in Restaurants zu putzen, die erst am Abend öffnen. Sie ist froh, daß sie diese Stelle hat, denn so kann sie, solange er in der Schule ist, auf die Kleinen aufpassen.

Paul guckt in den Topf. Gelbe Erbsen gibt es, aber Fleisch ist keines drin.

„Paß auf Kurtchen auf!" ruft Mutter in der Tür. „Es geht ihm nicht gut."

Paul geht in die Schlafstube. Der kleine Bruder liegt im Bett und wimmert leise. Fritz und Franz, die Zwillinge, spielen auf dem Fußboden Murmeln. Ein Astloch in der Diele ist der Topf. Olga guckt zu, freut sich, wenn die Zwillinge sich streiten.

Paul nimmt den Zwillingen die Murmeln weg. „Geht auf den Hof, wenn ihr murmeln wollt."

Franz versucht, Paul die Murmeln wieder abzujagen. Eine

Zeitlang läßt Paul den kleineren Bruder seine Kräfte an ihm ausprobieren, dann reicht es ihm, und er schubst Franz weg. Vor Wut plärrt der nun, und Kurtchen fällt ein, als hätte er nur darauf gewartet.

„Auf den Hof!" schreit Paul die Zwillinge an.

„Aber draußen regnet's", wendet Fritz schüchtern ein.

„Dann setzt euch in die Tür. Hier kann ich euch nicht gebrauchen." Er kann sie wirklich nicht gebrauchen. Es ist viel zu eng in der Stube.

Wütend ziehen Fritz und Franz ab.

Olga streckt Paul die Zunge heraus. Sie will ihn ärgern, will, daß er sich auch mit ihr beschäftigt.

„Du haust auch ab!" ordnet Paul an.

„Ich hau nicht ab!"

Paul stürzt auf Olga los, zieht sie hoch, bugsiert sie aus der Tür. Dann dreht er den Schlüssel herum und läßt sie im Flur schimpfen.

Kurtchen plärrt noch immer. Paul nimmt ihn hoch und riecht an seinem Hintern.

Die Windeln sind voll! Aber das ist nicht erst jetzt passiert, das war schon, bevor er kam. Sicher hatte Mutter keine Zeit mehr nachzusehen...

Kurtchen ist gewickelt und schläft, und Olga ist zu ihrer Freundin Grete gegangen. Paul sitzt in der Küche und ißt den Rest Erbsen, die nun schon fast kalt sind. Aber noch mal Feuer im Herd zu machen, lohnt nicht. Sie haben kaum noch Kohlen, und wer weiß, wie lange es noch dauert, bis es endlich wärmer wird.

Als er alles aufgegessen hat, wird er müde. Er legt die Arme auf den Tisch und den Kopf obendrauf und träumt. Er träumt gern mit offenen Augen. Das macht Spaß, das ist beinah wie verreisen. Was er will, kann er sich vorstellen, und meistens denkt er dann an Onkel Philipps Garten... Ein Garten ist das schönste, was es gibt. Besonders im Sommer. Wenn ihn wirklich mal einer fragte, was er werden wolle, würde er Gärtner sagen. Aber Herrn Heinrichs Frage: „Was soll bloß mal aus dir werden?" war keine richtige Frage, war nur so ein Vorwurf. Er sagt das zu jedem Jungen, über den er sich ärgert.

Gärtner sein bedeutet, den ganzen Tag an der frischen Luft sein, Blumen pflanzen, Bäume setzen, Sträucher beschneiden, Parks anlegen... Und Onkel Philipp hat gesagt, Gärtner könne auch einer werden, der schon zweimal sitzengeblieben ist. Zum Gärtnerberuf gehöre nicht soviel Verstand, zum Gärtnerberuf gehöre vor allen Dingen Liebe...

„Paule!"

Das ist Franz' Stimme! Paul geht zum Fenster und schaut in den Hof hinunter.

Der dicke Jacob! Er hat Fritz im Schwitzkasten.

Paul rast die Treppe hinunter, sieht Jacob flüchten, läuft ihm nach und erwischt ihn gerade noch vor dem Hofdurchgang. Er schlägt ihm die Faust ins Gesicht, reißt ihn zu Boden und stürzt sich auf ihn, um weiter auf ihn einzudreschen. Die Zwillinge feuern ihn an, aber Paul ist auch so wütend genug; er läßt erst von Jacob ab, als der Rotzblasen und Dreierschnecken heult. „Wehe, du faßt noch mal einen von meinen Brüdern an!" droht er ihm. „Und wehe, du rufst mir noch mal aus'm Fenster nach!"

Jacob wischt sich das Blut aus dem Gesicht und guckt finster. „Das sag ich Heini", heult er.

Mutter kommt. Müde setzt sie sich auf den Küchenschemel und reibt sich im Schein der Petroleumlampe die schmerzenden Beine. „Ist Vater noch nicht da?"

Paul schüttelt stumm den Kopf. Er hat inzwischen Feuer im Herd gemacht, abgewaschen und immer wieder Kurtchen gewickelt. Noch dreimal hat er eingekackt. Die ganze Wohnung stinkt nach seinen Windeln.

„Kurtchen hat Dünnschiß."

„Auch das noch!" seufzt Mutter.

Fritz und Franz prügeln sich im Flur. Mutter geht in den Flur, zerrt sie auseinander, verpaßt beiden eine Ohrfeige und läßt sie heulen. Dann geht sie zu Kurtchen, um nach ihm zu sehen. Paul schaut ihr zu. Kurtchens Hintern ist ganz rot, er schreit schon, wenn sie ihn nur berührt.

„Lauf man schnell zu Frau Moll." Mutter runzelt die Stirn. „Hol Salbe."

„Haste Geld?"

„Laß anschreiben."

„Aber Frau Moll sagt, sie schreibt nichts mehr an."

„Und was sollen wir tun?" schreit Mutter da plötzlich los. „Sollen wir warten, bis Kurtchen so wund ist, daß wir das nackte Fleisch sehen?"

Paul dreht sich um und geht. Auf der Treppe trifft er Olga, die in die Wohnung will. „Komm mit", sagt er. „Du mußt heulen."

Olga kann prima heulen. Frau Moll, die sich erst hart und

abweisend zeigt und ihnen immer wieder den Zettel mit dem Namen Glück hinhält, auf dem schon so viele Schuldbeträge eingetragen sind, wird langsam weich. Sie will Paul und Olga, die ununterbrochen heult und dabei immer lauter wird, aus dem Laden haben. „Nun geht schon", schimpft sie. „Ich kann nichts mehr anschreiben."

„Aber Kurtchen", sagt Paul. „Man sieht schon das nackte Fleisch..."

Und Olga heult wieder auf wie eine Sirene.

„Ach herrje!" stöhnt eine Kundin. „So 'n kleener Wurm!"

Frau Moll greift ins Regal und legt die Dose mit der Salbe vor Paul hin. „Aber das ist das letzte Mal. Ich bin kein Wohltätigkeitsverein, versteht ihr?"

Paul und Olga sind schon draußen. Olga wischt sich die Tränen ab und hüpft neben dem Bruder her. „Ich kann heulen, da kommt keiner mit", bejubelt sie sich selbst. Paul lacht nur.

Erwin sitzt bei Mutter in der Küche. Er ist einer von Vaters Kollegen. Und Mutter sitzt daneben, blaß und stumm. Paul legt die Salbe auf den Tisch und setzt sich dazu. Olga guckt erst dumm, dann verschwindet sie in der Schlafstube. Sie weiß, wenn die Erwachsenen so aussehen, reden sie erst, wenn die Kinder nicht mehr dabei sind.

„Ist was mit Vater?" fragt Paul, als Olga fort ist.

Erwin nickt. „Sie haben ihn entlassen... und jetzt sitzt er beim dicken Karl und besäuft sich."

Entlassen? „Und... warum?"

„Warum?" Erwin lacht höhnisch. „Er hat's Maul aufgemacht, hat gesagt, daß er mit seinem Geld nicht auskommt; daß er ja schon ohne Schutzvorrichtung arbeitet, um mehr zu verdienen, daß es aber trotzdem nicht reicht."

Also hatte Vater die Schutzvorrichtung doch nicht benutzt, obwohl er wußte, wie gefährlich die neue Stanze ist. Voriges Jahr hatte ein Kollege seine Hand verloren – an der gleichen Maschine. Und Vater hatte Mutter versprochen, nicht so unvorsichtig zu sein...

„Ich hole ihn nicht", sagt Mutter. „Meinetwegen kann er sich totsaufen."

„Wir werden uns das nicht länger gefallen lassen", sagt Erwin leise. „Wir lassen uns nicht länger wie den letzten Dreck behandeln. Einmal Mund aufmachen – und schon fliegt man! Wo gibt's denn so was? Wenn das noch mal passiert, streiken wir."

„Wegen einem einzigen?" Mutter guckt skeptisch.

„Nicht wegen einem einzigen. Heute war es Kurt, morgen ist's ein anderer, übermorgen bin ich es. Wir dürfen nicht so mit uns umspringen lassen."

Mutter zuckt nur müde die Achseln. „In zwei Wochen ist die Miete fällig. Wir sind schon zwei Monate im Rückstand. Kannst du mir sagen, wie ich die bezahlen soll? Und noch dazu, wo er jetzt auch noch die letzten Pfennige versäuft? Anstatt an uns zu denken."

„Er denkt an euch", widerspricht Erwin. „Deshalb säuft er ja." Und dann wendet er sich Paul zu. „Wenn du willst, könntest du was zuverdienen. Das mit den Zeitungen bringt doch zu wenig."

„Ich? Wo denn?"

„In der Heizung. In Halle A suchen sie 'nen Kohlenjungen; einen, der dem Heizer die Kohlen rankarrt. Wenn du willst, sprech ich mit dem Meister, dann kriegste die Stelle. Is 'n Freund von mir."

Paul nickt nur. Mutter sieht ihn an, sagt aber nichts.

„Und wann kannste anfangen?" will Erwin noch wissen.

„Sofort", sagt Mutter. „Ist ja bald Ostern, dann muß er sowieso von der Schule."

Erwin steht auf. „Dann komm morgen um zehn mal vorbei." Er streckt erst Paul die Hand hin, dann Mutter. „Kopf hoch", sagt er dabei zu ihr. „Wir schaffen das schon."

Als Erwin gegangen ist, schlägt Mutter die Hände vors Gesicht und heult los. „Auch noch das letzte Geld versaufen! Womit habe ich das bloß verdient!"

Paul geht zur Tür. „Ich hole Vater."

Mutter nickt müde. „Aber laß dich nicht abwimmeln. Auch wenn er dich schlägt. Wir brauchen das Geld."

Paul steigt durch das dunkle Treppenhaus in den Hof hinab, der nicht ganz so dunkel ist, weil hinter vielen Fenstern schon die Petroleumfunzeln blaken, und geht langsam durch den Hofdurchgang.

Das mit dem Gärtner war Quatsch, das hat er immer gewußt. Er hat nur davon geträumt. Und Träume sind Schäume, wie Vater immer sagt.

Auf der Straße wendet er sich nach links. Seine Schultern straffen sich, er ballt die Fäuste. Er muß all seinen Mut zusammennehmen, denn nichts ist ekelhafter als besoffene Männer. Und besonders gemein werden sie, wenn einer kommt, um sie nach Hause zu holen. Trotzdem: Er wird nicht lockerlassen.

1917

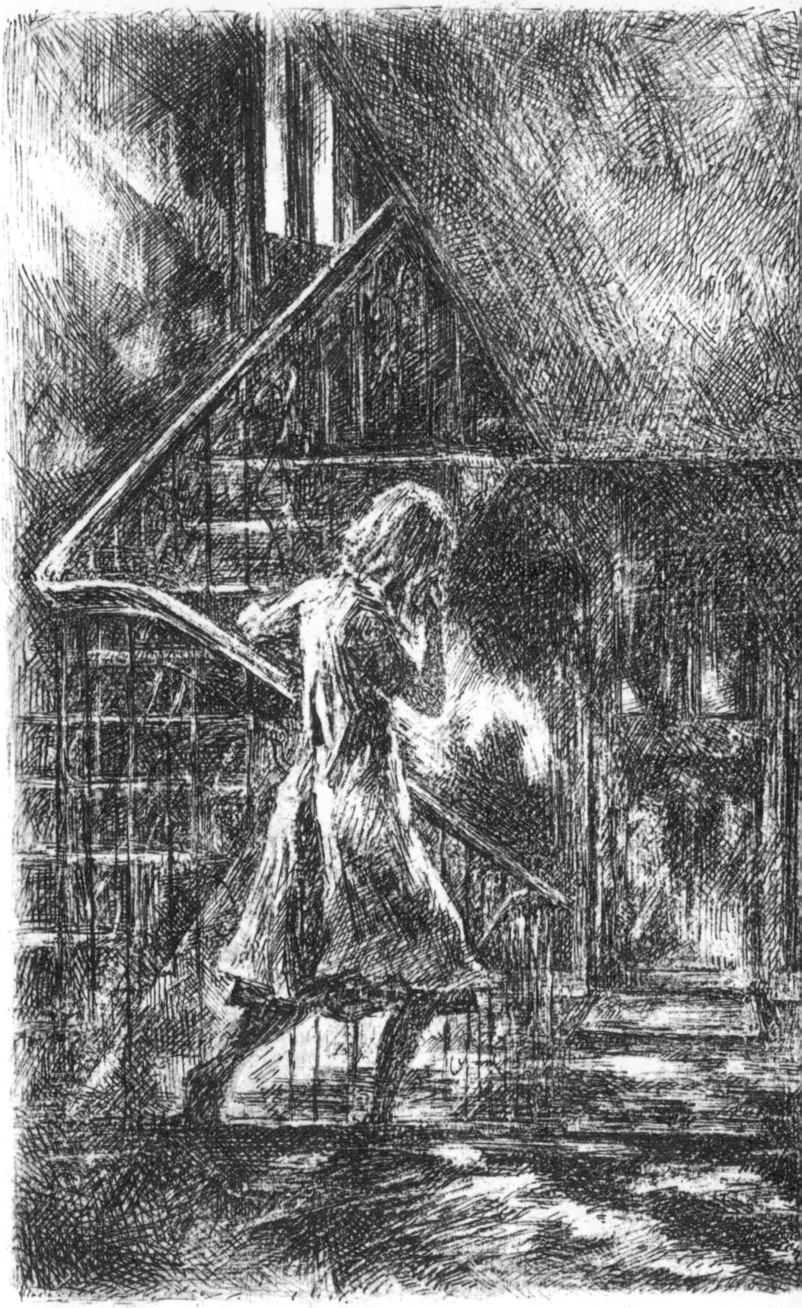

Luise

Die Kinder sitzen auf dem Rinnstein der gegenüberliegenden Straßenseite und schauen zum dritten Stock hoch. Noch immer brennt dort Licht, und manchmal glauben sie, einen Schatten hinter der Gardine zu erkennen. Seit fast einer halben Stunde ist der Doktor nun schon bei Luise, und sonst bleibt er nie länger als fünf Minuten, weil er ja so viele Patienten zu versorgen hat.

„Bestimmt stirbt sie", sagt Emmi leise.

„Aber warum denn?" fragt der kleine Kalle. Daß ab und zu mal einer stirbt, hat er schon mitbekommen, aber ausgerechnet Luise, die ihm das Trieseln beigebracht hat?

„Weil sie krank ist, warum denn sonst", weist Anna den kleinen Bruder zurecht. Auch wenn er erst fünf ist, so doofe Fragen darf er nicht stellen. Schließlich kommt der Leichenwagen ja seit Krieg ist und sie kaum noch was zu essen haben immer öfter in ihre Straße. Manchmal sogar zweimal an einem Tag.

„Und was hat sie?" Kalle ist nicht beleidigt. Anna ist zwölf, also eine richtige große Schwester, und Luise ist ihre beste Freundin. Sie macht sich Sorgen um sie, deshalb ist sie so ungeduldig.

„Sie hat die Motten." Emmi sagt das, und was sie damit

meint, weiß sogar Kalle: Luise hat Tbc*. Daran sterben viele Kinder.

Das Licht im Fenster geht aus. Anna steht auf und klopft sich den Rock ab. Dann geht sie mit Kalle an der Hand über die Straße, geht dem Doktor, der nun das Haus verläßt, entgegen. Emmi folgt ihr.

Der Doktor bleibt stehen. „Na", sagt er.

„Was is'n mit Luise?" fragt Anna.

Der Doktor seufzt. „Es ist vorbei."

Kalle lehnt sich an Anna und guckt den Doktor groß an. Der fährt ihm vorsichtig übers Haar. „Es ist besser so. Sie wäre ja doch nicht wieder richtig gesund geworden."

Mutter wäscht Kalle gründlich. Dazu hat sie ihn in der Küche in eine Schüssel warmes Wasser gestellt und die Tür zugemacht. Kalle geniert sich vor den Mädchen, die unter dem Wohnzimmertisch liegen und sich was erzählen.

Emmi gefällt es bei Anna. Sie besucht sie gern. Annas Eltern waren mal was Besseres, haben schöne Möbel aus der Zeit vor dem Krieg. Doch nun ist Annas Vater schon drei Jahre im Krieg, und Annas Mutter muß arbeiten gehen, wie alle anderen Frauen auch.

Als Kalle fertig ist, trägt Mutter ihn ins Bett. Aber Kalle springt, kaum ist sie in die Küche zurück, gleich wieder raus, will noch ein bißchen mit den beiden Mädchen spielen.

---

* Tuberkulose – chronische Infektionskrankheit, die im 1. Weltkrieg, bedingt durch die überaus schlechte Ernährungslage der Bevölkerung, zur häufigsten Todesursache wurde.

„Was willste denn spielen?" fragt Emmi.

„Doktor", sagt Kalle.

„Doktor?"

„Ja, du bist Luise, und ich bin der Doktor. Und Anna ist Luises Mutter."

„So was spiel ich nicht", schreit Anna. „Das ist gemein."

„Warum denn?" Emmi legt sich auf den Rücken und läßt sich von Kalle den Bauch aufschneiden. Weil das kitzelt, muß sie lachen. „Mutti! Mutti!" ruft sie. „Der Onkel Doktor kitzelt."

Aber Anna geht nicht darauf ein. Ganz starr sitzt sie da – und dann steht sie plötzlich auf und läuft fort.

„Wo willst du denn noch hin?" ruft Annas Mutter aus der Küche, aber Anna antwortet nicht. Sie will zu Luise, will Luises Mutter fragen, ob sie die Freundin noch einmal sehen darf. Die ganze Zeit hat sie schon daran gedacht, hatte gar nicht richtig zugehört, was Emmi ihr unter dem Tisch erzählte, jetzt will sie es tun. Sie steigt die Treppe hoch und klingelt bei Luises Mutter.

Es dauert lange, bis Anna Schritte hört. Erst als sie schon fast wieder gehen will, hört sie die Stimme von Luises Mutter hinter der Tür.

„Wer ist denn da?"

„Ich! Anna. Ich... ich will... ich wollte..."

Anna kann nicht sagen, was sie möchte, nicht durch die geschlossene Tür hindurch. Sie wartet, bis Luises Mutter geöffnet hat, und sagt leise: „Ich wollte fragen, ob ich Luise noch mal sehen darf."

Luises Mutter hat geweint. Ihre Augen sind rot umrändert.

Als sie Annas Wunsch hört, erschrickt sie. Doch dann öffnet sie die Tür ein wenig, um Anna einzulassen.

In der Küche sitzt Luises großer Bruder Hans. Er schaut trübe vor sich hin. Neben ihm hängt das Foto von Luises Vater, der voriges Jahr fiel, und darüber ein Orden an einem schwarzweißroten Band. Den Orden hatte Luises Vater bekommen, weil er so mutig war. Jedenfalls hat Luise das immer so erzählt.

„Komm!" Luises Mutter nimmt Annas Hand und führt sie in das Schlafzimmer.

Anna hält die Hand der Frau neben sich fest. Sie fürchtet sich. Aber sie zögert keine Sekunde, hinter Luises Mutter den dunklen Raum zu betreten.

Luise liegt im Bett. Auf ihrem Nachttisch brennt eine Kerze und beleuchtet ihr blasses Gesicht. Anna ist enttäuscht. Luise sieht gar nicht feierlich aus, liegt da, als schlafe sie nur.

Luises Mutter bekreuzigt sich. Sie ist eine fromme Frau, geht oft in die Kirche und hat in den letzten Tagen viel für Luise gebetet. Aber geholfen hat es nicht.

Anna tritt ganz nahe an Luise heran und findet nun doch, daß die Freundin feierlich aussieht, feierlich und fast ein wenig hochmütig. Das kommt, weil ihre Mutter ihr die Hände über der Brust zusammengelegt hat.

„Sie war ein so gutes Kind", sagt Luises Mutter leise, „war viel zu gut für diese Welt. Deshalb hat unser Herrgott sie zu sich geholt."

Anna nickt. Ja, so muß es gewesen sein. Warum sonst holt der liebe Gott so viele Kinder zu sich, die ja niemandem was getan haben? Strafe kann es nicht sein.

„Verabschiede dich von ihr", bittet Luises Mutter.

Anna nickt, aber sie weiß nicht, was sie sagen soll. Schließlich legt sie die Hände zusammen und tut, als ob sie betet. Sie weiß, daß das Luises Mutter gefällt, aber sie betet nicht richtig. Ihr fällt kein einziges Wort ein.

„Warst du bei Luise?" Annas Mutter sieht es Anna am Gesicht an, wo sie war. Anna nickt nur und geht ins Wohnzimmer, wo Emmi auf der Couch sitzt und auf sie wartet.

„Wie war's denn?" flüstert Emmi ihr zu, als dürfe Annas Mutter eine solche Frage nicht hören.

Anna weiß nicht, wie es war. Es war weder schlimm noch schön, es war nur traurig. Aber das kann sie nicht sagen, das ist ja klar, daß das traurig ist, wenn ein Kind gestorben ist.

Annas Mutter kommt ins Wohnzimmer. „Der Krieg", seufzt sie leise. „Dieser verfluchte Krieg!"

1923

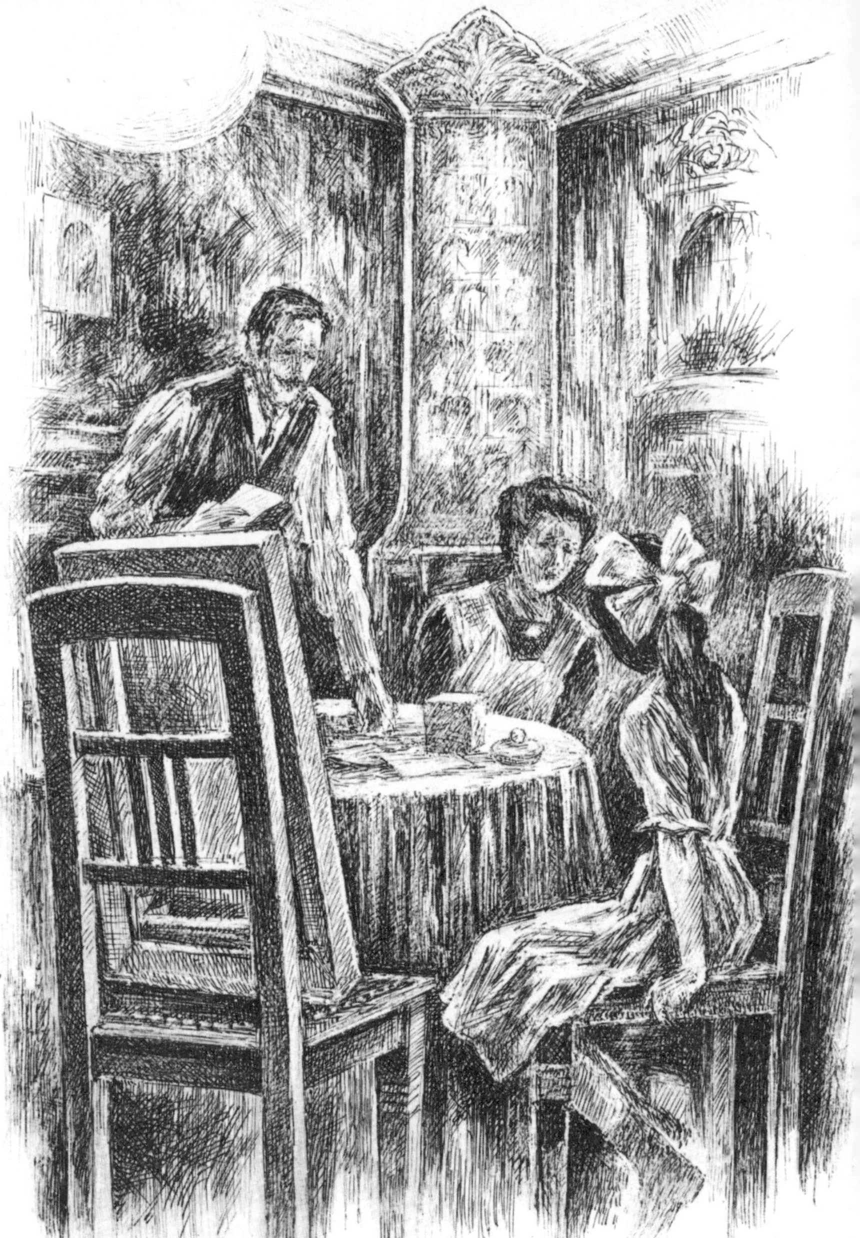

Jacobs Rettung

„Nun muß der Jacob doch weg." Mutter sagt es beim Abendbrot, und Vater nickt nur still. Lisa läßt den Löffel in die Suppe gleiten: Der Jacob soll weg? Sie muß husten, die Tränen steigen ihr in die Augen.

„Aber Elisabeth!" Mutter schaut Lisa vorwurfsvoll an. „Der Jacob ist doch bloß ein Bild."

Lisa steht auf, läuft in ihr Zimmer und verkriecht sich in den großen Ohrensessel, der früher Großmutter gehörte und der nun in ihrem Zimmer steht, weil sie ihn so liebt. Immer wenn sie unglücklich ist, flüchtet sie in ihren Lieblingssessel.

Bloß ein Bild, hat Mutter gesagt. Natürlich ist der Jacob nur ein Bild, aber solange Lisa denken kann, hängt das Porträt dieses pausbäckigen Jungen im Wohnzimmer über dem Sofa. Ihr ist, als kenne sie den Jungen mit dem weißen Spitzenkragen und dem grünen Wams richtig. Wenn sie einen kleinen Bruder hätte, müßte er so aussehen.

Vater liebt das Bild auch. Er hat einmal einen Bildband mitgebracht, in dem das Bild vom Jacob abgebildet war. *Johann Jacob Felsenau 1682–1735* stand darunter.

Der Junge hieß also in Wirklichkeit nicht nur Jacob, sondern Johann Jacob, und der Maler, der ihn gemalt hatte, hieß Carl August Schranz. Schranz wäre kein berühmter Maler, hatte Vater mal gesagt, aber doch ein sehr bekannter. Deshalb hätte das Bild inzwischen einigen Wert und müsse vorsichtig behandelt werden. Aber das alles hat Lisa nie interessiert, sie weiß nur, daß sie schon als ganz kleines Mädchen vor dem Bild stand und es lange ansah. Manchmal bildete sie sich dann ein, der Junge verzöge das Gesicht und blinzelte ihr zu. Sie konnte sich so sehr in das Bild versenken, daß ihr ein richtiger Schauer über den Rücken lief und sie in die Küche flüchten mußte. Jetzt steht sie nicht mehr vor dem Bild, aber wenn sie es zufällig mal anblickt, ist ihr noch immer, als lächle der Junge ihr zu. Sie muß sich richtig beherrschen, um nicht zurückzulächeln.

Der Jacob gehört zu ihr, gehört zur Familie, die Eltern dürfen das Bild nicht verkaufen.

Bertha kommt. Bertha ist Köchin, Dienstmädchen, eine Art Großmutter – alles zusammen. Vater nennt sie den guten Geist des Hauses. Und das ist sie wirklich.

Bertha nimmt Lisa in die Arme, wiegt sie und seufzt. Lisa schmiegt sich an sie. Sie weiß, Mutter hat Bertha geschickt. Das tut sie immer, wenn ihr was leid tut und sie trotzdem nicht nachgeben will. Bertha kann nicht nachgeben, Bertha kann nur trösten.

Mutter schaltet das Licht aus, sie will, daß Lisa früh schläft. Schlaf ist wichtig, sagt sie oft. Und meistens fügt sie dann vertraulich lachend hinzu: Wir Frauen müssen doch schön bleiben.

Bertha ist nicht schön und will auch nicht schön sein. Sie sagt, Schönheit ist was für die Herrschaft, ein Mädchen – und damit meint sie: ein Dienstmädchen – müsse nur ein gutes Herz haben und gut kochen können.

Lisa überlegt oft, was sie lieber sein möchte, wenn sie erwachsen ist, schön oder gut, aber sie kann sich nie entscheiden. Am liebsten wäre sie beides zusammen.

Vater kommt noch mal. Er setzt sich zu Lisa aufs Bett und fragt: „Wie alt bist du jetzt eigentlich?"

Natürlich weiß ihr Vater, wie alt sie ist, Lisa tut ihm trotzdem den Gefallen und sagt: „Elf."

„Elf Jahre also schon!" Er spielt den Überraschten. „So groß?"

Lisa weiß, weshalb er noch einmal gekommen ist. „Muß der Jacob wirklich weg?" flüstert sie.

„Ja. Wir können sonst nichts zu essen kaufen." Und dann fügt er ernst hinzu: „Du weißt, ich liebe den Jacob genauso wie du. Ich kenne ihn ja schon viel länger. Aber nun heißt es, er oder wir. Die Inflation..." Er bricht ab. Er glaubt, von dem, was er jetzt sagen wollte, versteht Lisa noch nichts. Doch das stimmt nicht. Kein Wort hat sie in der letzten Zeit öfter gehört als dieses: Inflation. Zaubert Bertha eine Suppe ohne Fettaugen auf den Tisch, eine, die nach nichts plus gar nichts schmeckt, heißt es: Ja, ja, die Inflation! Steht in der Zeitung, daß eine vierköpfige Familie den Gashahn aufgedreht hat, weil sie nicht mehr wußte, wie sie sich ernähren sollte, heißt es: Die verfluchte Inflation! An allem, was in diesen Tagen passiert, ist die Inflation schuld. Nur wegen der Inflation müssen die Eltern nach und nach ihre schönsten und wertvollsten Sachen verkaufen. Und nun auch den Jacob.

Anfangs hatte Lisa alles, was mit der Inflation zusammenhing, wahnsinnig interessiert. Sie konnte richtig zusehen, wie die Geldscheine immer größer wurden – und wie man immer weniger dafür bekam. Und Vater hatte erzählt, daß viele der Arbeiter und Angestellten der Fabrik, in der er einer der Direktoren war, ihren Lohn in Rucksäcken und Waschkörben nach Hause schaffen mußten, so viele Millionen verdienten sie. Wollten sie aber dafür was kaufen, ein paar Schuhe vielleicht, reichte es gerade mal für die Schnürsenkel. Und er hatte hinzugefügt, daß dreihundert Papierfabriken Tag und Nacht Millionen- und Milliardenscheine druckten, die, kaum getrocknet, schon wieder wertlos waren; es mußten noch mehr Nullen raufgedruckt werden. Die Arbeiter und Angestellten in Vaters Fabrik bekamen ihr Geld nicht mehr monatlich oder wöchentlich ausgezahlt, sondern täglich. Jeden Tag nach Feierabend nahmen sie ihre Beine in die Hand, um schnell noch was zu kaufen, bevor ihr Lohn überhaupt nichts mehr wert war. Aber auch das half nicht viel.

Wie Vater sein Geld bekam, wußte Lisa nicht, aber daß es nicht reichte, bemerkte sie auch, sonst hätten die Eltern nicht nach und nach alles verkauft: das silberne Besteck, Mutters Schmuck, das gute Meißner Porzellan – und nun auch den Jacob.

„Wir müssen sehen, wie wir durch die Zeit kommen", sagt Lisas Vater noch mal. „Wir haben ja nichts mehr. All unsere Ersparnisse sind nichts mehr wert, sind einfach futsch. – Oder willst du, daß wir hier wegziehen und uns eine billigere Wohnung nehmen?"

Das will Lisa nicht. Sie möchte gerne in der schönen Siebenzimmerwohnung am Tiergarten wohnen bleiben. Hier hat sie ihre Freundinnen, hier kennt sie sich aus. Vor den Arme-Leute-Straßen hat sie Angst. Deshalb schüttelt sie den Kopf, und Vater streichelt sie. „Wenn die Zeiten besser sind", sagt er, „kaufen wir den Jacob zurück."

Das Verkaufen der Wertsachen hat Bertha übernommen. Nicht, weil sie darin besonderes Geschick besitzt, sondern weil sie einen Bruder hat, der ihr alle diese Sachen abkauft, den Franz.

Bertha stammt, wie so viele Berliner Dienstmädchen, aus Oberschlesien und kam vor über dreißig Jahren auf dem Schlesischen Bahnhof an, gerade siebzehn Jahre alt und einen Karton mit ihrer Habe bei sich. Sie wechselte von Stellung zu Stellung, bis sie zu Lisas Großeltern kam. Dort widerfuhr ihr, wie sie Lisa oft erzählt hat, das Dienstmädchenglück: Sie war bei einer Herrschaft gelandet, die sie regieren ließ. Als erst der Großvater und dann die Großmutter gestorben war, zog sie zu den Eltern und Lisa.

Berthas Bruder Franz war erst nach Berlin gekommen, als der Weltkrieg schon vorüber war. Da er zwölf Jahre jünger war und noch dazu ein richtiger Filou, wie Bertha oft sagte, hegte sie keine besonders geschwisterlichen Gefühle für ihn. Als Bertha die Familie verließ, war er ja erst fünf. Und öfter als alle drei Jahre einmal konnte Bertha ihre Familie nicht besuchen. Das wäre ihr zu teuer gekommen. Trotzdem übernahm sie die Verantwortung für den jüngeren Bruder, half ihm, wo sie konnte. Aber bald merkte sie, daß Franz sie ausnutzte, daß er ihr jeden Pfennig abluchste, den er nur bekommen konnte. Sie ließ sich seltener bei ihm blicken, mied ihn längere Zeit richtig – bis die Inflation begann. Jetzt war es plötzlich umgekehrt, jetzt brauchte sie Franz, denn Franz blühte auf in dieser Zeit, wurde ein Geschäftemacher, kaufte und verkaufte alles, was ihm unter die Finger kam – vom silbernen Teelöffel bis zum Kronleuchter. Bertha brachte ihm, was ihre Herrschaft verkaufen wollte, und Franz kaufte es und zahlte mit amerikanischen Dollars. Dollars hatten Wert, für Dollars bekam man alles; wer Dollars hatte, überlebte.

Lisa ist noch nie mitgefahren, wenn Bertha zu ihrem Bruder Franz fuhr, der jetzt in der Linienstraße, nicht weit vom Alexanderplatz, eine große Wohnung bewohnt. Als sie aber sieht, wie Bertha den Jacob in ein Bettlaken wickelt, um ihn zu ihrem Bruder zu tragen, entschließt sie sich, dieses eine Mal doch mitzufahren. Sie will sehen, wo der Jacob hinkommt; obgleich sie natürlich weiß, daß er nicht lange bei Berthas Bruder Franz bleiben, sondern schon bald weiterverkauft werden wird.

Bertha zögert, als sie von Lisas Wunsch erfährt. „Ob das der gnädigen Frau recht ist?" fragt sie sich und Lisa.

„Frag sie doch", bittet Lisa.

Der Mutter ist es nicht nur nicht recht, daß Lisa mitfährt, sie ist sogar strikt dagegen. „Das sind Albernheiten", sagt sie. „Als Bertha meinen Schmuck weggetragen hat, bin ich auch nicht mitgegangen. Durch harte Zeiten muß man sich durchbeißen, da darf man nicht jammern."

Lisa schafft es aber dann doch, ihre Mutter zu erweichen. Sie kann das, so lange tränenlos heulen, bis Mutter weich wird. Und gleich nach dem Mittagessen, das eigentlich gar keines war, so mager war die Kost, die Bertha in der Speisekammer „zusammengefegt" hat, zieht sie sich an und begleitet Bertha auf ihrem schweren Weg. „Es ist jedesmal eine Demütigung", sagt das Dienstmädchen. „Aber was hilft's? Was sein muß, muß sein."

Es ist ein schöner Spätherbsttag. Das Laub der Bäume im Tiergarten hat schon an Farbe verloren, ist nur noch braun, raschelt im Wind und unter den Schritten. Bertha macht ein bekümmertes Gesicht und schweigt, und Lisa schweigt auch. Es gibt nichts zu reden.

Die Straßenbahn ist nicht sehr voll. Die Männer und Frauen dösen vor sich hin oder blicken auf die Straße. Auch Lisa schaut hinaus und beugt sich vor, wenn ein Auto sie überholt. Vielleicht sitzt Vater drin. Er läßt sich oft durch die Straßen chauffieren, wenn er zu einer geschäftlichen Besprechung muß.

Endlich haben sie die Linienstraße erreicht und steigen aus. Bertha geht ein Stück die Straße zurück und dann auf ein Haus zu, das schon von außen ein bißchen besser aussieht als die anderen. Bevor sie das Haus betritt, sagt sie zu Lisa: „Er wohnt im Vorderhaus." Sie sagt es sehr leise, und es klingt fast so, als wolle sie sich für irgendwas entschuldigen.

An der Tür steht *F. Hintze*. Das *F* kann Franz, Friedrich oder Fritz bedeuten, aber Lisa weiß, daß es Franz bedeutet.

„Du bist's." Ein schlanker Mann mit leicht angegrautem Haar und einem dunklen Schnurrbart steht in der Tür. Er gibt Bertha die Hand, küßt sie aber nicht, wie es sich, Lisas Meinung zufolge, für Geschwister eigentlich gehört.

„Das ist Elisabeth", sagt Bertha, um Lisa vorzustellen. „Ich hab dir ja schon von ihr erzählt."

„Ja, ja", sagt Berthas Bruder nur und geht vor Bertha und Lisa durch den dunklen Flur.

Bertha hat von ihr erzählt? Lisa hätte gerne gewußt, was Bertha ihrem Bruder über sie erzählt hat, aber natürlich kann sie das jetzt nicht fragen.

Es ist ein seltsames Wohnzimmer, in das der Mann seine beiden Besucher führt. Es ist nicht groß, aber so vollgestellt, daß man sich kaum rühren kann. Es sind teure Möbel, das sieht Lisa gleich, aber es sind viel zu viele; alles ist doppelt: die Schränke, die Tische, die Stühle. Und auf den Schränken und Tischen stehen und liegen viele Dinge, eingepackt oder auch nicht: Vasen, Kristallschalen, schwere Leuchter, Uhren, Schmuckkassetten und sogar ein Pelzmantel.

„Was haste denn diesmal?" Berthas Bruder setzt sich hinter einen kleinen Tisch, bietet aber weder Bertha noch Lisa einen Stuhl an. Bertha setzt sich trotzdem, und Lisa setzt sich neben sie.

„Ein Bild", sagt Bertha und wickelt den Jacob aus dem Laken.

Ihr Bruder ist sofort hellwach. „Von wem?"

Bertha zuckt die Achseln und legt den Jacob vorsichtig auf den kleinen Tisch. Doch ihr Bruder wirft nur einen flüchtigen Blick auf das Porträt, dann studiert er den Zettel, der die Echtheit des Bildes nachweist.

„Carl August Schranz? Nie gehört." Berthas Bruder ist enttäuscht.

„Es soll aber sehr wertvoll sein", sagte Bertha. Und Lisa,

die den Mann, der sich so wenig um den Jacob kümmert und nicht mal sagt, ob ihm das Bild gefällt oder nicht, immer weniger mag, fügt böse hinzu: „Es *ist* sehr wertvoll. Es ist eines der wertvollsten Bilder, die es gibt."

Berthas Bruder lächelt nur. „Geh doch mal einen Augenblick in den Flur, Kleine. Solche Geschäfte sind nichts für Kinder."

„Ich bin keine Kleine!" Lisa geht nicht, bleibt einfach sitzen. Berthas Bruder blickt ärgerlich auf seine Uhr. „Ich hab nicht mehr viel Zeit, tut mir leid."

„Bitte, Lisa", sagt Bertha da leise. „Geh in den Flur. Solche Geschäfte sind wirklich nichts für dich."

Lisa wirft noch einen Blick auf den Jacob, der ihr in dieser fremden Wohnung noch vertrauter und gleichzeitig traurig und irgendwie verloren erscheint, und geht in den Flur. Sie lehnt sich an einen der Schränke, die den Flur vollstellen, und spürt, wie ihr vor Wut und Trauer die Tränen kommen. Und dann denkt sie daran, wie ihr zumute sein wird, wenn sie ohne den Jacob nach Hause gehen muß, und wird immer unruhiger. Schließlich geht sie den dunklen Flur entlang und stößt die nur angelehnte Küchentür auf.

In der Küche ist es hell, die blasse Herbstsonne wirft einen breiten Streifen quer durch den Raum und über den Tisch. Und auf dem Tisch steht eine kleine Kassette, der Deckel ist hochgeklappt. Neugierig tritt Lisa näher und zuckt zurück: Die Kassette ist voller Dollars! Lauter Zehn-Dollar-Scheine liegen da aufeinander.

Lisa ist den Anblick von viel Geld gewöhnt. Milliarden- und Billionenscheine hat sie schon in der Hand gehabt, aber das war alles wertloses Zeug, Dollars sind was anderes. Ein einziger Dollar ist inzwischen schon mehr als zehn Billionen Mark wert, und in der Kassette da sind ein paar hundert, wenn nicht sogar ein paar tausend Dollar. Wenn sie nun einfach einige Scheine herausnimmt? Dann brauchen sie den Jacob nicht zu verkaufen... Und dieser Franz bemerkt das sicher nicht einmal, so viele Dollars hat er... Und die hat er ja auch an ihnen verdient; Bertha sagt es ja selber: Der Franz ist ein Gauner... Lisa ist noch am Überlegen, da greift sie schon zu. Hastig nimmt sie ein paar Scheine und schiebt sie sich in die Manteltasche. Dann geht sie schnell aus der Küche.

Sie kommt keine Sekunde zu früh. Eben geht die Tür zum Wohnzimmer auf. Verkauf ihn nicht, Bertha! will Lisa rufen, aber die Worte ersterben ihr im Mund: Bertha hat den Jacob wieder unter dem Arm. Und genauso sorgfältig in das Bettlaken gewickelt wie zuvor.

„Tut mir leid", sagt Berthas Bruder. „Wenn du Silber hast oder Gold oder antike Möbel, gerne. Aber so ein Bild ohne Namen? Ich kann dir dafür nicht mehr bieten. Nachher bleib ich darauf sitzen. So dicke hab ich's auch nicht."

Lisa weiß, daß Berthas Bruder lügt, sie hat ja die Kassette gesehen, aber sie sagt nichts, sie ist ja froh, daß sie den Jacob nicht hierlassen. Deshalb geht sie schnell vor Bertha die Treppe hinunter.

„So ein Schubiack!" schimpft Bertha, als die beiden dann wieder an der Straßenbahnhaltestelle stehen. „Weißt du, was er mir für den Jacob geben wollte? Zehn Dollar! Das ist nichts, überhaupt nichts! Unter fünfzig Dollar darf ich nicht gehen, hat dein Vater gesagt. Zehn ist einfach eine Frechheit."

Die Dollars! Lisa greift in die Manteltasche. Ob sie Bertha davon erzählen soll? Immerhin ist dieser Franz ja ihr Bruder... Aber sie muß es ihr sagen. Wie soll sie denn sonst den Eltern das Geld zukommen lassen.

„Bertha!" Lisa muß plötzlich weinen. Und das mitten auf der Straße.

„Was ist denn, Kindchen?" Bertha ist sofort besorgt.

„Ich... ich..." Lisa kann nicht sprechen. Sie greift in die Tasche und hält Bertha die Dollarscheine hin.

„Lisa! Wo hast du die denn her?"

Bertha ist ganz blaß geworden. Sie nimmt Lisa an der Hand und zieht sie in eine Haustürnische. Daß gerade die Straßenbahn kommt, interessiert sie nicht mehr.

„Ich... ich...", fängt Lisa wieder an, aber es geht noch nicht.

„Hast du sie... von ihm? Hast du sie ihm... gestohlen?"

Lisa nickt. Und dann fallen ihr auch die richtigen Worte ein. Sie erzählt Bertha von der offenen Kassette und den vielen, vielen Dollars und sagt, daß der Franz die ja auch an ihnen verdient hat und daß sie gar nicht anders konnte, als zuzugreifen.

Bertha lehnt sich mit dem Rücken an die Haustür und überlegt. Lisa kann richtig sehen, wie es in ihr arbeitet. Dann sagt Bertha: „Du wolltest den Jacob retten, nicht wahr?"

Lisa schluckt und nickt. Sie hält noch immer das Geld in der Hand und möchte es nun doch gerne loswerden.

Bertha nimmt das Geld und zählt es. „Siebzig Dollar", sagt sie leise. „Das wäre ein anständiger Preis gewesen."

Lisa lehnt sich an Bertha. Sie ist so froh, daß Bertha nicht schimpft. Und vor allem, daß Bertha nun entscheiden wird, wie es weitergehen soll. Denn das ist ihr jetzt klar: Sie hat einen Diebstahl begangen, einen richtigen Diebstahl! Erwachsene kommen dafür ins Gefängnis.

„Wenn wir ihm das Bild nun hochbringen, einfach an die Tür stellen", überlegt Bertha. „Dann hat er das Bild – und wir das Geld."

Den Jacob? Dann war ja alles umsonst! „Bring ihm doch lieber das Geld zurück", bittet Lisa.

Bertha betrachtet das Geld in ihrer Hand. „Aber wir brauchen es. Wir haben nichts mehr zu essen."

Da kommt Lisa eine verrückte Idee: Können sie denn nicht das Geld und das Bild behalten? Vielleicht merkt Berthas Bruder gar nicht, daß Geld fehlt. Und Bertha ist ja seine Schwester. Er hat ihr schon so viel Geld abgeluchst, warum soll sie ihm denn nicht auch mal...

„Ich weiß genau, was du denkst!" Berthas Stimme klingt ermahnend – und nachdenklich.

Lisa antwortet nichts. Sie sieht Bertha nur an.

„Kind! Du bringst einen auf Ideen!" Bertha schüttelt über sich selbst den Kopf. „Was sollen wir denn deinem Vater sagen, wenn wir den Jacob zurückbringen und trotzdem Geld haben?"

„Wir... wir können den Jacob ja verstecken. Oder du sagst, dein Bruder hat dir das Geld geschenkt."

Bertha schüttelt wieder den Kopf. „Das glaubt er mir nicht, ich hab ihm zuviel über Franz erzählt."

Und verstecken? Dazu hat Bertha bisher noch nichts gesagt. Aber Lisa wagt nicht, danach zu fragen. Wieder beobachtete sie das Dienstmädchen nur – und sieht, wie Bertha die Lippen aufeinanderpreßt, wie ihr Gesicht immer entschlossenere Züge bekommt, bis sie das Geld schließlich einsteckt und sagt: „Komm! Er hat uns schon so oft reingelegt, nun haben wir den Spieß halt mal umgedreht."

Sie gehen bis zur Straßenbahnhaltestelle vor und warten auf die nächste Bahn. Sie stehen da und schweigen und fühlen sich beide nicht sehr behaglich in ihrer Haut. Aber dann sagt Lisa: „Ich werde es bestimmt nicht wieder tun."

„Du?" wundert sich Bertha. „Wieso du? Das ist ganz allein meine Sache, hörst du? Du hast damit nichts zu tun." Sie guckt Lisa prüfend an und fügt leise hinzu: „Das heißt, gehören tut der Jacob nun uns beiden. Wenn wir nicht wollen, kann ihn keiner mehr verkaufen."

„Und wo verstecken wir ihn?" fragt Lisa neugierig.

„Unter meinem Bett", erklärt Bertha. „Da guckt niemand nach – außer Bertha, wenn sie putzt." Sie muß schmunzeln, wird aber gleich wieder ernst. „Du darfst mich nur nicht verpetzen, sonst bin ich meine Stellung los."

Lisa wird Bertha ganz bestimmt nicht verpetzen.

„Gut!" Bertha nimmt Lisas Hand und steigt mit ihr in die Straßenbahn ein, die mit laut quietschenden Bremsen vor ihnen gehalten hat. Sie finden zwei freie Sitzplätze und setzen sich. Der Schaffner bimmelt die Bahn ab, sie setzt sich ruckend wieder in Bewegung. „Später, wenn wir wieder normale Zeiten haben, erzählen wir deinen Eltern die ganze Sache", flüstert Bertha Lisa zu, als der Schaffner kassiert hat. „Du wirst sehen, dann loben sie uns für unsere Tüchtigkeit."

Lisa nickt strahlend, aber ganz zufrieden ist sie noch nicht.

„Was hast du deinem Bruder denn eigentlich über mich erzählt?" fragt sie das Dienstmädchen.

Bertha weiß nicht recht, was Lisa meint, aber dann erinnert sie sich und muß herzhaft lachen. „Ich hab ihm gesagt, daß du ein besonders liebes Mädchen bist. Na und? Stimmt das etwa nicht?"

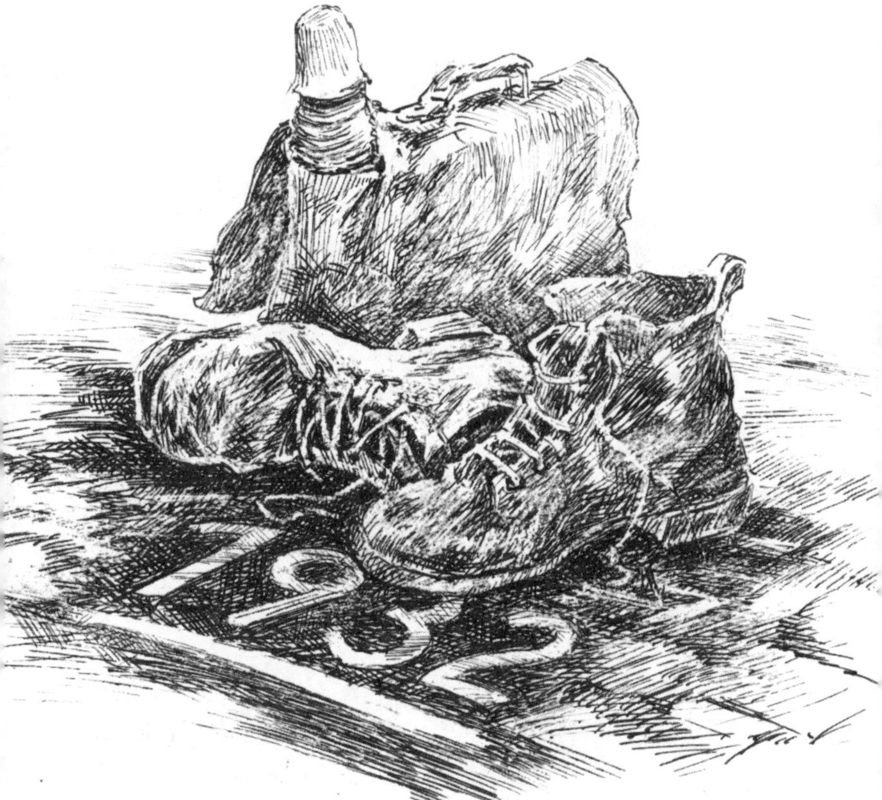

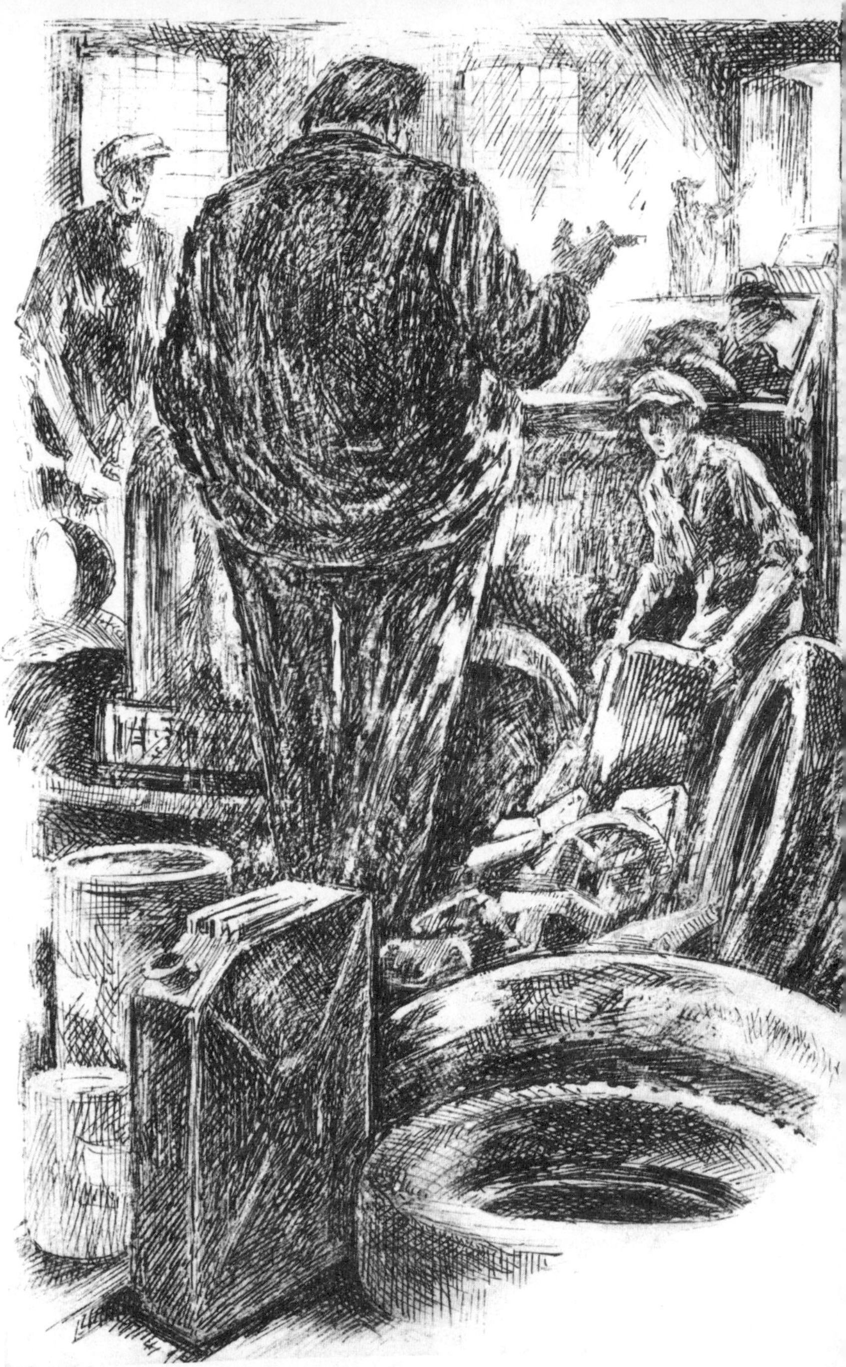

Eisern, Emil, eisern!

Als Mutter ihn weckt, ist Emil sofort hellwach. „Haste gut geschlafen?" fragt sie, und dann setzt sie sich zu ihm ans Bett, wie sie es früher oft getan hat, als er noch zur Schule ging. Auch für sie ist heute ein besonderer Tag.

Emil hat kaum geschlafen, er ist ja erst mitten in der Nacht eingeschlafen. Die Aufregung in ihm wollte und wollte nicht abklingen. Er hatte sich immer wieder gefragt, wie wohl die Werkstatt aussehen würde und wie der Meister, die Gesellen, die anderen Lehrlinge – wenn es welche gab. Ob sie freundlich zu ihm sein oder ihn erst mal nur beobachten würden. Er hatte versucht, sich die Werkstatt vorzustellen, und war immer munterer geworden.

„Laß mal", sagt Mutter. „Das schaffste auch. Du warst doch immer schon tüchtig."

Emil steht auf und macht sich fertig. Mutter hat recht, er war immer schon tüchtig. Aber geholfen hat ihm das nicht. Nun ist er schon anderthalb Jahre aus der Schule, und erst jetzt hat er eine Lehrstelle gefunden. Aber wie viele haben immer noch keine? Schulle, der lange Alfred, Keule Klarwein, Hubert Brandt – sie alle hatten noch weniger Glück.

Vater sitzt in der Küche, trinkt seinen Tee, ißt sein Brot. „Na?" fragt er. „Ist die Sehne gespannt?"

Die Sehne ist gespannt, der Pfeil kann abgeschossen werden. Emil setzt sich zum Vater, frühstückt auch, kommt sich erwachsen vor: Zum erstenmal frühstückt er um diese Zeit.

„Du weißt ja, wie du hinkommst." Vater packt seine Brote in die Aktentasche und sagt noch einmal, was er all die Tage zuvor schon so oft gesagt hat: Wie schwer es gewesen sei, die Lehrstelle zu finden, und daß er, wenn sein alter Kriegskamerad Krause nicht gewesen wäre, die Stelle auch nicht bekommen hätte – bei über sechs Millionen Arbeitslosen. Er hätte saumäßiges Glück gehabt, solle das nie vergessen und sich unterordnen. Es gäbe so viele Jungen, die keine Lehrstelle hätten und sich freuen würden, wenn er flöge und dadurch wieder eine frei würde. Und natürlich: Lehrjahre sind keine Herrenjahre, wären es nie gewesen und würden es auch zukünftig nicht werden.

Vater hat recht: Eine solche Chance bekommt er so schnell nicht wieder, er muß sie am Schopf packen; Autoschlosser ist ja schließlich sein Wunschberuf.

Die Werkstatt liegt am oberen Ende der Schönhauser Allee, da, wo sie schon fast in die Berliner Straße übergeht. Emil kann mit der Straßenbahn fahren und hat dann nicht mehr weit zu laufen. Die Straßenbahn hält direkt vor der Werkstatt.

Emil Karsunke & Co. steht über dem Tor, hinter dem es nach Benzin und Öl riecht und das so einladend weit geöffnet ist, als wollte es alle Autos, die in Richtung Pankow fahren, auf den Reparaturhof umleiten. Emil packt die Tasche mit den Broten fester und betritt den Hof. Daß der Karsunke auch Emil heißt, halten die Eltern für ein gutes Zeichen.

Reparaturbüro. Hier soll er klopfen. Hier hat auch Vater geklopft, als er ihn herbrachte, um ihn Herrn Karsunke und seinem Meister vorzustellen. Emil sieht ihn wieder vor sich, den dicken Mann mit der Zigarre und dem gemütlichen Grinsen, der keinen Kittel oder Monteuranzug, sondern einen ziemlich hellen Sommeranzug trug, der eigentlich nicht so recht in eine Autoschlosserei paßte. „Emil heißt du?" hatte sich Herr Karsunke dann auch tatsächlich gefreut. „Also ein Namensvetter! Prima! Wer Emil heißt, der schafft es – so wahr ich Emil heiße!" Er hatte gelacht und ihm sein Geheimnis verraten. „Eisern, Emil, eisern, hab ich mir gesagt, als ich so alt war wie du. Und so hab ich's geschafft: Früher ein armer Junge vom Wedding, beschäftige ich heute zwanzig Leute. Oder ist das etwa nichts?"

Als Herr Karsunke das fragte, blickte er seinen Meister an, und der mürrisch dreinblickende Mann nickte beflissen.

„Was ist los? Trauste dich nicht?"

Ein junger Mann mit Schirmmütze und einer abgewetzten Aktentasche steht hinter Emil.

„Bist wohl der neue Lehrling?" Der junge Mann öffnet die Tür zum Büro und lacht freundlich. „Na ja, am ersten Tag hatte ich auch Schiß. Aber keine Angst, hier frißt dich keiner."

Der junge Mann sieht wirklich nicht so aus, als würde er Lehrlinge fressen. Emil betritt hinter ihm das Reparaturbüro und grüßt höflich die schon etwas ältere Frau im schwarzen Kittel, die dort hinter dem Schreibtisch sitzt.

„Morjen, Fräulein Lenz!" Der junge Mann grinst seltsam bitter. „Hier bringe ich Ihnen Deutschlands Zukunft. Sehn Se mal zu, daß se uns nicht einjeht."

Der junge Mann heißt Hermann und ist, so hat er es Emil erklärt, seit zwei Jahren Altgeselle. Hermann macht sich über alles lustig, auch über sich selber, und so macht er es Emil leicht.

Emil fühlt sich doch sehr fremd in der Werkstatt, fremder, als er es sich vorgestellt hatte. Es ist überhaupt alles anders, als er es sich vorgestellt hatte. Niemand kümmert sich um ihn, er scheint die Männer, die in den Reparaturgruben hocken und an den zur Reparatur abgegebenen Autos herumarbeiten, überhaupt nicht zu interessieren. Wenn da nicht Hermann wäre, der ihm ab und zu mal freundlich zugrinst, könnte er genausogut wieder nach Hause gehen.

Das heißt nicht, daß er nichts zu tun hat. Dafür, daß er nicht herumsteht, sorgt schon der mürrische Meister, der alle zwanzig Minuten kommt und nachsieht, wie weit er ist.

Er muß Ausbauteile putzen. So nennt der Meister die vielen kleinen Einzelteile, die aus verschrotteten oder kaputtgefahrenen Autos ausgebaut worden sind; total verdreckte Teile. Er reinigt sie erst mit einer Drahtbürste und dann mit einem Lappen, den er ab und zu in Öl tunkt. Seine Hände sind schon schwarz vor Öl und Dreck, und seine Nase ist es auch – wenn Hermann nicht geschwindelt hat.

Emil schaut zu der großen Werkstattuhr hin. Ihm ist, als sitzt er schon seit vielen Stunden auf dem Hocker und putzt Teile, dabei ist es noch nicht mal neun. Er ist nun so müde, daß er sofort einschlafen könnte. Aber natürlich darf er nicht. Der Meister, der, wie er nun weiß, Hagedorn heißt, hat es gesagt: Die ersten zwölf Wochen sind Probezeit; wenn er da Mist macht, fliegt er innerhalb von Sekunden.

„Morjen, Leute!"

Herr Karsunke kommt auf den Hof. Breit und behäbig steht er da, stemmt die Arme in die Seiten und streckt den Bauch heraus. Er blinzelt vergnügt in die Sonne und pafft schon wieder an einer Zigarre herum.

Die Männer unter den Autos grüßen zurück und arbeiten automatisch etwas schneller. Auch Emil ertappt sich dabei, daß er etwas eifriger schrubbt. Nur Hermann, der Altgeselle, wird nicht schneller. Er kommt sogar aus seiner Grube heraus und tritt auf Herrn Karsunke zu, um etwas mit ihm zu bereden.

Herr Karsunke hört aufmerksam zu, legt sein rundes Gesicht in Falten und erwidert etwas. Dabei schauen die beiden Männer zu Emil hin.

Sprechen sie über ihn? Emil schrubbt noch etwas schneller.

Hermann zuckt die Achseln und geht in seine Grube zurück. Herr Karsunke kommt auf Emil zu. „Tüchtig, tüchtig", sagt er und dreht seine Zigarre im Mund ohne sie herauszunehmen. Und dann kneift er ein Auge zu: „Nicht vergessen, Emil – eisern sein! Unbedingt: eisern sein!"

Es geht auf Mittag zu. Emil sitzt auf seinem Hocker und putzt Ausbauteile. Den ganzen Tag tut er das nun schon, abgesehen von der Frühstückspause. Doch von der hatte er nicht viel, weil er verzweifelt versuchte, seine Hände sauber zu bekommen, bevor er sein Brot anfaßte. Er bekam sie aber nicht sauber, nicht mal der Waschsand, auf den Hermann ihn aufmerksam machte, half da. Und allzu heftig schrubben durfte er nicht, die Handinnenflächen sind voller Blasen. Ohne

Schrubben aber geht das Gemisch aus Dreck und Öl nicht von der Haut, der Schmutz sitzt tief in den Poren. Als er endlich aufgab, hatte er gerade noch Zeit, sein Brot hinunterzuschlingen.

„Na, geht's noch?"

Hermann hockt sich zu ihm.

„Muß ich das den ganzen Tag machen?"

„Nee. Kurz vor Feierabend darfste die Werktstatt ausfegen." Hermann lacht und geht weiter. Aber er verstellt sich, Emil merkt es deutlich: Hermann hat Mitleid mit ihm. Er kann sich vorstellen, wie ihm zumute ist. Vielleicht mußte er das auch machen, als er Lehrling war. Vielleicht weiß er, wie langsam dabei die Zeit vergeht, wie der Rücken schmerzt und wie unangenehm das ist, wenn man in der prallen Sonne sitzt und schwitzt und man sich mit den mistigen Händen und Armen nicht mal den Schweiß von der Stirn wischen kann – es irgendwann aber doch tut und unter dem öligen Dreck noch mehr schwitzt.

Hermann kommt zurück und steckt Emil einige Münzen in die Brusttasche der blauen Arbeitsjacke. „Hier. Flitz mal rüber zu dem kleinen Lebensmittelladen und hol fünf Flaschen Bier." Er kneift ein Auge zu. „Brauchst dir nicht die Hacken abzurennen, aber bummeln darfste auch nicht."

Ist das schön, über die Straße zu gehen, den Sommerwind auf der verschwitzten Stirn zu spüren, durchzuatmen, den Rücken nach hinten zu biegen und die Hände ruhen zu lassen, besonders die heißen Handinnenflächen. Er hat die Hände wieder nicht sauber bekommen, aber nun hat ihm das nichts mehr ausgemacht, hat er sich an seine Dreckpfoten schon gewöhnt, ist sogar ein bißchen stolz darauf. So sieht wenigstens jeder, daß er gearbeitet hat.

Schade, in dem kleinen Lebensmittelladen ist es leer, er braucht nicht anzustehen.

Die fünf Flaschen Bier in den Händen, betritt Emil wieder die Werkstatt. Er stellt die Flaschen vor Hermann hin und gibt ihm das Wechselgeld zurück. Einige der Männer kommen und holen sich ihr Bier, dann wird Mittagspause gemacht.

Emil hat auch Durst, aber er hat nichts zu trinken. Mutter will ihm eine Thermosflasche kaufen, um ihm Tee mitgeben zu können – im Sommer kalten, im Winter heißen. Vielleicht kauft sie sie heute schon, dann hat er morgen auch was zu trinken.

Es ist Nachmittag und noch heißer geworden. Und die Handinnenflächen brennen nun so sehr, daß es kaum noch zum Aushalten ist. Seit sieben Stunden sitzt Emil nun schon auf seinem Hocker und putzt. Tiefe Lustlosigkeit ist in ihm. Herr Hagedorn scheint das zu bemerken. Jedesmal, wenn er vorbeikommt, guckt er mißtrauisch. Und einmal sagt er: „So nicht! So jedenfalls nicht!"

Was meint er damit? Will er damit sagen, daß er nicht tüchtig genug ist? Emil schaut zu den Ausbauteilen hin, die er nun schon gereinigt und sortiert hat. Ist das zuwenig? Und dann fällt sein Blick wieder auf den Berg noch ungereinigter Teile. Er ist so groß, daß er mindestens noch drei Wochen braucht, um ihn abzutragen.

Als Herr Hagedorn kommt und Emil erklärt, wie er den

Hof und die Halle auskehren soll, ist das wie eine Erlösung für Emil. Endlich darf er runter von diesem Hocker.

„Kehren", belehrt Herr Hagedorn Emil, als er schon loslegen will, „nicht fegen! Und den Dreck immer von dir weg, nicht zu dir hin."

Emil kehrt. Immer von sich weg. Den ganzen Hof, die Werkstatt. Die Männer sind schon dabei, sich zu waschen, da kehrt er immer noch. Als er sich dann endlich waschen darf, ist er allein im Waschraum. Er wäscht sich lange und gründlich. Es ist so angenehm, das kalte Wasser über die glühenden Handinnenflächen laufen zu lassen, ein richtiger Genuß. Und nun ist da plötzlich auch ein richtig gutes Gefühl in ihm: Er hat durchgehalten. Er war eisern!

In der Straßenbahn erwischt Emil einen Fensterplatz. Er lehnt den Kopf an die Fensterscheibe und schließt die Augen. Nicht vor Müdigkeit, redet er sich ein, nur weil die Sonne so sticht. Dann aber wäre er beinahe an der Haltestelle, an der er raus muß, vorübergefahren. Eine alte Frau, die schimpft, weil er sitzt und sie steht, weckt ihn auf. „So 'n junges Blut", sagt sie. „Da waren wir früher anders."

Die Straße kommt Emil verändert vor, vertraut und doch verändert. Aber das liegt sicher an der tiefen Zufriedenheit in ihm. Er hat sich verändert, nicht die Straße.

Schulle kommt, Schulle, der mit Emil in eine Klasse ging, eigentlich Jochen Schulz heißt, aber seit ewigen Zeiten von allen nur Schulle gerufen wird. Er hat mit ein paar kleineren Kindern vor der Haustür gesessen und sicher gerade ein bißchen angegeben. Er gibt gerne an.

„Na, wie war's?"

„Anstrengend. Den ganzen Tag Teile putzen." Emil hält Schulle seine Hände hin.

„Die nutzen dich da doch nur aus", sagt Schulle. „Was lernste denn dabei, wenn du den ganzen Tag Teile putzt?"

Schulle und Keule Klarwein gehen immer in die SA-Küche. Dort gibt es Suppe und jede Menge großer Reden. Alles kostenlos. Erst haben Schulle und Keule über die Reden der Hitler-Leute gelacht und gesagt: „Die Suppe interessiert uns, sonst nichts." Jetzt reden sie schon nach, was sie da hören.

„Komm doch auch mal hin", schlägt Schulle vor. „Manchmal gibt's sogar Brote für zu Hause."

„Keine Zeit", sagt Emil. Und das stimmt ja auch. Er hat für so was nun wirklich keine Zeit mehr.

Der kalte Tee schmeckt herrlich, aber der Rücken schmerzt nun noch mehr und die Handinnenflächen sind dick und heiß. Mutter hat Emil die Blasen aufgestochen, damit die Flüssigkeit rauslaufen konnte, und ihm die Hände dann mit Creme eingerieben und verpflastert. Nun liegen sie schwer und wie fremd auf dem Küchentisch. Greift Emil nach der Tasse mit dem Tee, muß er sie mit beiden Händen packen.

„Da mußte durch, Junge."

Mutter bedauert ihn, sie tut nur so hart, weil sie ihm ja doch nicht helfen kann. Und er will gar keine Hilfe. Er wird sich schon durchbeißen, da ist er sich ganz sicher.

Als Emil am nächsten Morgen aufsteht, ist sein Rücken so steif, schmerzen seine Hände so sehr, daß er einen Augenblick lang Angst hat, nicht durchzuhalten. Vater besieht sich die Hände und sagt: „Das geht schon." Und Mutter cremt die Hände ein und verpflastert sie wieder.

Die ersten Handgriffe tun so weh, daß Emil einen Moment lang versucht ist, einfach alles hinzuschmeißen und loszuheulen. Daß es so schlimm sein würde, hatte er nicht gedacht. Doch dann geht es wieder. Die Hände tun zwar noch weh, aber sie können wieder zugreifen. Nur der Rücken will sich nicht anpassen. Emil muß gebeugt sitzen bleiben, aufrichten darf er sich nicht.

An diesem Tag verpaßt Emil die Frühstückspause nicht. Er wäscht sich nur kurz die Hände, schrubbt sie nicht, streichelt sie nur beim Waschen. Und dann läßt er kaltes Wasser rüberlaufen, bis er befürchten muß, daß sich die Pflaster ablösen. Sein Brot ißt er aus dem Papier.

Hermann ist nicht mehr ganz so freundlich zu ihm wie tags zuvor. Er behandelt ihn nun so, als ob er schon längst kein Neuer mehr sei.

Der Vormittag dauert wieder endlos lange. Emil schaut immer wieder zur Uhr und fragt sich, ob die Männer ihn erneut Bier holen schicken. Er möchte, daß sie ihn schicken, freut sich schon auf den Weg über die Straße. Und als Hermann kommt und ihm das Geld in die Brusttasche steckt, springt er gleich auf.

Hermann lacht. „Das Schönste vom ganzen Tag, was?"

Die ganze Woche lang putzt Emil Ausbauteile, er wird immer schneller, immer geschickter dabei. Herr Hagedorn aber macht trotzdem kein besonders zufriedenes Gesicht.

Emil gibt sich noch mehr Mühe. Er möchte Herrn Hagedorn endlich mal zufriedenstellen. „Wenn dein Meister mit dir zufrieden ist, haste's geschafft", hat Vater gesagt. „Vorher nicht."

Aber Herrn Hagedorns mürrische Miene lockert sich nicht auf. Bald ist Emil davon überzeugt, daß es überhaupt niemandem gelingt, Herrn Hagedorn zufriedenzustellen.

Herrn Karsunke sieht Emil nur einmal am Tag, immer dann, wenn er die Werkstatt betritt, um sein „Morjen, Leute!" loszuwerden. Fällt Herrn Karsunkes Blick dabei zufällig auf ihn, grinst er und nickt ihm zu, als wollte er ihn daran erinnern, daß sie beide die gleichen Vornamen tragen.

Am Ende der ersten Woche hat Emil den Berg verdreckter Ersatzteile fast abgetragen, so sehr hat er geackert. Es hat also nicht zwei oder drei Wochen gedauert, sondern nur eine einzige. Als er am Samstag Hof und Halle gefegt hat, ist er sicher, daß er in der nächsten Woche etwas anderes machen wird. Das verstärkt die Vorfreude auf den Sonntag noch.

Am Sonntag schläft Emil lange. Er steht erst auf, als es Mittagessen gibt. Und am Nachmittag geht er mit Schulle in den Humboldthain. Stolz spaziert er mit ihm auf und ab. Schulle hat versprochen, daß zwei Mädchen kommen, aber die Mädchen kommen nicht. Schulle hat wieder mal angegeben. Und Schulle gibt weiter an. Er erzählt, daß er nun auch bald eine SA-Uniform bekommt, daß er dann ein richtiger SA-Mann sein und, wenn Hitler erst an der Macht ist, auch Arbeit bekommen wird. „Aber nicht irgend so 'ne Dreckarbeit, was Richtiges – etwas, was Spaß macht."

Emil hat schon viel von diesem Adolf Hitler gehört. Und er hat Fotos von ihm gesehen. Der Mann mit dem Schnurrbärtchen und dem stechenden Blick gefällt ihm nicht, der redet ihm auch zu geschwollen. Vater sagt, Hitler verspreche alles, und solche Typen hielten meistens gar nichts. Es habe keinen Sinn, sich auf einen Führer zu verlassen, man dürfe sich nur auf sich selber, auf seinen eigenen Fleiß, die eigene Tüchtigkeit verlassen.

Aber wie soll Schulle sich auf seinen Fleiß verlassen, wenn er keine Arbeit bekommt? Wie kann er tüchtig sein, wenn er den ganzen Tag vor der Haustür sitzt?

„Ich sag dir: die Juden sind schuld", redet Schulle weiter auf Emil ein. „Die beuten uns aus. Wenn die nicht wären, hätten wir längst alle Arbeit. Wie heißt denn dein Chef? Heißt der Rosenthal oder Löwenberg oder so?"

„Karsunke heißt er."

Karsunke ist nicht jüdisch, das muß sogar Schulle zugeben, aber er bleibt vorsichtig. „Vielleicht ist seine Mutter 'ne Jüdin. Eines Tages kriegen wir das schon raus – und dann rächen wir uns."

Emil will Schulle fragen, wofür er sich denn an Karsunke rächen will, falls dessen Mutter tatsächlich Jüdin ist, aber er fragt nicht. Er will nicht noch mehr Vorträge von Schulle hören.

Schulle tut ihm leid, aber er kann ihm nicht helfen.

Als Emil am Montag wieder in der Werkstatt erscheint, verläßt ihn aller Mut. Der Berg mit verdreckten Ausbauteilen ist wieder angewachsen, ist größer als je zuvor. Und er ist über

Sonntag angewachsen – also sind die Teile, die er putzt, nicht in der Werkstatt ausgebaut worden, sondern irgendwo anders. Lustlos macht er sich an die Arbeit.

Die ganze Woche lang sitzt Emil wieder auf seinem Hokker. Und am Montag darauf ist der Berg erneut angewachsen, die Hoffnung auf eine abwechslungsreichere Arbeit ist umsonst gewesen. Immer öfter blickt Emil zu den Männern hin, die in den Gruben hocken und Autos reparieren. Doch keiner von denen schaut zu ihm hin. Auch Hermann nicht. Erst kurz vor der Mittagspause kommt er. „Fünf", sagt er und steckt Emil das Geld in die Brusttasche. Aber auch diese Ablenkung macht Emil keinen Spaß mehr. Nichts macht mehr Spaß.

So vergehen drei Wochen, vier Wochen, fünf Wochen, immer mehr Wochen. Es wird September und Oktober, und Emil putzt und putzt, holt Bier, fegt aus. Er beschwert sich beim Vater, aber der sagt: „Da hilft alles nichts."

Emil überlegt, ob er nicht mal mit Herrn Karsunke reden soll, der ja eigentlich immer recht freundlich zu ihm war, aber dann wagt er es doch nicht. Der Karsunke würde ja doch bloß wieder „Eisern, Emil, eisern!" sagen. Und mit Hagedorn kann Emil nicht reden. Dem gibt er die Schuld an der langweiligen Arbeit. Der ist es ja, der ihn auch mal was anderes machen lassen könnte.

Als Emil dann am dritten Montag im Oktober in die Werkstatt kommt und wieder einen hohen Berg Ausbauteile vorfindet, und diesmal sogar den höchsten, den er in all diesen Wochen je vorgefunden hat, kann er nicht mehr. Er dreht sich um, geht von dem Berg weg, geht in das Reparaturbüro, wo

Fräulein Lenz gerade ihren Karteikartenkasten sortiert. „Ich hätte gern Herrn Karsunke gesprochen", sagt er höflich.

„Der ist noch nicht da." Fräulein Lenz blickt nicht auf. „Aber wenn du willst, sag ich ihm, daß du nach ihm gefragt hast."

„Ja, bitte! Sagen Sie es ihm."

Fräulein Lenz hebt nun doch den Kopf und blickt Emil über ihre randlose Brille hinweg besorgt an. „Besser wäre es allerdings, du würdest ihn nicht stören."

„Warum denn?"

„Er liebt keine Störungen." Fräulein Lenz sortiert weiter und fragt, nachdem einige Zeit vergangen ist und weder sie noch Emil ein Wort gesagt haben: „Was ist nun? Soll ich ihm sagen, daß du gefragt hast, oder nicht?"

Emil zögert, nickt dann aber doch. Was kann schon Schlimmes dabei sein? Die paar Minuten wird Herr Karsunke doch mal Zeit haben.

„Also gut. Ich sag ihm Bescheid, wenn er kommt."

„Danke schön." Noch immer ein wenig verwundert, verläßt Emil das Büro, geht zu seinen Teilen zurück und beginnt mit der Arbeit. Als er dann einige Zeit gearbeitet hat, bereut er sein voreiliges Handeln. Vielleicht hatte Fräulein Lenz doch recht, vielleicht denkt Herr Karsunke jetzt, er wäre nicht „eisern", hätte nicht durchgehalten.

Herr Karsunke kommt wie immer kurz vor der Frühstückspause.

„Morjen, Leute!"

Die Männer grüßen zurück wie jeden Tag. Emil wird rot vor Aufregung. Wird Herr Karsunke jetzt zu ihm kommen?

Herr Karsunke winkt Herrn Hagedorn heran und spricht mit ihm. Dann verschwindet er wieder in seinem Büro.

Hat Fräulein Lenz ihm nicht ausgerichtet, daß er nach ihm gefragt hat? Emil weiß nicht, ob er froh oder enttäuscht sein soll. Schließlich entscheidet er sich, erst mal abzuwarten. Wenn er noch länger Teile putzen muß, kann er ja später noch mal versuchen, Herrn Karsunke zu fragen, ob er nicht mal was anderes machen darf.

Es hat sich was verändert, Emil fühlt es deutlich. Herr Hagedorn läßt sich überhaupt nicht mehr blicken, und als die Mittagspause herannaht, geht einer der Männer Bier holen.

Emil spürt, wie die Furcht in ihm hochkriecht. Er schaut zu Hermann hin, aber der weicht seinem Blick aus.

In der Mittagspause versucht Emil, sich dicht neben Hermann zu setzen, aber der Altgeselle hockt sich zwischen zwei der Männer und redet mit ihnen, und da kann Emil ihn nicht stören.

Nachmittags putzt Emil besonders eifrig. Herr Hagedorn muß doch sehen, welche Mühe er sich gibt. Warum kommt er nicht, um die Teile zu kontrollieren?

Herr Hagedorn kommt nicht. Emil kehrt die Werkstatt und den Hof, wäscht sich und zieht sich um. Als er damit fertig ist, kommt Herr Hagedorn dann doch noch und drückt ihm einen Briefumschlag in die Hand. „Das sind deine Papiere. Du brauchst ab morgen nicht mehr zu kommen."

„Aber..."

Herr Hagedorn blickt ernst. „Herr Karsunke hat dich entlassen."

Entlassen? Emil guckt ungläubig. Aber Herr Hagedorn erklärt nichts, gibt Emil nur die Hand und sagt: „Alles Gute! Vielleicht hast du woanders mehr Glück."

Emil steht vor dem Tor mit der Aufschrift *Emil Karsunke & Co.* und wartet. Erst war er wie betäubt, hat das alles lange nicht glauben können, dann hat er es nicht glauben wollen, jetzt hofft er auf einen Irrtum. Vielleicht hat Fräulein Lenz Herrn Karsunke was Falsches gesagt. Er hat doch nur nach ihm gefragt, das kann doch kein Grund zur Entlassung sein.

Er muß mit Herrn Karsunke reden, muß alles aufklären; er kann doch so nicht zu den Eltern heimkehren. Es muß ein Mißverständnis sein. Oder hat er sich etwa nicht Blasen an die Hände gearbeitet, hat er nicht gekehrt, wie Herr Hagedorn es wollte, hat er den Männern nicht ihr Bier geholt, ohne zu bummeln?

Fräulein Lenz kommt über den Hof. Sie trägt einen hellen Sommermantel und sieht ganz anders aus als sonst. Im Büro wirkt sie immer so verhuscht. „Du bist noch hier?"

„Ich warte auf Herrn Karsunke."

Fräulein Lenz schließt das Tor ab. „Da kannst du lange warten, er ist zu einer Besprechung." Sie zieht den Schlüssel ab und schaut Emil lange an. „Außerdem nützt es nichts, der Chef hat sich noch nie umstimmen lassen."

„Was haben Sie denn zu ihm gesagt?" Emil kann nicht verhindern, daß seine Stimme vorwurfsvoll klingt. „Ich hab doch nur nach ihm gefragt."

„Mehr hab ich auch nicht gesagt." Fräulein Lenz blickt an Emil vorbei und sagt nun ebenfalls im vorwurfsvollen Ton: „Einmal kommt ihr ja alle und fragt nach ihm."

„Alle?"

Fräulein Lenz sieht sich um. „Komm mal ein Stück mit. Hier spricht's sich nicht so gut." Und dann geht sie mit Emil die Schönhauser Allee entlang und erzählt ihm, daß noch kein Lehrjunge die zwölf Wochen Probezeit überstanden hat und Herr Karsunke in Wirklichkeit auch gar keinen Lehrjungen ausbilden will, sondern nur eine billige Arbeitskraft sucht, die ihm die Teile reinigt. Die Gesellen verdienen ihm zu gut, deshalb sollen sie das nicht tun. Natürlich kann ihm das niemand beweisen, aber wissen tun es alle. Er ordnet einfach an, daß der Lehrjunge das erste Vierteljahr Teile putzen soll. Und ein Vierteljahr ist eine lange Zeit, irgendwann kommt es zu einer Beschwerde. Na ja, und die benutzt er als Entlassungsgrund. Hat kein Durchhaltevermögen, der Bengel, sagt er dann. Sie seufzt. „Heute hast du noch geputzt, und schon morgen stellt er einen anderen dafür ein. Es gibt ja genug von euch. Und billige Ausbauteile gibt's auch genug. Die kauft er extra überall ein – das ist eines seiner besten Geschäfte."

Emil kommen die Tränen. Er beißt sich auf die Lippen, aber es nützt nichts. Dafür hat er also gearbeitet, dafür hat er geschuftet. „Das sag ich meinem Vater", schluchzt er. „Das lassen wir uns nicht gefallen."

„Das müßt ihr euch gefallen lassen", widerspricht Fräulein Lenz ernst. „Wir müssen es uns alle gefallen lassen. Wen Herr Karsunke ausbildet und wen nicht, ist ganz allein seine Sache. Außerdem hab ich dir gar nichts gesagt, du hast dir das ganz allein ausgedacht. Der Karsunke ist der netteste Mensch von der Welt."

„Aber...?"

Fräulein Lenz lächelt traurig. „Denkst du, ich will deinetwegen meine Stellung verlieren? In diesen Zeiten? Ich geh bald auf Rente. Ich hab dir das alles nur gesagt, weil ich nicht möchte, daß du denkst, es hätte an dir gelegen. So lange wie du hat nämlich noch keiner ausgehalten. Wenn man bedenkt, nur noch eine einzige Woche und du hättest die Probezeit überstanden. Zwar hätte er dich dann sicher noch lange Ausbau-Teile putzen lassen, aber irgendwann hätte der Hagedorn dich wirklich ausbilden müssen."

Eine Woche! Eine einzige Woche nur hätte er noch aushalten müssen. Emil lehnt sich an eine Litfaßsäule. Fräulein Lenz mustert ihn besorgt. „Mach bloß keinen Blödsinn, Junge! Das lohnt ja alles nicht."

Die Straßenbahn zuckelt durch die Straßen, als wollte sie sich heute besonders viel Zeit lassen. Emil hält es kaum noch aus, er möchte raus, irgendwas tun, was kaputtschlagen; er spürt eine so blanke Wut in sich, einen solchen Haß auf Herrn Karsunke, auf die Männer in der Werkstatt, auf Fräulein Lenz, die ihn in sein Unglück laufen ließ, anstatt ihn zu warnen, daß er das Gefühl hat, daran zu ersticken, wenn er sich nicht bald Luft machen kann.

Fräulein Lenz hat gesagt, sie durfte ihn nicht warnen, weil sie nicht gegen Herrn Karsunkes Interessen handeln kann, solange sie noch für ihn arbeitet, und daß sie deshalb nicht deutlicher wurde, als er im Büro nach Herrn Karsunke fragte. Aber ist das in Ordnung? Oder ist es etwa in Ordnung, daß Herr Hagedorn nur deshalb immer so mürrisch war, weil er diese Art von „Lehrlingsausbildung" ablehnte? Wieso zeigte er ihm so ein Gesicht anstatt Herrn Karsunke? Weil er um seine Stellung fürchtete, genau wie Hermann, der, wie Fräulein Lenz sagte, sogar einmal mit Herrn Karsunke geredet hatte, weil er meinte, daß sie mit ihm wirklich einen tüchtigen Lehrling bekommen hätten.

Fräulein Lenz und all die Männer in Herrn Karsunkes Firma sind nicht mit Herrn Karsunkes Methoden einverstanden, aber keiner wagt, den Mund aufzumachen, alle machen sie einen Rückzieher, weil sie um ihre Arbeit, ihr Auskommen fürchten. Und das Schlimme daran ist, wenn er in ihrer Lage wäre, hätte er sicher auch so gehandelt.

Aber was ist das für eine Welt, in der ein Karsunke machen darf, was er will? Haben Schulle und Kalle nicht recht, wenn sie die verändern wollen? Hat nicht vielleicht sogar dieser Hitler recht? Vielleicht hat ja der Karsunke doch eine jüdische Mutter, dann ist er ein Halbjude, dann braucht er sich über nichts mehr zu wundern.

Die Straßenbahn hält, endlich kann Emil aussteigen, in die Straße einbiegen, in der er wohnt.

Erst geht Emil schnell, will nach Hause, den Eltern sagen, was passiert ist, will ihren Schutz, ihre Parteilichkeit. Aber dann wird er langsamer. Die Eltern werden ihm die Schuld geben, werden sagen: Nur noch eine Woche – hättest du die nicht durchhalten können? Sie werden ihm vorwerfen, daß er sich beschweren wollte, daß er nicht stillgehalten hat; Lehrjahre sind keine Herrenjahre, Vaters Spruch...

„He! Emil! Träumste?"

Schulle! Und Keule. Emil wendet sich den beiden zu.

Schulle erschrickt. „Du hast ja geheult!"

Da Schulle das sagt, muß Emil wieder heulen. Er erzählt den beiden Freunden von dem Betrug und sieht mit Genugtuung, wie ihre Empörung wächst. „Diese Sau!" sagt Schulle und meint Karsunke. Und Keule fügt hinzu: „Mach dir nichts draus. Den fangen wir mal abends ab, und dann verpletten wir ihm eine, an der er bis Weihnachten zu lutschen hat."

Schulles und Keules Anteilnahme tut gut. Emil stellt sich mit den beiden vor Schulles Haustür und schmiedet Rachepläne. Ja, sie werden den Karsunke mal abfangen. So einem muß man's zeigen. Und wenn Adolf erst an der Macht ist...

„Dann haben die Karsunkes nichts mehr zu sagen", meint Keule, „und die anderen müssen nicht mehr vor solchen Ratten buckeln."

Emil ist nicht sehr wohl bei diesen Reden, aber wenn jetzt der Karsunke vorbeikäme, würde er sich mit Schulle und Keule auf ihn stürzen, würde er zuschlagen, zuschlagen, zuschlagen.

„Wir gehen jetzt ins Sturmlokal. Komm doch mit. Da bereden wir deinen Fall."

Schulle schlägt das vor. Und er sagt nicht mehr Küche, sondern Sturmlokal. Aber Emil ist das nun egal. Schulle und Keule verstehen ihn, Schulle und Keule sind seine Freunde.

1941

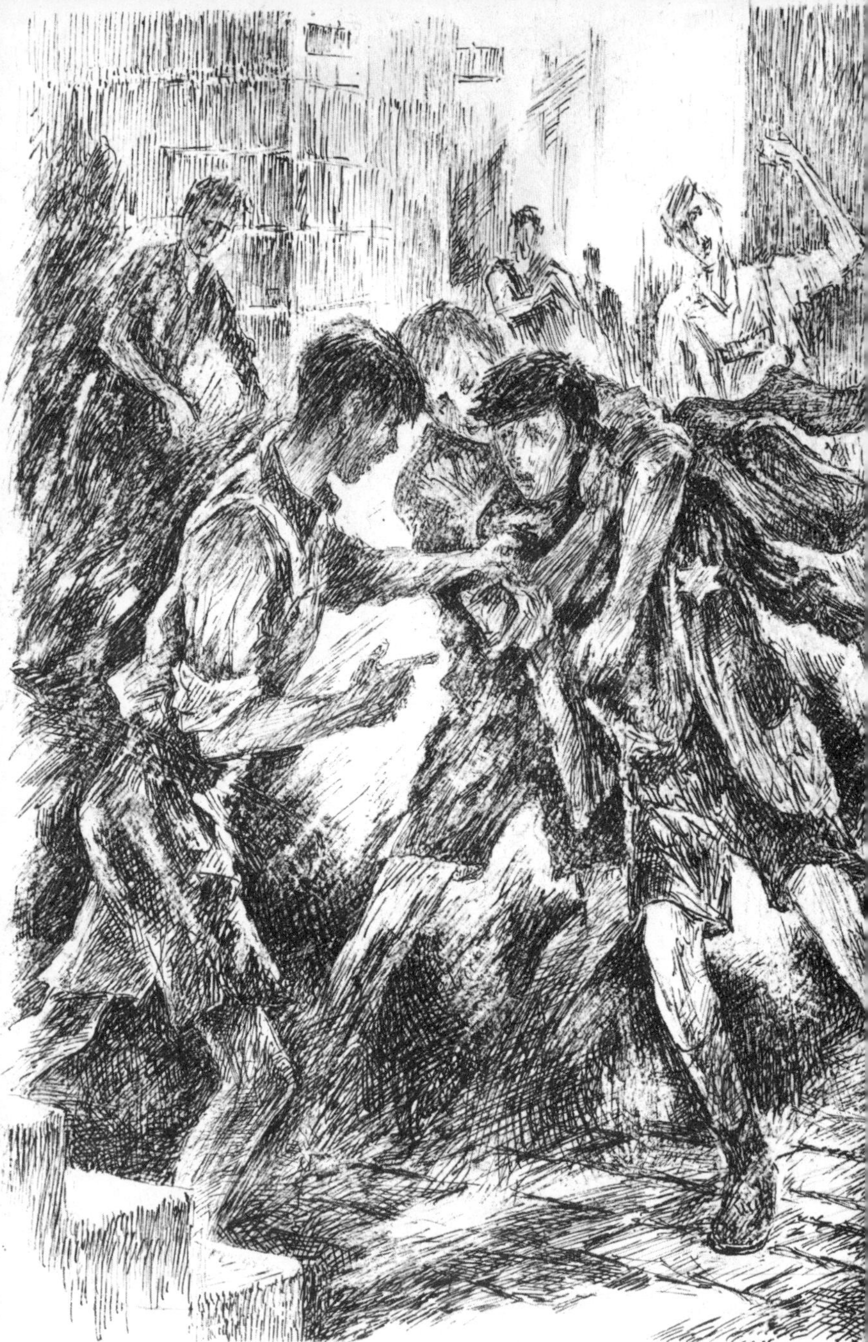

Hände hoch, Tschibaba!

Es ist das erste Mal, daß Wolf den gelben Stern tragen muß. Die Mutter hat ihm den Stern an die Jacke genäht und noch mal daran erinnert, daß er ihn nicht abmachen darf, wenn er nicht will, daß die Eltern und er bestraft werden. Und sie hat ihm von der Strafe erzählt, die jedem Juden droht, der den Stern nicht trägt: die Einweisung in ein KZ, ein Konzentrationslager.

Wolf zieht die Jacke an und stellt sich vor den Flurspiegel.

Ja, jetzt sieht er aus wie ein Judenjunge. Früher hatte er keinen Unterschied zwischen sich und den anderen feststellen können, obwohl im Klassenbuch, wo bei den anderen Kindern unter Religion *katholisch* oder *evangelisch* steht, bei ihm immer schon *mosaisch* stand. Und obwohl Herr Bienwald seinen Nachnamen immer schon anders aussprach als die Namen der anderen Kinder. Herr Bienwald sagt nicht einfach Lewinsohn wie die Leute im Haus, die den Namen schon seit vielen Jahren kennen, Herr Bienwald betont das i doppelt, gibt dem Namen damit einen fremden Klang. Immer wieder macht er das, obwohl der Name ihm doch inzwischen längst vertraut sein müßte.

Die Mutter steckt Wolf noch das Frühstücksbrot in den Ranzen, küßt ihn, seufzt dabei und schiebt ihn aus der Tür.

„Und komm gleich nach Hause", ruft sie ihm noch ins Treppenhaus nach.

Wolf antwortet nicht. Natürlich wird er nach der Schule gleich nach Hause gehen, wo sollte er denn sonst hingehen?

Auf der Straße ist es morgenkühl, es ist ja nun schon September, aber es liegt Sonnenschein über den Dächern. Eigentlich ein Tag, an dem man gute Laune haben müßte. Und Wolf hätte auch gute Laune, wenn da nicht dieser Stern wäre. Sehen die Leute, die ihm entgegenkommen, denn nicht alle zu ihm hin? Verziehen sie nicht die Gesichter zu einem spöttischen Grinsen?

Der Vater hat gesagt, der Stern verändere nun auch nicht mehr allzuviel. Wolf ist anderer Meinung. Früher hatte ihm niemand den Judenjungen angesehen; wer ihn nicht kannte, behandelte ihn freundlich. Nun sieht jeder gleich, woran er mit ihm ist, nun wird ihn kaum noch einer freundlich behandeln – die einen, weil sie wirklich was gegen Juden haben, die anderen aus Angst davor, zu zeigen, daß sie nichts gegen Juden haben.

Aus der Nummer 43 kommen Hans und Willi. Wolf will nicht, daß sie den Stern auf seiner Jacke sehen, zumindest nicht jetzt, deshalb betritt er rasch einen Hausflur und lehnt sich an die Wand.

Hans und Willi waren mal seine Freunde. Das war früher, als sie noch nicht zur Schule gingen. Sie spielten zusammen im Sandkasten und später Fußball, Verstecken, Einkriegezeck. Sie waren wirklich dicke Freunde und blieben anfangs auch in der Schule unzertrennlich. Bis Herr Bienwald immer öfter Unterschiede machte und die Juden Volksschädlinge nannte, die sich in Deutschland ausbreiteten und alles, was ehrbar und anständig war, langsam aber sicher zerfraßen.

Zuerst taten Hans und Willi so, als glaubten sie das alles nicht, aber dann liefen sie eines Tages nach der Schule einfach von ihm fort. Er glaubte erst, sie machten Spaß und rannte ihnen johlend hinterher, bis Willi plötzlich stehenblieb, sich umdrehte und „Hau ab!" schrie – und Hans tat, als suche er einen Stein.

Er konnte es lange nicht fassen, lag zu Hause auf der Couch und weinte. Die Mutter sagte böse: „Was heulst du denn, was hast du denn anderes von diesen Barbaren erwartet?" Aber der Vater tröstete ihn: „Sie können nichts dafür. Ihre Eltern haben Angst vor den Nazis, deshalb haben sie ihnen verboten, mit dir zu spielen."

Daß Hans und Willis Eltern Angst vor den Nazis hatten, konnte er verstehen. Vor denen hatte ja jeder Angst. Das war wirklich ein Trost. Er versuchte sogar, Hans und Willi hin und wieder heimlich zuzulächeln. Er wollte ihnen zeigen, daß er sie verstand. Aber die beiden bemerkten sein Lächeln nicht. Und als sie es doch einmal bemerkten, wußten sie nicht, weshalb er lächelte. Sie guckten nur dumm und tippten sich grinsend an die Stirn.

Jetzt müssen sie weg sein. Wolf geht zur Tür, späht hinaus und geht weiter. Aber nun ist ihm noch schwerer zumute: Was werden sie wohl in der Klasse sagen, wenn sie den Stern sehen?

Die Jungen und Mädchen sehen den Stern gleich, aber sie tun, als wäre der gelbe Stern auf Wolfs Jacke etwas völlig Normales. Nur Karin, die immer ein wenig aus der Reihe tanzt und sich hin und wieder sogar mit ihm unterhält, guckt traurig. Diese Trauer macht Wolf Mut, bringt ihn dazu, Karin zuzulächeln, als wollte er sagen: Halb so schlimm.

Auch Herr Bienwald bemerkt den Stern sofort. Wolf glaubt sogar, daß er richtig nach ihm Ausschau gehalten hat und enttäuscht darüber ist, daß er ihn trägt. Vielleicht hatte er gehofft, daß er ohne den Stern in die Schule kommen würde, damit er ihn wieder nach Hause schicken konnte.

Ihre Blicke begegnen sich. Herr Bienwald verzieht keine Miene, sagt nur: „Das wurde ja auch Zeit."

„Warum eigentlich?" fragt Karin. Aber dann wird sie rot und erklärt die Frage: „Wir wissen doch auch so, daß Wolf ein Jude ist."

Herr Bienwald ist froh über Karins Frage. So hat er einen Anlaß, über die Judenfrage zu sprechen. Er geht durch die Reihen, sieht mal den und mal den und besonders oft und lange Wolf an und nennt den Stern das Tüpfelchen auf dem I, das manch einem unnötig erscheinen mag, das aber doch notwendig sei, damit man das I als solches erkenne.

Einige in der Klasse lachen. Herr Bienwald wird ernst: „Das ist kein Spaß. Wir führen seit zwei Jahren Krieg. Einen heiligen Krieg, den wir gewinnen müssen, wenn wir nicht untergehen wollen. Die Juden sind dabei, unseren gesunden Volkskörper zu zerstören, wir aber brauchen unsere ganze Kraft, um diesen Krieg siegreich zu bestehen. Deshalb müssen wir alles von uns fernhalten, was uns schwächt. Wie aber sollen wir Gefahren erkennen, wenn wir sie nicht kennzeichnen?"

Die meisten in der Klasse interessiert es nicht besonders, was Herr Bienwald da erzählt, aber sie heucheln Interesse, gucken, als erkläre ihnen der Lehrer gerade eine besonders schwierige Matheaufgabe. Wolf hört schon bald nicht mehr zu. Er hat das gelernt, aufmerksam zu gucken und doch nicht zuzuhören, seine Gedanken schweifen zu lassen.

Was würde wohl passieren, wenn einer der anderen Jungen seine Jacke anziehen würde? Würden die Leute auf der Straße, würden all die vielen Bienwalds sofort erkennen, daß der Junge in der Jacke mit dem Stern gar kein Jude ist? Was unterscheidet einen *Obermenschen* vom *Untermenschen*, wenn sie sich so ähnlich sehen? Sind die Obermenschen klüger oder stärker? Willi und Hans sind nicht klüger als er und auch nicht stärker. Wenn sie früher miteinander rangen, besiegte er sie oft.

Herr Bienwald hat seine Ansprache beendet und läßt Uschi eine Aufgabe an die Tafel schreiben.

Uschi ist Herrn Bienwalds Lieblingsschülerin. Sie ist groß und blond, gut im Lernen und gut im Sport. Eines Tages sehen alle Deutschen so aus, sagt Herr Bienwald manchmal. Wolf möchte dann immer fragen, wo dann die Juden sind, aber natürlich wagt er das nicht.

Den Heimweg geht Wolf nun schon seit Jahren immer allein. Er hat sich daran gewöhnt, träumt vor sich hin, denkt an was Schönes, versucht, die Schule und den langweiligen Nachmittag allein mit der Mutter zu vergessen.

Als er das Schrittgetrappel hinter sich hört, wird er nicht schneller. Er glaubt nicht, daß diese Schritte etwas mit ihm zu tun haben könnten. Aber dann ist er plötzlich von einer Schar Jungen umringt, unter ihnen welche aus seiner Klasse – und unter denen auch Hans und Willi.

„Hände hoch, Tschibaba!" schreien die Jungen und richten ihre Zeigefinger auf ihn, als wären sie Pistolen.

Wolf hebt die Hände hoch.

Die Jungen lachen und drängen ihn in einen Hausflur. Einer von ihnen holt Schnur aus seiner Tasche, ein anderer tastet Wolf nach „Waffen" ab.

„Wer... wer ist denn Tschibaba?" fragt Wolf. Er will das Spiel mitspielen, sich dagegen zu wehren hat sowieso keinen Sinn.

„Weißte das etwa nicht?" schreit Willi. „Das is 'ne stinkende Kanalratte von 'nem Indianerhäuptling. Ein schieläugiger Hund."

„Und ihr... ihr seid Trapper?"

„Klar", sagt Willi.

Wolf fragt nichts mehr. Er läßt sich fesseln und am Treppengeländer festbinden. Die Jungen sind enttäuscht.

„Warum haste dich denn nicht gewehrt?" schreit Hans.

„Ihr... ihr seid zu viele."

„Dann hol dir doch noch 'n paar Gelbsterne." Einer der Jungen lacht, ein anderer aber boxt Wolf in den Bauch. „Feiger Hund", sagt er dabei.

Sekundenlang bekommt Wolf keine Luft. Die Jungen erschrecken und laufen fort.

Wolf versucht sich zu befreien, aber er kommt nicht los, die Schnur sitzt zu straff. Er muß warten, bis jemand kommt.

Es ist still in dem Haus. Irgendwo rauscht eine Klospülung, eine Tür fliegt zu, eine Frau schimpft. Aber die Treppe kommt niemand herab.

Wolf zerrt an seinen Fesseln und muß dann plötzlich heulen. Er heult nicht leicht, im Gegenteil, er ist einer, der die Zähne zusammenbeißen kann, aber nun muß er doch heulen.

Die Haustür wird geöffnet, eine Frau mit einer Einkaufstasche betritt den Flur. Als sie Wolf sieht, guckt sie verdutzt.

„Was machst du denn hier?"

Wolf kann nicht antworten, kann nur schluchzen.

Die Frau sieht den gelben Stern. „Ach so!" sagt sie und knüpft die Schnur um Wolfs Hände auf.

Jetzt, da die Hände frei sind, kann Wolf sich schnell befreien. Er wickelt die Schnur auf und steckt sie in seinen Ranzen.

„Wer war denn das?" will die Frau wissen.

„Welche aus meiner Klasse."

Die Frau schüttelt den Kopf und beginnt die Treppe hinaufzusteigen. Wolf geht zur Haustür und schaut hinaus. Als er keinen der Jungen mehr entdecken kann, läuft er nach Hause.

Die Mutter schimpft auf die Jungen, die Wolf gefesselt haben. „Wieso bist du denn ein Indianer?" fragt sie immer wieder. „Du hast ja nicht mal dunkle Haare." Und als am Abend der Vater kommt, entrüstet sie sich über die Deutschen, die ihre Kinder zu solchen Grausamkeiten erziehen.

„Sag nicht immer *die Deutschen*", entgegnet ärgerlich der Vater, dem wie immer, wenn er eine solche Nachricht hört, sofort der Appetit vergeht. „Ich bin auch ein Deutscher. Mein Vater war ein Deutscher, mein Großvater war ein Deutscher. Ich hab im 1. Weltkrieg meinen Kopf für Deutschland hingehalten, ich laß mir meine Heimat nicht wegnehmen."

Wolf kennt diese Gespräche nun schon. Die Eltern führen sie, solange er denken kann. Als er noch klein war, ging es immer darum, daß die Deutschen nicht mehr in jüdischen Geschäften kauften. Der Vater hat kein Geschäft, er ist Buchhalter in einer kleinen Firma, aber ihm taten die kleinen Ladenbesitzer leid, die auf diese Weise dazu gezwungen wurden, nach und nach ihre Geschäfte aufzugeben und aus Deutschland fortzugehen. Die Deutschen aber, die nicht mehr bei Juden kauften, nahm er in Schutz. „Was sollen sie machen?" sagte er. „Sie haben Angst."

Die Mutter sprach damals ebenfalls von Fortgehen, aber der Vater wollte nichts davon hören. „Wo willst du hin?" fragte er die Mutter. „Nach Amerika? Was willst du da – als Deutsche? Denkst du etwa, die warten auf Elsa Lewinsohn? Auf einen Niemand ohne Geld und ohne amerikanische Verwandte?"

Darauf konnte die Mutter nichts antworten, und eine Zeitlang sprach sie nicht mehr davon. Dann aber kam jene Nacht vor drei Jahren, in der die Nazis die jüdischen Geschäfte zertrümmerten und die Synagogen in Brand steckten. Da hätte sie am liebsten gleich am nächsten Morgen die Koffer gepackt. Der Vater aber sprach von ein paar Aufgehetzten, die man nicht ernst nehmen dürfe. Die Mutter schwieg wieder, doch dann verschwanden immer mehr jüdische Freunde und Bekannte, und ihre Angst wuchs von Tag zu Tag.

„Eines Tages werden uns die Deutschen noch alle umbringen." Die Mutter preßt sich ihr Taschentuch vor den Mund, als könne sie so ihre Furcht ersticken. „Aber du wirst selbst dann noch eine Entschuldigung für sie finden."

Der Vater steht auf und stellt sich ans Fenster. Auch seine Angst ist größer geworden; er versucht, sie zu verbergen, aber sie ist da. „Umbringen!" sagt er leise. „Wer sollte uns denn umbringen? Die Frau Meier aus dem dritten Stock etwa, die erst gestern bei dir in der Küche saß? Oder der Herr Martin aus dem zweiten, der bis vor ein paar Wochen im Gefängnis gesessen hat? Und warum hat er gesessen? Weil er über Hitler und die Nazis Witze gerissen hat."

„Und das Lager?" fragt die Mutter.

„Das Lager!" Der Vater zuckt die Achseln. „Wer ins Lager kommt, hat was getan. Er hat die Gesetze nicht befolgt, den Stern nicht getragen, nicht gearbeitet... Er hat irgendwas getan, sonst würden sie ihn nicht einsperren."

Der Vater verteidigt die Deutschen immer noch, würde lieber zu ihnen gehören. Genau wie ich, denkt Wolf. Ich wäre ja auch lieber ein Trapper gewesen als dieser schieläugige Tschibaba.

Als Wolf am nächsten Tag die Klasse betritt, wird gelacht. „Da ist er ja, der Häuptling der Kanalratten!" ruft Hans. Und Willi schreit ihm schon an der Tür entgegen: „Hände hoch, Tschibaba!"

Gehorsam hebt Wolf die Hände. Die Klasse johlt.

Der Name bleibt. Jeden Tag mindestens einmal schreit irgend jemand in der Klasse Wolf dieses „Hände hoch, Tschibaba!" entgegen. Eine Zeitlang versucht Wolf, das als Spiel anzusehen, zu lachen und die Hände zu heben, aber dann hält er das nicht mehr aus und hebt einmal nicht die Hände. Und als hätten sie nur darauf gewartet, fallen Willi und Hans und ein paar andere Jungen da über ihn her und prügeln auf ihn ein, bis er wieder die Hände hebt.

Es wird Oktober und es wird November, und die Anordnungen der Nazis gegen die Juden häufen sich.

Im Oktober legt die Mutter dem Vater eine Zeitung auf den Tisch und sagt kein Wort. Der Vater liest den Artikel und schweigt ebenfalls. Auch Wolf nimmt sich die Zeitung und liest, was die Mutter angestrichen hat. Er versteht nicht alles, was da steht, aber eines wird ihm sofort klar: Selbst wenn die Mutter den Vater nun überreden könnte, aus Deutschland wegzugehen, es hätte keinen Sinn mehr – ab sofort ist Juden die Ausreise aus Deutschland verboten.

Nur wenige Tage später ein neues Verbot: Juden dürfen nicht mehr mit der S-Bahn oder der Straßenbahn fahren, es sei denn, sie sind ausdrücklich zu einem Amt bestellt worden.

Die Eltern streiten nicht mehr über Hierbleiben oder Weggehen. Dafür flüstern sie oft miteinander. Und Wolf sitzt tagelang in seinem Zimmer und guckt auf die Straße hinaus. Er kann nicht mehr lesen, kann auch nicht mehr nachdenken, kann nur noch warten. Er weiß, so geht es nicht mehr lange weiter, es wird bald etwas passieren; wenn er auch nicht weiß, was.

Obwohl die Eltern ihre Sorgen vor ihm verstecken, bekommt Wolf doch mit, daß es immer schlimmer wird und sie nun auch bald nichts mehr zu essen haben: Ohne Lebensmittelkarten gibt es nichts zu kaufen, und die Lebensmittelkarten werden – wie Herr Bienwald sagt – nach Nützlichkeit ausgegeben. Juden sind unnütz, Juden brauchen nur wenig, Juden dürfen verhungern.

Vielleicht würden Wolf und seine Eltern auch wirklich langsam verhungern, wenn Frau Meier ihnen nicht ab und zu etwas zu essen vorbeibringen würde. Daß Frau Meier das tut, darf aber niemand wissen.

Und dann kommt der Vater nach Hause und sagt, daß die letzten jüdischen Firmen und Geschäfte arisiert worden sind, das heißt, daß den Besitzern ihr Eigentum weggenommen wurde.

„Und die Besitzer?" fragt Wolf.

„Die sperrt man ein. Dann ist man sie los."

Die Mutter kann sich nicht mehr beherrschen. Sie bekommt einen Weinkrampf. Der Vater streichelt sie, aber er widerspricht ihr nicht mehr. Er wundert sich nur, daß man ihn noch nicht entlassen hat. Und er glaubt, daß er bisher nur deshalb Glück hatte, weil sich in der kleinen Firma alle seit Jahren kennen und niemand darüber spricht, daß im Büro ein Jude sitzt.

In der Schule geht alles so weiter wie bisher. Wenn es verlangt wird, hebt Wolf die Hände hoch. Ansonsten sitzt er in der Klasse, als wäre er gar nicht da. Bemerkt Herr Bienwald ihn trotzdem und sagt etwas über die Juden, hört er nicht hin. Aber Wolf spürt deutlich: auch Herr Bienwald wartet darauf, daß etwas passiert, wartet darauf, daß er eines Tages nicht mehr kommt.

Es passiert eine Woche vor Weihnachten. Wie jeden Tag geht Wolf zur Schule, wie jeden Tag träumt er während des Unterrichts vor sich hin, wie jeden Tag geht er allein nach Hause. Als er in die Köpenicker Straße einbiegt und den LKW vor dem Haus stehen sieht, weiß er, daß es soweit ist.

Ihm wird schwindlig, er muß sich an eine Laterne lehnen, aber er läßt den LKW nicht aus den Augen. Er ist voller Menschen. Männer, Frauen und Kinder stehen eng zusammengepfercht, und alle tragen sie den Judenstern. Doch die Menschen auf dem Wagen schreien nicht, wie Wolf sich das ausgemalt hat, sie stehen nur da und halten sich aneinander fest. Dann wird die Haustür geöffnet, die Eltern erscheinen. Aber wie sehen sie aus? Vaters Gesicht ist blutig geschlagen, Mutters Haare sind aufgelöst. Und die Mutter schreit!

„Was machen Sie denn mit uns?" schreit sie. „Wo bringen Sie uns hin?"

Die Mutter, die es doch immer gewußt hat, lehnt sich auf. Der Vater, der es nie wahrhaben wollte, schweigt wie all die anderen.

Die Männer, die den Transport begleiten, manche in Uniform, einige in Zivil, antworten der Mutter nicht. Sie packen sie zu zweit und werfen sie auf den Wagen. Der Vater steigt selber auf die Ladefläche hinauf. Als er oben ist, beugt er sich hinunter, um den Koffer entgegenzunehmen, den die Männer ihm abgenommen haben. Die Männer werfen ihm den Koffer so heftig entgegen, daß er mit ihm umfällt. Sie lachen und schließen die Wagenklappe.

„Mami!" Wolf will schreien, aber er kann nur flüstern. Er will dem abfahrenden Wagen nachlaufen, aber er steht da wie festgewachsen. Und als er doch endlich ein paar Schritte machen kann, hält ihn jemand fest und zieht ihn in einen Hausflur: Frau Meier aus dem dritten Stock.

„Bleib hier, Junge!" flüstert die Frau.

Wolf will sich losreißen und dem Wagen nachlaufen, um die Eltern nicht aus den Augen zu verlieren, aber Frau Meier hält ihn fest. „Nicht", sagt sie nur.

Frau Meier wagt nicht, Wolf in ihre Wohnung mitzunehmen. Es gibt zu viele Leute im Haus, die Wolf kennen. Wer Juden versteckt, bringt sich in Gefahr – in Lebensgefahr, wie sie sagt. Deshalb geht sie mit Wolf die Treppe hoch und setzt sich mit ihm auf den letzten Treppenabsatz vor dem Dachboden.

Wolf starrt wie besinnungslos vor sich hin. Er hatte es erwartet, hatte es kommen sehen, aber nun, da es passiert ist, kann er es nicht fassen.

Frau Meier nimmt Wolf in die Arme, wiegt ihn wie ein kleines Kind und sagt, er solle keine Angst haben, sie werde ihm helfen, aus Deutschland hinauszukommen.

„Aber ich will nicht weg", widerspricht Wolf. „Ich will hierbleiben, bis meine Eltern wiederkommen."

Als Antwort streichelt Frau Meier ihm nur die Schulter, und da weiß Wolf, daß die Frau nicht damit rechnet, daß die Eltern jemals wiederkommen.

Wolf wird sich später nicht daran erinnern können, wie lange er mit der Frau auf der Treppe gesessen hat. Er wird nur noch wissen, daß sie ihm irgendwann von der Laubenkolonie *Abendsonne* erzählt hat und daß er sich dort verstecken soll, bis ihr Bekannter ihn abholen kommt. Er wird sich auch nicht mehr an den Weg erinnern, den sie dann gegangen sind, er immer dreißig Schritte vor der Frau, damit sie zusammen nicht auffallen. Aber er wird nie vergessen, wie sie hinter ihm hergegangen ist – die kleine Frau im grauen Mantel und dem braunen Hut auf dem Kopf, der niemand mehr zugetraut hätte als eine Besorgung für das Abendessen.

Es ist nicht schwer, in eine Laube hineinzukommen. Gleich die erste, die Wolf näher untersucht, hat an der Rückwand ein nur mit Pappe verkleidetes Fenster; er kann die Pappe wegdrücken.

Frau Meier hat bemerkt, daß es geklappt hat, aber sie verrät sich nicht. Langsam geht sie weiter durch die Laubenkolonie, als wolle sie jemanden besuchen oder auch nur einen Spaziergang machen. Aber Wolf weiß, daß sie sich den Garten und das Häuschen ganz genau angesehen hat, damit ihr Bekannter ihn auch findet. Er öffnet das Fenster, steigt in den Raum dahinter und schließt es hinter sich. Dann tastet er sich durch den dunklen Raum, bis er an eine Tür stößt, die sich knarrend öffnen läßt. In dem Raum dahinter ist es hell, die Fenster sind verglast.

Eine Zeitlang bleibt Wolf mitten im Raum stehen und weiß nicht, was er tun soll. Dann setzt er sich auf die Holzdielen, lehnt den Rücken an das alte Sofa vor der Trennwand zu dem anderen Raum und zieht die Knie an. Die Arme um die Knie gelegt und das Kinn auf die Knie gestützt, sitzt er in der fremden, nach allerlei Kräutern und auch ziemlich muffig riechenden Gartenlaube und wartet. Er versucht, an nichts anderes zu denken, als daß er nun hier warten muß – bis morgen früh, bis Frau Meiers Bekannter ihn hier abholen kommt. Doch dann tauchen Bilder vor ihm auf: Der Lastkraftwagen, die schweigenden Leute, die schreiende Mutter, der stille Vater... Ihm ist, als werde ihm erst jetzt bewußt, was geschehen ist. Er springt auf, setzt sich auf eine Kante des Sofas und atmet hastig. Da ist plötzlich ein Gefühl in ihm, als bekäme er keine Luft mehr. Er möchte laufen, laufen, irgendwohin, aber er darf nicht laufen, muß hierbleiben, warten...

Draußen wird es immer dunkler, aber Wolf ist, als vergehe die Zeit überhaupt nicht. Und die Beklemmung in ihm wird nicht geringer, wird immer schlimmer. Er bemüht sich, nicht mehr an die Szene vor der Haustür zu denken, aber es gelingt ihm nicht. Immer wieder sieht er den LKW vor sich, sieht er die Eltern, wie sie die Ladefläche besteigen, mit den anderen wegfahren. Und immer wieder möchte er dem Wagen nachlaufen, obwohl er nun weiß, daß es richtig war, ihm nicht nachzulaufen; daß Frau Meier ihm das Leben gerettet hat; daß er ihr dankbar sein muß. Er versucht, daran zu denken, wann er die Eltern davor das letzte Mal gesehen hat: den Vater am Abend im Wohnzimmer, bei schwacher Beleuchtung die Zeitung lesend, die Mutter am Morgen, wie sie ihn zur Schule schickte: „Aber komm gleich nach Hause."

Er muß heulen, und es tut gut, die Tränen zu spüren, auch wenn es ihn noch unglücklicher macht, wenn es nicht befreit, sondern alles nur noch erschwert. Doch dann horcht er auf. Er hat ein Geräusch gehört, es klang wie Schritte im Garten; Schritte, die sich langsam nähern. Er steht auf und lauscht angespannt. Da! Wieder! Die Schritte sind schon vor der Veranda angelangt.

Wolf schlägt das Herz bis zum Hals, ihm wird schlecht vor Angst. Er schafft es gerade noch, langsam rückwärts zu gehen, bis er vor der Tür steht, die in den dunklen Raum führt. Dort lauscht er wieder.

An der Verandatür wird geschlossen. Jemand pfeift leise vor sich hin. Wolf schwankt. Soll er dem, der da kommt, entgegengehen; soll er aufgeben? Oder soll er sich verstecken, darauf vertrauen, daß er nicht gesucht wird, daß derjenige, der da kommt, nur rein zufällig... Ohne sich zu entscheiden, macht er noch einen Schritt zurück und schiebt sich durch die offene Tür in den dunklen Raum dahinter. Dabei denkt er weiter nach: Soll er durchs Fenster klettern, weglaufen? Aber dann fällt er sicher erst recht auf. Vielleicht betritt dieser Jemand ja gar nicht den dunklen Raum, vielleicht holt er nur was ab und verschwindet gleich wieder...

Wolf lehnt sich mit der Stirn an die Wand und versucht, nicht zu atmen. Aber er hört seinen Atem, hört ihn überdeutlich laut und atmet deshalb vor Aufregung noch hastiger.

Die Holzdielen knarren unter schweren Schritten. Das muß ein Mann sein! Wolfs flüchtige Hoffnung, der Jemand könne vielleicht Frau Meier sein, die ihm was zu essen bringen will, verfliegt, noch ehe sie so recht in ihm aufkeimen konnte.

„Ist da wer?"

Es ist ein Mann, ein Mann mit einer tiefen Stimme. Er hat irgendwas gemerkt... Aber jetzt ist es zum Fliehen zu spät.

Eine Hand stößt die Tür weit auf, eine Männergestalt füllt

den Türrahmen, eine Taschenlampe leuchtet Wolf ins Gesicht. Wolf will etwas sagen, will sein unerlaubtes Eindringen in die Laube entschuldigen, aber er bringt kein Wort heraus, starrt nur die Taschenlampe an. Der Schein der Taschenlampe gleitet an ihm herunter und bleibt auf seiner Brust haften: Der Stern!

„Bitte", sagt Wolf, und dann lehnt er einfach wieder den Kopf an die Holzwand und heult los.

Der Mann mit dem kurzgeschnittenen grauen Haar sitzt auf dem Sofa und trommelt leise mit den Fingern auf dem Küchentisch herum. In der anderen Hand hält er eine brennende Zigarette, an der er in immer kürzer werdenden Abständen zieht. Und nur wenn er an der Zigarette zieht, kann Wolf für Sekunden sein Gesicht erraten, denn der Mann hat die Taschenlampe längst ausgemacht und auch keine Kerze angezündet.

„Ich werde wirklich morgen abgeholt."

Der Mann antwortet nicht, trommelt nur weiter auf dem Tisch herum.

Soll er ihm noch einmal erzählen, daß er ihm ganz bestimmt keine Schwierigkeiten machen wollte? Daß er gedacht hat, die Laube sei unbewohnt?

„Ich werde wirklich morgen abgeholt."

Wolf sagt den gleichen Satz noch einmal, als könnte er so den Mann beschwören, einfach zu gehen, ihn zu vergessen.

Der Mann schweigt weiter, bis er plötzlich fragt: „Wie alt bist du eigentlich?"

„Elf."

„Und wo sind deine Eltern?"

„Sie haben sie auf einen LKW verladen."

„Ich habe nichts gegen euch", sagt der Mann. „Ob du Jude, Mohammedaner oder Chinese bist, ist mir gleich. Aber ich kann dich nicht hierlassen. Wenn's rauskommt, marschiere ich ab – ins KZ." Er drückt seine Zigarette aus und schweigt wieder. Dann sagt er leise, und seine Worte klingen fast wie eine Frage: „Eigentlich müßte ich dich anzeigen, dich zu einem Polizeirevier bringen. Erstens, weil du bei mir eingebrochen hast, und zweitens..." Er verstummt.

Zweitens, weil du ein Jude bist, hat der Mann sagen wollen. Wolf überlegt nur kurz. Er weiß, er muß nun kämpfen – nicht gegen den Mann, sondern gegen die Angst des Mannes. Er zieht den Mantel aus und reißt den Stern ab. Das kann er tun ohne hinzugucken. Er weiß genau, wo der Stern aufgenäht ist. Das gleiche tut er mit dem Stern auf seiner Jacke.

„Das nützt doch nichts", sagt der Mann leise.

Wolf zieht auch die Jacke aus. „Können Sie mir ein Streichholz geben?" Er hat vorhin einen Ofen gesehen, will Mantel und Jacke verbrennen. Er glaubt, der Mann fürchtet, daß die Stellen, auf denen die Sterne festgenäht waren, trotzdem zu sehen sind.

Der Mann antwortet wieder nicht, zündet sich nur eine neue Zigarette an.

„Haben Sie Kinder?" fragt Wolf leise.

„Wozu willst du das wissen?"

Wolf zuckt die Achseln. „Nur so."

„Denkst du, ich werde weich, nur weil ich selber Kinder habe?"

Daran hat Wolf nicht gedacht, er hat daran gedacht, daß der Mann ihm vielleicht aus Rücksicht auf seine Familie nicht helfen will. Wenn alles herauskommt und die Nazis ihn einsperren, steht seine Familie ohne Ernährer da – wie lange Zeit die Familie Martin aus dem zweiten Stock.

„Also gut!" Der Mann atmet tief den Rauch seiner Zigarette ein. „Ich laß dich laufen. Aber du mußt mir versprechen, niemandem zu sagen, daß du hiergewesen bist."

Der Mann will ihn laufenlassen? Eine Sekunde lang ist Wolf versucht, der Aufforderung zu folgen. Weg aus dieser Laube, weg von diesem Mann, der nicht weiß, ob er ihn anzeigen soll oder nicht.

Aber dann geht er doch nicht. „Gehen Sie doch", bittet er den Mann. „Ich weiß ja nicht, wohin. Und ich werde morgen hier abgeholt."

„Verdammt!" Der Mann springt auf und geht in dem engen Raum auf und ab. Doch die Dielen knarren laut unter seinen schweren Schritten, er bemerkt das und setzt sich lieber wieder. „Wenn ich dich laufenlasse, ist das bereits gefährlich genug. Wer sagt mir denn, daß du wirklich die Klappe hältst? Die haben doch Methoden, die wissen doch, wie man Leute zum Sprechen bringt."

„Deshalb ist's ja besser, wenn ich hierbleibe", kämpft Wolf weiter. „Hier findet mich keiner... Und morgen früh werde ich abgeholt."

„Und wenn dich jemand hier einsteigen gesehen hat? Und wenn er mich kommen gesehen hat? Mein Nachbar hier, der Brenner, das ist ein Nazi, ein zweihundertprozentiger sogar. Wenn der mir eins auswischen kann, tut er es."

„Er hat mich aber nicht gesehen. Niemand hat mich gesehen. Ich hab ja aufgepaßt."

„Aufgepaßt!" Der Mann seufzt. „Wie willst du denn wissen, daß dich wirklich niemand gesehen hat? Das hier ist doch kein Indianerspiel."

Wolf kommt es manchmal so vor, als ob alles das, was er in den letzten Tagen erlebt hat, doch ein Indianerspiel ist. Ein bitterböses, furchtbar grausames Indianerspiel. Hat er denn nicht immer noch die Hände hoch? Ist er nicht in Wirklichkeit so ein Tschibaba? „Bitte!" sagt er leise, und dann wiederholt er: „Ich weiß ja nicht, wo ich hin soll."

Der Mann schweigt wieder. „Junge, Junge!" sagt er dann. „Wenn ich das gewußt hätte..."

Wenn er gewußt hätte, daß er hier ist, wäre er nicht gekommen, wollte der Mann sagen. Aber nun weiß er es, nun kann er nicht die Augen zumachen und so tun, als wüßte er nichts, nun muß er irgend etwas tun, muß sich entscheiden. „Bitte!" sagt Wolf noch einmal.

Der Mann trommelt wieder mit den Fingern auf dem Tisch herum. Dann steht er plötzlich auf und sagt: „Gut, bleib hier, aber verbrenn das Zeug lieber nicht. Vergrab es im Komposthaufen hinten im Garten. Aber erst, wenn's richtig dunkel ist. Damit dich niemand sieht." Der Mann geht zur Tür und späht in die Dämmerung hinaus. Dann dreht er sich noch einmal um. „Wenn du erwischt wirst und dich einer fragt... ich weiß von nichts, hörste? Ich bin zwar hiergewesen, du hast mich auch gehört, aber du hast dich versteckt, so daß ich dich nicht sehen konnte. Verstanden?"

Wolf nickt.

Der Mann zögert noch einen Moment, dann geht er. Wolf hört den Kies des Gartenweges unter seinen Schritten knirschen, dann ist wieder alles still.

Wolf liegt auf dem Sofa und möchte schlafen, schlafen, um zu vergessen, aber er kann nicht einschlafen. Dazu treiben ihn seine Gedanken zu sehr hin und her, jagt ein Bild das andere, folgt Angst auf Angst. Und außerdem ist es kalt, hundekalt. Er hat ja nun weder Jacke noch Mantel, trägt nur den dünnen Pullover über dem Hemd.

Draußen ist es nun schon lange finster. Er kann den Mond am Himmel sehen, es ist eine richtig klare Winternacht. In einer solchen Nacht gingen die Eltern mal mit ihm spazieren. Er hatte es sich zum Geburtstag gewünscht...

Die Eltern! Wo sie jetzt wohl sein mögen? Ob sie schon in einem Lager sind? Und ob sie an ihn denken, sich um ihn sorgen?

Sicher denken sie an ihn. Und sicher sind sie trotz ihrer Sorge froh, daß er nicht zu Hause war, als sie abgeholt wurden. Aber er ist nicht froh, er wäre jetzt doch lieber bei ihnen.

Er sieht wieder den LKW vor sich, die Männer, Frauen und Kinder auf der Ladefläche. Wie eng sie beieinander standen! Als ob sie sich gegenseitig schützen wollten.

Wolf steht auf und stellt sich ans Fenster. So ein Garten in der Nacht hat etwas Geheimnisvolles an sich. Und etwas Beängstigendes. Hinter jedem Baum, jedem Strauch kann jemand stehen. Er legt sich lieber wieder hin.

Der Mann hat sich ziemlich plötzlich entschieden, ihn doch hierzulassen. Ob er ihn vielleicht schon angezeigt hat, ob die

Polizisten nur warten, bis Frau Meiers Bekannter kommt? Oder der Mann hat seiner Frau davon erzählt, sie hat Angst bekommen...

Er muß damit aufhören. Er wird ja sonst verrückt vor Angst. Er muß an was Beruhigendes denken.

An Frau Meier. Wie sie hinter ihm durch die Straßen ging. Die kleine Frau, der graue Mantel, der braune Hut. Der Vater hat recht: Man darf nicht *die Deutschen* sagen. Sie sind viel zu verschieden, um sie alle über einen Kamm zu scheren... Wie die Juden ja auch.

Schritte auf dem Kiesweg. Leise, aber doch deutlich zu hörende Schritte. Wolf fährt hoch. Sein Herz jagt. Er lauscht angestrengt.

Da, wieder! Da draußen geht jemand, jemand, der bemüht ist, nicht gehört zu werden. Wie in Wellen flutet die Angst in Wolf hoch. Er beißt sich in den Handballen. Alles, nur jetzt nicht weinen oder schreien!

Die Schritte gehen an dem Holzhäuschen vorbei und brechen erst vor dem Fenster mit der eingedrückten Pappverkleidung ab.

Erneut ein Geräusch! Aber es klang nicht, als ob jemand durch das Fenster gestiegen ist, es klang, als ob etwas Leichtes auf die Dielen gefallen ist.

Wieder die leisen Schritte, diesmal aber entfernen sie sich.

Wolf wartet, bis die Schritte nicht mehr zu hören sind, dann steht er auf, um nachzusehen, ob sich im Nebenraum etwas verändert hat.

Es ist so finster in dem Raum, er kann kaum etwas erkennen, doch er hat es bald ertastet: Jemand hat ein Bündel in die Laube geworfen. Es ist ein dicker Stoff mit etwas drin!

Vorsichtig schleicht Wolf sich in den vorderen Raum zurück und knüpft das Bündel auseinander.

Ein Mantel. Ein Kindermantel! Etwa seine Größe, aber ohne Stern. Und in dem Mantel stecken belegte Brote und eine Tüte mit Bonbons.

Wolf ißt die Brote und lutscht ein paar von den Bonbons. Und während er ißt und lutscht, muß er wieder heulen. Die Schritte im Garten, das war der Mann, der Laubenbesitzer. Er würde ihm keinen Mantel bringen, wenn er vorhätte, ihn anzuzeigen.

Irgendwann in dieser Nacht schläft Wolf doch noch ein. Aber er schläft nicht tief, das leiseste Geräusch weckt ihn. Und Geräusche gibt es viele in dieser alten Laube. Und wenn er dann halb wach ist, sieht er wieder Bilder. Doch jetzt sind es Bilder, die mit der Wirklichkeit nichts zu tun haben: Hans und Willi in SS-Uniformen; der Vater, wie er durch ein Gitter blickt; die Mutter, wie sie von fremden Frauen an den Haaren gezerrt wird; fremde Kinder, die ihn durch die Straßen hetzen und „Tschibaba, Tschibaba!" rufen.

Richtig wach wird Wolf erst, als draußen der Morgen graut und er die Kälte trotz des Mantels nicht mehr aushalten kann. Er steht auf, tritt ans Fenster – und erschrickt: Vor dem Zaun steht ein Mann, der schaut sich aufmerksam um, geht weiter, kommt wieder. Der Mann trägt eine braune SA-Uniform.

Einen Augenblick lang denkt Wolf an Flucht. Dann gibt er

es auf. Es hat keinen Sinn. Er will auch nicht mehr. Soll der SA-Mann ihn zu den Eltern bringen, dann hat er Ruhe.

Der SA-Mann steigt über den Zaun, nähert sich der Tür, klopft leise. „Wolf?" flüstert er.

Wolf geht in den dunklen Raum und klettert durch das Fenster nach draußen. Dann hebt er langsam die Hände hoch.

„Nein, nein", sagt der SA-Mann. „Ich komme nicht, um dich zu verhaften. Ich komme von Frau Meier."

Von Frau Meier? Dann... ist der SA-Mann ihr Bekannter?

Der Mann in der SA-Uniform legt Wolf die Hand auf die Schulter. „Keine Angst, Junge! Laß dich durch die Uniform nicht täuschen." Er blickt an Wolf herunter. „Wo ist denn dein Stern?"

Wolf nimmt die Hände herunter und berichtet stockend, was am Abend und in der Nacht passiert ist. Der SA-Mann hört aufmerksam zu. Erst ist er besorgt, aber als er das von dem Mantel hört, atmet er erleichtert auf. „Eine Sorge weniger", sagt er und lächelt Wolf zu. „Schnuppere noch mal die Berliner Luft, Junge. Heute abend biste schon in der Schweiz. Mit einem neuen Mantel und einem neuen Namen."

„Und meine Eltern?"

Der SA-Mann wird ernst. „Vielleicht haben sie Glück, und es wird nicht so schlimm."

Der SA-Mann glaubt selber nicht, was er sagt, er will ihm nur Mut machen. Wolf durchschaut das, aber seltsam, es beruhigt ihn doch.

1948   Ausgabe Nr.

Den Glauben an die...

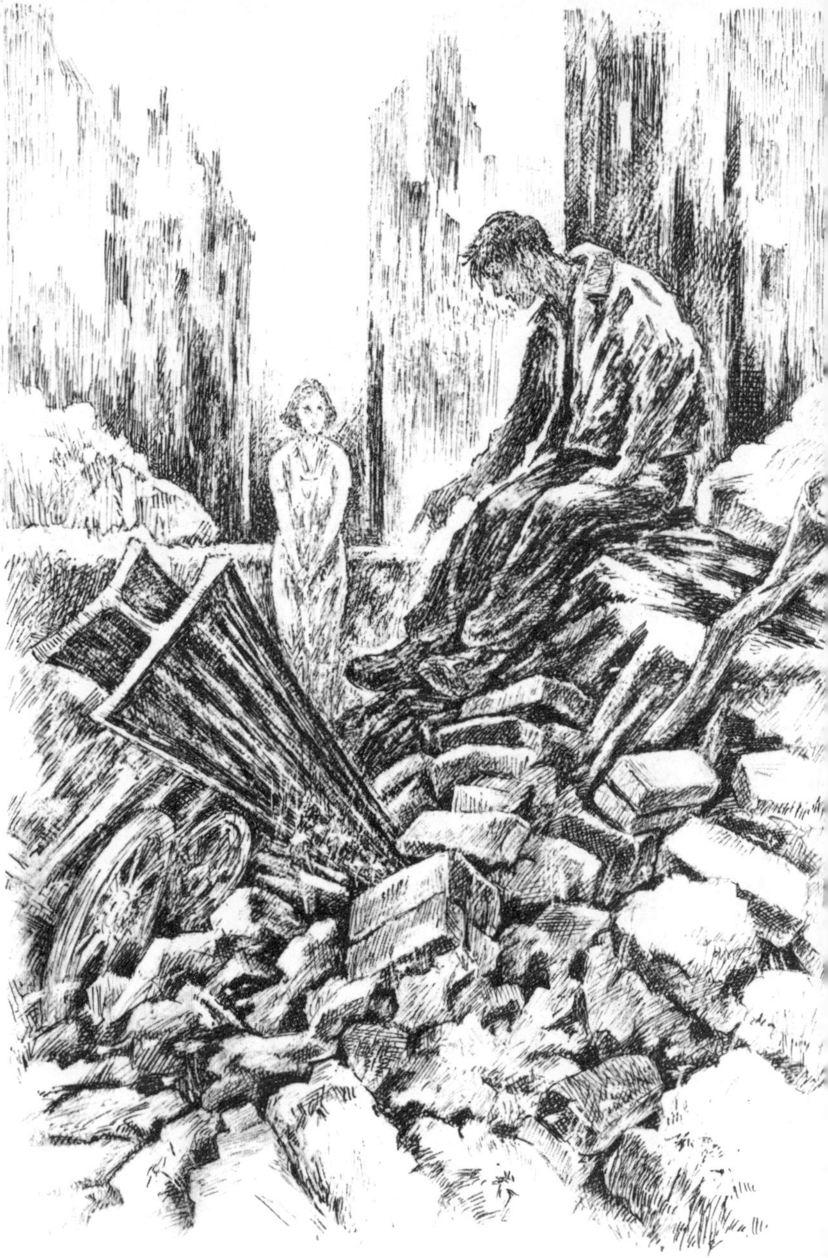

Trümmerkutte

„Das ist er", sagt Uschi.

Hilde schaut zu dem Jungen hinüber, der seinen vollbeladenen Handwagen so schnell über das Kopfsteinpflaster zieht, daß die kleinen eisenbeschlagenen Räder laut rattern. Er trägt einen Skianzug, der mal dunkelblau gewesen sein muß – jetzt ist er grau, steingrau. Und schmutzig – wie sein Gesicht.

„Wenn man ihm entgegenkommt, geht er immer auf die andere Straßenseite hinüber." Uschi blickt dem Jungen mit dem Handwagen mehr spöttisch als neugierig nach. „Ich möchte bloß wissen, was er da immer durch die Gegend zieht."

Uschi meint das, was der Junge unter einer alten Tischdecke auf seinem Wagen festgebunden hat und beim Fahren ebenfalls leise scheppert. Aber es interessiert sie nicht wirklich, es verwundert sie nur.

„Der muß sich doch schon ewig nicht mehr gewaschen haben", meint Hilde.

„Mindestens hundert Jahre." Uschi lacht.

Hilde lacht auch, aber es ist nur ein leises Lachen. Ihr ist, als habe sie den Jungen schon mal gesehen. Sie weiß nur nicht, wann und wo.

Uschi schlenkert ihre Tasche mit den Schulbüchern und erzählt, daß der Junge in der ganzen Gegend nur Trümmerkutte gerufen wird. „Es heißt, er ist nicht ganz richtig im Kopf."

„Und warum?"

„Weil er in den Ruinen haust. Und weil er fortläuft, wenn man mit ihm reden will."

Viele Ausgebombte, Flüchtlinge und Vertriebene hausen in den Trümmern. Es gibt einfach nicht genug Wohnungen. Aber daß der Junge fortläuft, wenn man mit ihm sprechen will, und daß er jedesmal die Straßenseite wechselt, wenn ihm jemand entgegenkommt, das ist schon seltsam.

„Warum wird er Kutte gerufen? Heißt er Kurt?"

„Keine Ahnung!" Uschi pustet sich eine Haarlocke aus der Stirn und beginnt von ihrem Bruder zu erzählen, der endlich Arbeit gefunden hat. Doch Hilde hört nicht mehr zu. Sie hat immer noch das Gefühl, den Jungen mit dem Handwagen zu kennen, obwohl sie sich an keinen Kurt erinnern kann.

„Wenn Horst tüchtig ist, kann er schon in ein paar Wochen die Meisterstelle übernehmen", erzählt Uschi. „Dann verdient er mehr."

Hilde nickt abwesend. Ja, davon hat sie schon gehört. Weil so viele Männer im Krieg geblieben sind, kommen junge Burschen wie Uschis Bruder schnell vorwärts. Doch sie hat nun wirklich keine Lust, sich über Uschis Bruder zu unterhalten, deshalb verabschiedet sie sich rasch von Uschi und läuft über die Straße, als habe sie es plötzlich eilig. Erst als Uschi sie nicht mehr sehen kann, wird sie wieder langsamer, spielt sie mit den Füßen in dem Laub, das der erste Herbstwind von den Bäumen gefegt hat.

Zu Hause ist alles still. Hilde schließt die Tür auf, wirft ihre Mappe in den Flur und geht in die Küche.

Grütze! Zum drittenmal in dieser Woche Grütze! Sie seufzt, stellt das Gas an, nimmt ein Zündholz und steckt es an. Dann öffnet sie das Fenster und schaut in den Hof hinaus, den die blasse Septembersonne in ein mildes Licht taucht.

Ein Flugzeug donnert über die Häuser hinweg, einer jener Rosinenbomber, die die Westberliner mit Lebensmitteln und Kohlen versorgen. Alle paar Minuten kommt eines in die Stadt, immer und ewig ist Fluglärm zu hören. Doch seltsam, wenn sie auf der Straße ist, hört sie den Lärm nicht, nur zu Hause – und auch nur, wenn sie das Fenster aufmacht.

Die Suppe kocht. Hilde setzt sich an den Tisch und ißt gleich aus dem Topf. Während sie ißt, sieht sie wieder den Jungen vor sich. Wie schmutzig er aussah! Er muß sich wirklich schon ewig nicht mehr gewaschen haben. Aber sie ist sich sicher, daß sie ihn schon mal gesehen hat. Sie läßt Gesichter vor sich auftauchen: Jungen, die in der Nachbarschaft wohnten, Jungen, die ihr irgendwann einmal begegnet sind – doch das Gesicht des Jungen mit dem Handwagen ist nicht darunter.

Die Mutter kommt wie immer kurz nach Ladenschluß. Sie arbeitet in einem Herrenbekleidungsgeschäft am Schlesischen Tor. Zwar läuft das Geschäft mehr schlecht als recht, aber Herr Bär, der Inhaber, entläßt sie trotzdem nicht. Und das ist ein großes Glück für sie, denn Herrn Bärs Geschäft liegt in Westberlin, die Mutter verdient Westgeld – und in den drei Westsektoren gibt es längst schon wieder mehr Lebensmittel zu kaufen als im Ostsektor, sogar jetzt, während der Blockade.

„Gibt's was Neues in der Schule?"

„Nee."

Die Frage hat mit der Schule nichts zu tun. Die Mutter wartet auf eine Nachricht, eine freudige Mitteilung, auf irgend etwas, sie weiß selbst nicht, auf was. Sie setzt sich an den Küchentisch und schaut Hilde abwägend an. „Ich war heute auf dem Standesamt."

„Wegen Vater?"

Die Mutter nickt. „Ich... ich wollte wissen, ob es reicht..."

Die Mutter meint, ob all das, was sie über Vaters Verbleib erfahren haben, reicht, um ihn für tot erklären zu lassen.

„Und?"

„Es reicht."

Dann hat die Mutter es nun also doch getan! Geredet hat sie ja schon lange davon.

„Und wenn Vater doch noch lebt?"

„Aber warum meldet er sich dann nicht?" Die Mutter streift sich die Schuhe von den Füßen und massiert sich die Knöchel. Das viele Stehen im Laden strengt sehr an. Oft hat sie abends geschwollene Beine. „Wenn er in einem Kriegsgefangenenlager wäre, hätte er doch längst geschrieben."

„Vielleicht kann er nicht schreiben?"

Hilde meint, daß der Vater vielleicht so schwer verletzt worden ist, daß er nicht mehr schreiben kann. Aber sie weiß, daß das kein Argument ist, erwartet die dadurch herausgeforderte Gegenfrage schon: „Und warum läßt er keinen Kameraden für sich schreiben?"

Darauf weiß Hilde nichts zu antworten, trotzdem erscheint ihr, was die Mutter vorhat, als Rücksichtslosigkeit gegenüber dem Vater. Sie sieht ihn noch vor sich, wie er Anfang 44 das letzte Mal auf Urlaub kam. Sie war zwar damals erst elf Jahre alt, aber sie erinnert sich noch gut an den großgewachsenen Mann in dem graugrünen Soldatenmantel, sieht sein ernstes Gesicht, als er in der Tür stand, das zögernde Lächeln, als die Mutter sie bat, den Vater zur Begrüßung zu küssen. Und dann die Tage danach, in denen es nur den Vater gab, nichts als den Vater – bis er wieder weg mußte... Und jetzt will die Mutter ihn einfach für tot erklären lassen.

„Du sagst ja gar nichts."

„Was soll ich denn sagen?"

„Na, irgendwas!" Die Mutter kann nicht mehr sitzen bleiben. In Strümpfen geht sie an den Schrank, um eine Tasse herauszunehmen. Sie sieht ohne Schuhe noch kleiner aus als sonst.

„Ist es wegen Herrn Bär?"

Die Mutter zuckt zusammen. Dann dreht sie sich um und sagt ernst: „Ja."

„Will er dich heiraten?"

Wieder sagt die Mutter: „Ja." Und sie bleibt so ernst, guckt weiter so forschend.

Hilde hält den Blick nicht länger aus. „Wenn du den heiratest, bist du mich los", sagt sie heftiger als beabsichtigt. „Ich hab keine Lust, mit einem fremden Mann zusammenzuleben."

Die Mutter wird blaß. „Warum sagst du das?"

„Na, ist doch wahr", schreit Hilde da. „Vater lebt vielleicht noch, und du…" Sie verstummt. Das hat es schon gegeben, daß irgendein vermißter Soldat plötzlich doch wieder vor der Tür stand – und daß sein Platz dann besetzt war. Wenn so etwas vorkommt, spricht die ganze Gegend darüber. Und auch wie die Sache ausgeht, wird beklatscht: Wer dann das Feld räumen muß, der ehemalige oder der jetzige Mann.

„Herr Bär ist kein schlechter Mensch", sagt die Mutter leise. „Er hat viel Unglück gehabt…"

Hilde kennt die Geschichte. Herr Bär hatte seine Frau mit ihren drei Kindern zu seiner Schwester an die Ostsee schicken wollen, damit sie vor den Bombenangriffen sicher waren. Der Zug, in dem sie saßen, wurde bombardiert; es gab keine Überlebenden. Als Herr Bär davon erfuhr, bekam er über Nacht weiße Haare.

„In ein paar Jahren bist du erwachsen", sagt die Mutter. „Heiratest selber, ziehst weg. Und ich? Ich sitze dann zu Hause und darf mich auf eure Besuche freuen, darf meinen Enkeln Pullover stricken. Aber an eurem Leben darf ich keinen Anteil nehmen; ich werde aus der Ecke geholt, wenn es euch paßt, und wieder hineingestellt, wenn ich störe." Sie verstummt und sagt dann, und es klingt fast bittend: „So ist es doch! So ist es immer! Warum willst du, daß ich allein bleibe? Ich bin ja noch nicht mal vierzig."

Die Mutter hat recht, Hilde weiß es. Aber da ist dieses Gefühl in ihr, dieses Bild vom Vater – den Gedanken daran, daß ein anderer seinen Platz einnehmen soll, kann sie nicht ertragen. Doch entgegnen kann sie der Mutter nun auch nichts mehr, deshalb steht sie auf und geht ins Wohnzimmer.

Es ist Abend. Die Mutter hat sich gewaschen und für die Nacht fertig gemacht. Sie hat die ganze Zeit nicht mehr mit Hilde gesprochen, nun aber kommt sie ins Wohnzimmer und setzt sich zu ihr auf die Sessellehne. „Und wenn sie uns wieder so einen Herrn Keller in die Wohnung setzen?"

Herr Keller war der Untermieter, der bis vor zwei Wochen bei ihnen wohnte. Ihre Wohnung ist zu groß für zwei Personen, das Wohnungsamt setzt ihnen immer wieder Untermieter vor die Nase. Manchmal sind das ja sehr freundliche Leute, die kaum stören und sowie sie eine eigene Wohnung gefunden haben auch wieder ausziehen, dieser Herr Keller aber hatte die Wohnung richtiggehend in Beschlag genommen, nächtelange Feste gefeiert und Gelage veranstaltet. Das Geld dafür mußte er sich auf irgendwelchen krummen Wegen verdient haben; so viel, wie Herr Keller ausgab, konnte niemand mit normaler Arbeit verdienen. Als er dann endlich wieder auszog, war ihnen, als hätte ihnen jemand ihre Wohnung zurückgegeben.

„Willst du deswegen Herrn Bär heiraten?"

„Nein, natürlich nicht." Die Mutter wird verlegen. „Wenn Herr Bär und ich..., dann würden wir beide ja zu ihm ziehen. Du könntest bei ihm eine Lehre machen. Du weißt ja, daß es kaum Lehrstellen gibt... Das wäre schon ein großer Vorteil, auch für dich."

Eine Lehrstelle! Die Mutter muß bloß noch so tun, als ob sie ihretwegen Herrn Bär heiraten will. Hilde stellt das Radio an. Sie will nicht länger über Herrn Bär reden. Sie will Musik hören.

Es ist Nachrichtenzeit, überall wird gesprochen. Hilde

stellt einen Westsender ein. Der Nachrichtensprecher berichtet von neuen Streitigkeiten zwischen Russen und Amerikanern, gibt Zahlen durch: Wie viele Flugzeuge heute in Tempelhof gelandet sind, was sie mitbrachten. Und der Wechselkurs – eine Westmark ist fast sieben Ostmark wert.

Nach den Nachrichten bringt der Sender Tanzmusik. Die Mutter gähnt, ist todmüde, geht aber noch nicht schlafen.

„Warum legst du dich nicht hin?"

Die Mutter blickt Hilde bittend an. „Ich möchte, daß du dir das alles noch mal in Ruhe überlegst. Ich möchte, daß du wenigstens versuchst, mich zu verstehen. Und daß du auch Herrn Bärs Lage überdenkst. Herr Bär und ich, wir sind beide nur noch Hälften, die irgendwie übriggeblieben sind. Und wenn das alles auch sehr traurig ist, das Leben geht weiter – und zusammen sind wir vielleicht wieder ein Ganzes."

Im Radio singt einer, daß seine Klingel kaputt ist, und dann ruft er immer „Huhu!", weil er will, daß man ihn hört. Ein lustiges Lied, doch es paßt nicht zu Hildes Stimmung, und sie kann sich nicht auf die Tanzmusik einstellen, solange die Mutter neben ihr sitzt und sie so anguckt. „Ist schon gut", sagt sie. „Du mußt ja wissen, was du machst."

Das ist es nicht, was die Mutter hören wollte. Enttäuscht steht sie auf. „Du bist zwar erst fünfzehn, aber manchmal glaub ich, du bist schon dreißig. Ein Kind bist du jedenfalls nicht mehr."

„Hab ich den Krieg gemacht?"

Stumm schüttelt die Mutter den Kopf und läßt Hilde allein. Hilde nimmt das Kissen vom Sofa, preßt es vor den Bauch und beginnt, sich zu wiegen. Das hat sie früher schon oft getan. In den Bombennächten, wenn sie in den Luftschutzkeller liefen, hatte sie immer ein Kissen mitgenommen und dann so dagesessen und sich vor und zurück gewiegt. Stundenlang hatte sie das getan und während der ganzen Zeit kein einziges Wort gesprochen.

Da ist er wieder, der Junge mit dem Handwagen. Als er Hilde sieht, wechselt er die Straßenseite. Nur eine Sekunde zögert Hilde, dann wechselt sie auch die Straßenseite, geht sie dem Jungen direkt entgegen. Der Junge stoppt und überlegt, ob er wieder auf die andere Straßenseite zurück soll, entschließt sich aber dann, seinen Wagen an Hilde vorbeizuziehen.

Hilde wird langsamer und blickt dem Jungen aufmerksam ins Gesicht. Der Junge schaut nicht auf, doch seine Augenlider zucken.

„He, du! Hast du früher nicht mal in der Boxhagener gewohnt?"

Der Junge bleibt so ruckartig stehen, als hätte sie ihm etwas nachgeworfen und seinen Rücken getroffen. Endlich dreht er sich um. „Meinst du mich?"

„Ja. Ich glaube, ich kenn dich irgendwoher."

Der Junge ist älter als sie, ist so zwischen sechzehn und siebzehn, aber sie kennt ihn. Darauf würde sie nun schwören.

„Ich hab nie in der Boxhagener gewohnt." Der Junge guckt Hilde noch mal von der Seite an, dreht sich um und will weitergehen. Stur stellt Hilde sich ihm in den Weg. „Wo bist du denn zur Schule gegangen? In der Rigaer?"

Der Junge zögert – und schüttelt den Kopf. Doch wie er gezögert hat und wie er den Kopf schüttelt, zeigt deutlich, daß er lügt, daß er nur nichts von sich verraten will. Und wie er nun guckt, verteidigungsbereit und zugleich seltsam gespannt, läßt Hilde auf einen Schlag klarwerden, woher sie diesen Jungen kennt. So hat sie ihn schon oft gesehen, nur war er damals erst zwölf oder dreizehn Jahre alt und trug die Uniform der Hitlerjugend. Und aufgefallen war er ihr, weil er nicht in diese Uniform hineinpaßte. Er war kein Junge für eine Uniform, keiner, der im Gleichschritt gehen und daran auch noch Spaß haben konnte. Sie hatte mal erlebt, wie die Jungen der siebenten und achten Klassen im verschneiten Schulhof exerzieren übten und wie er andauernd darüber lachen mußte – bis sein Fähnleinführer ihn vortreten und Liegestütze machen ließ. Anfangs lachten die Mädchen auf der Schulhofmauer über diesen Scherz, dann verging ihnen das: Der Fähnleinführer ließ den Jungen Liegestütze machen, bis er total erschöpft war. Die Arme wollten ihm wegknicken, aber der Fähnleinführer, ein sehr ernster Junge, schrie ihn an und ließ ihn weiterpumpen. Danach scheuchte er ihn hoch und ließ ihn im Schulhof im Kreis laufen. Der Junge lief und lief, und immer, wenn er an der Schulhofmauer vorüberkam, sahen die Mädchen sein Gesicht, sahen sie diese seltsame Mischung aus Erschöpfung und gespannter Wachheit in seinem Blick. Von diesem Tag an war er Hilde dann noch öfter aufgefallen. Und immer in ähnlichen Szenen. Die Jungenschule lag der Mädchenschule ja direkt gegenüber; sie bekamen fast alles mit, was dort so ablief.

„Natürlich bist du in der Rigaer zur Schule gegangen. Ich erinnere mich genau an dich."

Der Junge guckt Hilde an, als versuche auch er sich zu erinnern, aber es gelingt ihm nicht. Achselzuckend dreht er sich um und zieht weiter seinen Wagen die Straße entlang.

Die Mutter hat sich von Frau Neumann im 1. Stock die Urkunde geholt, auf der Herr Neumann für tot erklärt wurde. *Der Obergefreite Karl Friedrich Neumann, verheiratet mit Martha Leonore Neumann geborene Findeisen, ist durch Entscheidung des Amtsgerichts Berlin-Mitte für tot erklärt worden,* stand darauf. Und: *Als Zeitpunkt des Todes ist der 1. November 1944 – Tagesende – festgestellt.*

„Woher haben die denn das gewußt?" wundert sich Hilde.

„Sie wußten es nicht", sagt die Mutter ohne Hilde anzublicken. „Sie mußten irgendwas eintragen, und da Herr Neumann seit dem 1. November vermißt wurde, haben sie entschieden, daß er an diesem Tag gefallen ist."

Hilde schweigt. Dazu kann sie einfach nichts sagen. Die Mutter setzt sich zu ihr, erzählt von dem langen Tag im Geschäft, erwähnt aber nicht Herrn Bärs Namen. Trotzdem denkt sie an ihn und an das gestrige Gespräch mit Hilde, hofft, daß Hilde vielleicht davon anfängt, aber Hilde hört gar nicht richtig zu. Sie sieht den Jungen vor sich: das schmutzige Gesicht, den mißtrauischen Blick, seine Angst, sich zu verraten. Ihr ist da vorhin noch eine Szene eingefallen, in der sie den Jungen mal erlebt hat. Eines Tages, kurz nach dem Unterricht, war er von drei Hitlerjungen in eine Haustürnische gedrängt und böse zusammengeschlagen worden. Viele Kinder hatten herumgestanden und zugesehen, aber keines hatte ihm geholfen. Er hielt sich schützend die Hände vor das Gesicht, die Jungen schlugen ihm in den Leib. Er stöhnte auf und versuchte, seinen Leib zu schützen, da schlugen sie ihm ins Gesicht. Die Nase blutete, die Lippen platzten auf, die Augen schwollen an. „Nimm es zurück!" schrien die drei Hitlerjungen. „Nimm es zurück!" Er aber machte den Mund nicht auf.

„Woran denkst du denn? Du hörst ja gar nicht zu." Die Mutter wiederholt: „Sonntag kommt Herr Bär zu uns. Er möchte, daß du ihn mal näher kennenlernst."

Hilde macht ein gleichgültiges Gesicht. „Von mir aus."

Am nächsten Tag wartet Hilde nach der Schule auf den Jungen. Sie setzt sich unweit der Stelle, an der er jedesmal in den Ruinen verschwindet, auf einen Mauerbrocken und läßt sich von der noch warmen Herbstsonne bescheinen.

Sie will mit dem Jungen reden, will mehr von ihm erfahren. Was genau, darüber macht sie sich keine Gedanken; sie hat sich nur die erste Frage zurechtgelegt, und die soll lauten: „Wie heißt du eigentlich?"

Sie will diese Frage ganz unverfänglich aussprechen, ganz locker, schließlich kennen sie sich ja seit dem gestrigen Gespräch ein bißchen, aber es wird nichts draus: Der Junge mit dem Handwagen kommt an diesem Tag nicht. Und er taucht auch am nächsten Tag nicht auf.

Am Sonntag kommt dann Herr Bär. Er kommt schon zum Mittagessen, bringt ein paar Eier mit. Die Mutter verquirlt sie mit Mehl, damit die Portionen größer werden, macht Rührei mit Bratkartoffeln daraus. Es ist ein richtiges Sonntagsgericht, aber Hilde schmeckt es trotzdem nicht: Herr Bär ist zwar sehr freundlich, aber er sitzt neben der Mutter, als stehe ihm dieser Platz zu.

Nach dem Essen sitzen Herr Bär und die Mutter in der Wohnstube und reden von der Zeit vor dem Krieg. Ein paar Minuten bleibt Hilde dabei, hört zu, was die Mutter sagt, hört, wie Herr Bär ihr in allem recht gibt. Dann hält sie es nicht länger aus. „Ich geh mal kurz zu Uschi", sagt sie.

Herr Bär greift in seine Jackentasche und reicht Hilde eine Tüte Bonbons. „Hier", sagt er. „Wegzehrung."

Bonbons sind etwas Besonderes in diesen Tagen, trotzdem hätte Hilde lieber darauf verzichtet. Doch das kann sie der Mutter nicht antun. Sie nimmt die Tüte, deutet einen leichten Knicks an und läuft aus der Wohnung.

Sie will nicht zu Uschi, sie will zu diesem Ruinengrundstück. Warum soll sie nur nach der Schule auf diesen Kutte warten, warum soll sie nicht einfach mal so nach ihm suchen?

Als sie die Ruinen erreicht hat, steigt sie den Schuttberg hoch und blickt sich aufmerksam um. Vielleicht kann sie was entdecken, irgendwas, das wie eine Höhle aussieht und in das der Junge sich verkrochen haben könnte. Doch es gibt nichts Auffälliges zu sehen, nur Mauerreste, Schutt und Unkraut, das auf dem Schutt wächst. Enttäuscht will sie sich schon wieder abwenden, als sie plötzlich das klappernde Geräusch des Handwagens hört: Der Junge kommt über die Straße. Rasch versteckt sie sich hinter einer halbhohen Mauer und wartet, bis er den vollen Handwagen den Schuttberg heraufgezogen hat. Erst dann tritt sie vor.

„Arbeitest du auch sonntags?"

Der Junge erschrickt und beruhigt sich auch nicht, als er Hilde erkannt hat. „Was willst du hier?" fährt er sie an.

„Dich besuchen." Hilde setzt sich auf die Mauer. Sie freut

sich, daß sie den Jungen doch noch getroffen hat, kann ihn aber nun nicht einfach nur fragen, wie er heißt.

„Spionierst du mir nach?"

„Quatsch!"

Der Junge bleibt mißtrauisch. Er will nicht weitergehen, solange sie ihm nachsehen kann.

„Und was willst du von mir?"

„Mich mit dir unterhalten."

Der Junge glaubt ihr nicht, weiß aber nicht, was er tun soll. Schließlich bleibt ihm nichts weiter übrig, als sich auf eine etwas entfernt stehende Mauer zu setzen. Ärgerlich zieht er ein Päckchen amerikanische Zigaretten aus der Seitentasche seiner Skijacke und steckt sich eine an.

„Dir geht's ja gut."

Der Junge antwortet nicht, raucht nur schweigend und sieht Hilde dabei abwartend an. Hilde muß daran denken, wie er beim Exerzieren auf dem verschneiten Schulhof gelacht hatte. Bestimmt hat er schon lange nicht mehr so gelacht.

„Was ist denn eigentlich aus den anderen geworden?"

„Welche anderen?"

„Na, die, die dich damals so verprügelt haben. Dein Fähnleinführer und seine Freunde."

Der Junge guckt sie neugierig an. „Kenn ich nicht."

„Na klar, kennst du die. Ich hab doch gesehen, wie sie auf dich eingeschlagen haben. Und auch, wie du Liegestütze machen mußtest."

Der Junge raucht, schweigt.

„Du hast mir damals immer ziemlich leid getan."

„Quatsch!" brummt der Junge.

„Doch! Die waren gemein zu dir."

Der Junge zuckt nur die Achseln.

„Und was machst du jetzt so?" fragt Hilde.

„Was soll ich schon tun?"

Wieder eine ausweichende Antwort, doch Hilde bleibt geduldig. „Sagst du mir wenigstens, wie du heißt?"

„Trümmerkutte." Der Junge grinst.

Er kennt seinen Spitznamen. Hilde wird verlegen. „Dann heißt du also Kurt?"

„Ja."

„Ich heiße Hilde."

Der Junge interessiert sich nicht für ihren Namen.

„Gibst du mir auch 'ne Zigarette?"

Der Junge hält ihr das Päckchen hin. Hilde nimmt sich eine Zigarette und hält sie ungeschickt zwischen den Fingern.

„Viel hast du aber noch nicht geraucht." Der Junge grinst wieder. Und dann zeigt er Hilde, wie sie die Zigarette an die Glut seiner Zigarette halten soll, um sie durch heftiges Ziehen anzuzünden.

Endlich brennt Hildes Zigarette. Sie muß ein Husten unterdrücken und hält die Zigarette weit von sich. „Zur Schule gehst du nicht mehr, oder?"

Der Junge schüttelt als Antwort nur den Kopf.

„Und wohnst du wirklich in den Ruinen?"

Der Junge antwortet wieder nicht. Er drückt seine Zigarettenkippe aus und steckt sie in die linke Brusttasche. Dann nimmt er Hilde ihre Zigarette ab und raucht sie weiter. „Ist schade drum", sagt er nur.

„Sehr gesprächig bist du nicht gerade."

„Nee." Der Junge schaut einem Rosinenbomber nach, der ungewöhnlich niedrig fliegt. Dann sieht er Hilde an. „Ich hab dich ja nicht eingeladen, oder?"

Hilde steht auf. Sie weiß nicht mehr, was sie noch sagen soll. „Du bist ein ulkiger Vogel." Sie schüttelt den Kopf. „Macht dir so ein Leben denn Spaß?"

„Klar!" sagt der Junge – und dann grinst er wieder.

Herr Bär ist inzwischen gegangen. Die Mutter sitzt im Halbdunkel der Wohnstube und schaut aus dem Fenster. Als Hilde das Licht einschaltet, legt sie die Hand über die Augen. „Bitte nicht! Mach das Licht wieder aus."

Hilde schaltet das Licht wieder aus und setzt sich der Mutter gegenüber.

„Was ist? Hast du geweint?"

„Nein."

Die Mutter lügt. Hilde sieht es ihr an. Sie will nicht zugeben, daß sie unglücklich ist.

„Hat er irgendwas gesagt?"

„Er weiß, daß du ihn nicht magst. Er... er findet dich unverständig."

Unverständig? Das ist ein anderes Wort für stur, uneinsichtig, dickköpfig.

„Und du? Was hast du gesagt?"

Die Mutter zieht ein Taschentuch heraus und putzt sich die Nase. „Ich will wissen, was du gesagt hast", drängt Hilde.

Die Mutter wendet sich ab. „Ich hab ihm gesagt, daß es nicht leicht für dich ist – und daß wir nur dann heiraten können, wenn du damit einverstanden bist."

Hilde lehnt sich in den Sessel zurück. Was die Mutter da gesagt hat, ist einerseits ein Nachgeben, andererseits aber auch ein böser Trick, denn damit übergibt sie ihr die Verantwortung. Entscheide du, heißt das – und: Wenn ich unglücklich werde, bist du daran schuld.

„Du bist gemein!"

Die Mutter hat diesen Vorwurf erwartet. „Ich weiß mir nicht anders zu helfen. Wenn du mitentscheiden willst, mußt du auch Verantwortung übernehmen." Sie wartet noch einen Moment, wartet darauf, daß Hilde noch etwas sagt. Als nichts kommt, geht sie in die Küche.

Der Junge steht gegenüber der Stelle, an der er immer in den Ruinen verschwindet, in einem Hausflur, raucht und schaut ihr entgegen. Aber Hilde ist nicht allein, Uschi ist bei ihr, erzählt von ihrem Bruder und von ihrem Vater, der ihr zu ihrem Geburtstag aus der Kriegsgefangenschaft geschrieben hat. Hilde hört nur mit halbem Ohr zu. Es ärgert sie, daß sie nicht allein ist; solange Uschi dabei ist, wird der Junge sie nicht ansprechen. Und richtig: Kurz bevor sie heran sind, hastet er über die Straße, steigt den Schuttberg hoch und ist verschwunden.

„Da war er ja wieder, der Verrückte."

„Er ist nicht verrückt!"

Uschi spürt Hildes Ärger. „Na, wenn der nicht verrückt ist! Sieht aus wie 'ne Trümmerleiche und benimmt sich wie einer, der noch nie 'n Menschen gesehen hat. Bei dem muß doch was nicht stimmen."

„Vielleicht hat er was Schlimmes erlebt."

„Wir haben alle was Schlimmes erlebt. Spielen wir deshalb gleich verrückt?"

Uschi spielt nicht verrückt, Uschi ist vernünftig; Uschi würde nie in den Trümmern hausen, Uschi würde sich nie für einen Trümmerkutte interessieren. Und wenn Uschis Vater gefallen wäre und ihre Mutter wieder heiraten wollte, würde Uschi das einsehen und einen Weg finden, wie ihr der neue Vater möglichst wenig in die Quere kommt. Sie, Hilde, ist nicht vernünftig, sie macht es sich selber schwer.

Ein Zettel liegt hinter der Tür. Als Hilde ihn gelesen hat, knüllt sie ihn zusammen und wirft ihn in den Mülleimer. Ein Herr Roßbach war dagewesen, hatte aber niemanden vorgefunden. Er schreibt der Mutter, daß er ihr als neuer Untermieter zugeteilt worden ist und am Abend wiederkommen und gleich einziehen will, weil er zur Zeit keine andere Unterkunft hat.

Ein neuer Untermieter! Ein neuer Herr Keller?

Hilde setzt sich an den Küchentisch und stützt den Kopf in die Hände. Wenn dieser Herr Roßbach auch so ein unsympathischer Kerl wie sein Vorgänger ist, wird die Mutter noch mehr drängen, endlich mit Herrn Bär zusammenziehen zu dürfen.

Eine Zeitlang sitzt Hilde gedankenverloren da, dann springt sie plötzlich auf. Sie hat eine Idee, eine rettende Idee. Ohne auch nur in den Topf zu gucken, um zu sehen, was zu essen da ist, stürmt sie aus der Wohnung, läuft die Treppen runter, aus dem Haus, über die Straße und in Richtung Frankfurter Allee davon.

Sie will zu diesem Kurt, will etwas mit ihm bereden, sieht da auf einmal eine Möglichkeit, alle ihre Probleme mit einem Schlag zu lösen. Aber dann steht sie auf dem Schuttberg und weiß nicht weiter. Soll sie in die Ruinen hinein? Aber wie will sie ihn finden?

Vorsichtig ruft sie seinen Namen, wird dann lauter, immer lauter. Ihre Stimme bekommt einen verzweifelten Klang. Es wäre schlimm, wenn sie ihn heute nicht mehr hier antrifft; morgen ist es vielleicht schon zu spät.

„Warum schreist du denn so?"

Der Junge. Er sitzt auf einer Mauer, die er heimlich bestiegen haben muß, während sie in die andere Richtung rief.

„Da bist du ja!" Hilde ist so erleichtert, den Jungen doch noch angetroffen zu haben, daß sie ihn begrüßt, als hätte sie ihn sehr vermißt.

„Ist was passiert?"

„Nein." Hilde bleibt vor ihm stehen. „Ich wollte nur wissen, warum du vorhin auf mich gewartet hast." Sie will noch nicht mit ihrer Idee heraus, muß ihren Vorschlag in einem günstigen Moment anbringen.

„Ich? Auf dich gewartet? Spinnst du?"

Er ist wieder der alte, ablehnend wie zuvor.

„Na klar, hast du auf mich gewartet!"

Der Junge wird verlegen. „Bilde dir bloß nichts ein", murmelt er vor sich hin und sucht in seinen Taschen nach Zigaretten, findet aber keine.

„Wenn du rauchen willst, können wir ja zu dir gehen." Hilde bleibt im Angriff.

„Das könnte dir so passen."

„Warum? Schämst du dich für deinen Trümmerpalast?"
„Nee."
„Na also! Dann zeig mir doch mal, wie du lebst."
Der Junge überlegt, Hilde kann richtig sehen, wie es in ihm arbeitet. „Wenn nicht, kann ich ja hier auf dich warten", sagt sie. Aber sie macht dabei ein Gesicht, das deutlich zeigt, was sie von ihm hält, wenn er auf diesen Vorschlag eingeht.

„Warum soll ich mich schämen? Ich will nur nicht, daß jeder weiß, wo ich meine Ware verstecke."

„Was für 'ne Ware denn?"

Der Junge gibt sich einen Ruck und springt von der Mauer. Dann geht er, ohne ein weiteres Wort zu sagen, vor Hilde her durch zwei Mauerreste hindurch, klettert über eine halbhohe Mauer hinweg und bleibt vor einer in ihren Angeln hängenden Tür stehen, um sich noch einmal aufmerksam umzublicken. Hilde bleibt dicht hinter ihm. Sie ist gespannt darauf, wo er sie hinführt, fragt aber nichts.

Sie kriechen durch einen halbdunklen, fast völlig verschütteten ehemaligen Hofdurchgang und steigen über Mauerbrocken und herabgerissene Stromleitungen hinweg. Hilde hat Angst vor diesen Leitungen, aber der Junge beruhigt sie: „Keine Angst, da ist kein Saft drin. Alles tot!"

Dieses „Alles tot!" läßt Hilde frösteln, aber der Junge bemerkt das nicht. Zielstrebig steigt er weiter über Schutt und Geröll hinweg, geht den unwegsamen Weg so sicher, als befänden sie sich nicht mitten in den Ruinen, sondern in einem Wald oder Park.

Ein Schuh! Ein richtiger Kinderschuh. Hilde erschrickt. „Wie weit ist es denn noch?"

„Nicht mehr weit." Der Junge dreht sich zu Hilde um, sieht den Schuh und hebt ihn auf. „Vielleicht finde ich irgendwann den zweiten."

Endlich bleibt der Junge stehen und blickt sich wieder vorsichtig um. Dann öffnet er eine in ihren Angeln knarrende Tür, die zu einem Seitenaufgang geführt haben muß, denn der Fußboden dahinter ist gekachelt und das, was Hilde zuerst für eine Art niedrigen Altar gehalten hat, sind Treppenstufen. Die Treppe muß einmal bis in einen vierten Stock hinaufgeführt haben, nun aber endet sie nach vier Stufen im Schutt. Die Kerzen auf den Stufen geben diesem Treppenrest das altarmäßige Aussehen. Sie stehen nicht einfach auf den Stufen, sondern befinden sich in drei- und fünfarmigen Kerzenhaltern.

Der Junge zündet einige der Kerzen an, und Hilde, die nur zögernd nähertritt, hat Gelegenheit, sich weiter umzuschauen. Ein Sofa fällt ihr auf, aber bei näherem Hinsehen bemerkt sie, daß es nur verschiedene übereinandergeschichtete Matratzen sind. Neben dem Matratzenlager steht ein Stuhl mit einem weiteren Kerzenhalter. Unter diesem Stuhl liegen Bücher; eins davon aufgeklappt, als hätte gerade erst jemand darin gelesen. Den Matratzen gegenüber befindet sich ein seltsames Sammelsurium von Blechen, Rohren, Wasserhähnen, Ofenrosten, Regenrinnen und vieles mehr, was Hilde auf den ersten Blick nicht erkennen kann.

„Ist das deine Ware?" Hilde deutet auf das Buntmetall-Lager.

Der Junge setzt sich auf die Matratzen und nickt. Hilde setzt sich neben ihn und sieht zu, wie er sich wieder eine seiner amerikanischen Zigaretten ansteckt. „Verdienst du gut damit?"

„Gut ist gar kein Ausdruck." Der Junge verzieht das Gesicht zu seinem üblichen halb verlegenen, halb pfiffigen Grinsen. „Buntmetall ist *die* Sache! Kupfer, Blei, Zink, Zinn – das gibt's ja kaum, danach lecken sich die Schrotthändler alle zehn Finger."

„Besonders die im Westen." Hilde hat schon davon gehört, daß Buntmetall gefragt ist – im Westen wie im Osten. Aber niemand käme auf die Idee, Buntmetall gegen Ostgeld zu verkaufen.

„Na klar, im Westen."

„Da hast du aber 'n ganz schön weiten Weg."

„Macht mir nichts aus."

Hilde schweigt, bis sie fragt: „Schläfst du hier auch?"

„Wo denn sonst?"

„Na, bei deinen Eltern." Hilde sagt das ganz unverfänglich. Sie kann sich denken, daß der Junge keine Eltern mehr hat, aber vielleicht erzählt er auf diese Weise ein bißchen mehr von sich.

Der Junge raucht schweigend.

„Oder hast du keine Eltern mehr?"

„Nee."

„Ist dein Vater im Krieg gefallen?"

„Ja."

„Meiner auch."

Wieder entsteht eine Pause, dann fragt Hilde: „Und deine Mutter?"

Der Junge zeigt mit der Zigarette nach oben, und Hilde

versteht: Seine Mutter ist bei einem Bombenangriff ums Leben gekommen.

„Warst du das einzige Kind?"

„Ich hatte noch 'n Bruder... und 'ne Schwester."

„Und wo warst du, als es passiert ist?"

„Im Heim."

„In was für 'nem Heim denn?"

Der Junge holt tief Luft. „Na, in was für 'nem Heim schon? In einem für Schwererziehbare."

Hilde sieht den zwölfjährigen Jungen vor sich, den die anderen quälten, schlugen und nicht für voll nahmen. Er war anders als die meisten, aber schwer erziehbar?

„Wer hat dich denn da reingesteckt?"

„Meine Mutter."

Nun versteht Hilde gar nichts mehr. Der Junge verliert die Geduld. „Du kapierst aber schwer. Meine Mutter war 'ne Nazitante. Die hat sich geschämt für ihren Sohn. Die wollte aus mir 'n Nazi machen. So 'n richtig strammen."

Jetzt versteht Hilde. „Und nach dem Krieg?"

„Kam ich in ein anderes Heim." Der Junge zuckt die Achseln. „War auch nicht viel besser. Immer nur Strammstehen, Frühsport, Gemeinschaft über alles."

„Und da bist du dann weggelaufen?"

„Vor ein paar Monaten schon. Ich hab nur den Winter abgewartet." Der Junge guckt Hilde nachdenklich an. „Ich bin in meine alte Gegend zurück, weil ich dachte, hier kenne ich mich am besten aus. Und weil ich glaubte, daß mich ja doch keiner wiedererkennt."

„Aber ich hab dich wiedererkannt."

„Du bist 'ne Ausnahme."

„Endlich mal einer, der's zugibt", witzelt Hilde, um von all dem Ernsten wegzukommen.

„Und du? Wie lebst du so?"

Hilde erzählt vom Vater, von der Mutter und Herrn Bär. Sie berichtet ganz ehrlich und hat hinterher das Gefühl, daß alles, was sie zu erzählen hat, nichts Besonderes ist. Der Vater ist vermißt und sicherlich tot, das ist schlimm, aber sonst? Sie sind nicht ausgebombt, die Mutter hat Arbeit, sie geht zur Schule und hat sogar schon eine Lehrstelle. Im Gegensatz zu Kurt hat sie noch richtig Glück gehabt.

„Alles ganz normal, nicht?"

Der Junge zuckt die Achseln. „Was ist schon normal?"

Eine Zeitlang schweigen sie beide, dann fragt Hilde: „Woher kennst du eigentlich deinen Spitznamen?"

„Trümmerkutte? Auf dem Schrottplatz rufen sie mich so. Manche da halten mich sogar für verrückt."

„Macht dir das nichts aus?"

„Nee. Wieso denn? Von mir aus können die denken, was sie wollen. Tut mir doch nicht weh."

„Und warum wäschst du dich nicht?"

„Ich hab kein Wasser."

„In den Straßen gibt's Pumpen."

„Ich hab keine Seife."

„Du willst dich nicht waschen?"

„Erraten."

Wieder schweigen sie beide, dann muß Hilde lachen. „Und warum willst du dich nicht waschen? Ist das ein Protest oder so was?"

„Ich wasch mich ja, aber ich hab wirklich kein Wasser. Und unter der Pumpe muß es immer ganz schnell gehen, da kann ich nicht erst lange Seife und Handtuch auspacken."

Nun schämt er sich doch. Das hat Hilde nicht gewollt.

„Wie lange willst du denn hier noch bleiben?"

„Bis zum nächsten Krieg."

„Waas?"

„Bis zum nächsten Krieg." Der Junge guckt Hilde neugierig an. „Oder glaubste etwa, es gibt keinen mehr?"

Hilde weiß nicht gleich, was sie antworten soll. Natürlich glaubt sie nicht, daß es nie wieder Krieg gibt. Die Leute sagen zwar alle, sie wollten lieber trocken Brot essen, als je wieder einen Krieg mitmachen, aber ob es Krieg gibt oder nicht, entscheiden ja nicht die Leute, sondern die Regierungen. Und die fragen nicht lange, wer Lust auf einen Krieg hat und wer nicht.

„Die Russen und die Amis kriegen sich bestimmt bald in die Haare." Der Junge zündet sich eine neue Zigarette an. „Da kannste Gift drauf nehmen."

„Und was hat das mit uns zu tun? Bei uns ist doch schon alles kaputt."

„Darauf nehmen die keine Rücksicht." Dem Jungen gefällt das Gespräch. „Wir sind für die nicht wichtig."

„Und die Rosinenbomber? Warum tun die Amis denn so was, wenn wir nicht wichtig sind." Hilde weiß, daß, was Kurt sagt, kein dummes Zeug ist, sie will es nur nicht zugeben.

„Das ist Politik", sagt der Junge. „Die tun das nicht, um den Westberlinern zu helfen, die tun das nur für sich selber."

Kurts Selbstsicherheit ärgert Hilde. „Und du willst ernsthaft bis zum nächsten Krieg in den Trümmern bleiben?" fragt sie spöttisch. „Na, dann zieh dich mal warm an – vielleicht kommt der Krieg erst im Frühjahr."

„Bis zum Winter hab ich 'n Ofen."

„Du spinnst ja." Hilde springt auf. Sie will weg hier, raus aus dieser Höhle, die sie nun immer stärker bedrückt.

„Na klar, ich spinne!" Auch Kurt steht auf. „1. Weltkrieg, 2. Weltkrieg, 3. Weltkrieg – alle guten Dinge sind drei, oder?"

Hilde starrt Kurt eine Zeitlang nur stumm an. Vielleicht hat Uschi ja doch recht – und er ist nicht ganz normal. Kann denn einer, der bis zum nächsten Krieg in den Trümmern hausen will, normal sein? Kann einer, der so redet, normal sein?

Kurt senkt den Blick, beugt sich vor und kramt zwischen den Matratzen eine buntbeklebte Büchse hervor. „Hier – für dich! Ich wollt sie dir heute mittag schon geben. Deshalb hab ich gewartet."

Corned Beef! In der Büchse ist richtiges Fleisch.

„Das iß mal lieber selber." Hilde zieht die schon ausgestreckte Hand wieder zurück.

„Ich hab genug davon."

Hilde zögert noch einen Moment, dann nimmt sie die Dose. „Bringst du mich zur Straße zurück?"

Kurt nickt und geht vor Hilde her, bis sie den Schuttberg erreicht haben. Dort rückt Hilde dann doch noch mit dem heraus, was sie ja eigentlich hergeführt hatte. „Und wenn du nun ein Zimmer bekommen könntest, irgendwo in einer Gegend, die nicht zerbombt ist – würdest du es nehmen?"

„Nee."

„Und warum nicht?"

„Weil ich noch nicht volljährig bin. Sie würden mich ja gleich wieder in ein Heim stecken."

Das stimmt, das hat Hilde nicht bedacht. „Und wenn jemand da ist, der sich um dich kümmert?"

„Du etwa?"

Hilde spürt, wie sie rot wird. Kurt hat sie durchschaut. „Ich doch nicht!" Sie lacht übertrieben laut. „Meine Mutter vielleicht." Und dann erzählt sie Kurt, daß sie sowieso einen Untermieter nehmen müssen, und da wäre es doch einfacher und bequemer...

„Nee!" Kurt unterbricht sie. „Kommt nicht in die Tüte. Ich will meine Freiheit." Er dreht sich um, geht ein Stück von Hilde fort, bleibt aber noch mal stehen. „Wenn du wieder mal 'ne Büchse Fleisch brauchst..."

Hilde nickt. Sie wird wiederkommen. Aber nicht wegen dem Fleisch.

Der neue Untermieter ist nett, hat nichts von einem Herrn Keller an sich. Die Mutter ist erleichtert, und Hilde ist es auch, aber als er dann in seinem Zimmer ist, sind sie doch bedrückt. Dieses ständige Kommen und Gehen von neuen Untermietern hat so etwas Unbeständiges an sich; es ist, als sollten sie nie zur Ruhe kommen.

„Glaubst du, daß es noch mal Krieg gibt?" fragt Hilde da auf einmal leise.

„Um Himmels willen!" sagt die Mutter. „Beschrei es nicht."

„Aber im Radio haben sie heute wieder von neuen Drohungen erzählt."

Die Mutter denkt nach, dann sagt sie ehrlich: „Ich weiß es nicht. Manchmal glaube ich, daß alles darauf hinausläuft, daß die Russen und Amis... vielleicht wegen Berlin... vielleicht wegen irgendwelcher anderen Streitigkeiten... aber dann kann ich es mir doch wieder nicht vorstellen."

„Ich auch nicht", sagt Hilde erleichtert.

Die Mutter bleibt ernst. „Allerdings, damals habe ich es mir auch nicht vorstellen können. Und Vater auch nicht. Sein Lieblingssatz war immer: Nichts wird so heiß gegessen, wie es gekocht wird. Na ja, wie's ausging, weißt du ja."

Der Vater. Es ist gut, daß die Mutter damit angefangen hat. „Ich habe nichts mehr dagegen, daß du Herrn Bär heiratest", sagt Hilde. Sie hatte sich vorgenommen, der Mutter das zu sagen, den ganzen Nachmittag hatte sie daran gedacht, nun ist die Gelegenheit günstig.

„Und woher dieser plötzliche Sinneswandel?"

„Ich hab's mir überlegt", weicht Hilde aus. Sie kann das der Mutter nicht so einfach erklären, dazu fehlen ihr die richtigen Worte. Denn die Wahrheit ist – das ist ihr seit dem Gespräch mit Kurt klargeworden –, daß sie will, daß nun endlich wieder alles ganz normal wird. Und dazu gehört, daß die Mutter wieder heiratet.

„Wirst du dich denn mit Herrn Bär verstehen?"

„Bestimmt." Hilde ist sich da ganz sicher: Wenn sie was will, dann schafft sie es auch.

„Kind", sagt die Mutter und lacht vorsichtig. „Ich wußte ja, daß du noch zur Vernunft kommst."

Hilde nickt nur. Sie hat Angst vor dem, was da auf sie zukommt, aber sie weiß: Es gibt keinen anderen Weg.

1953

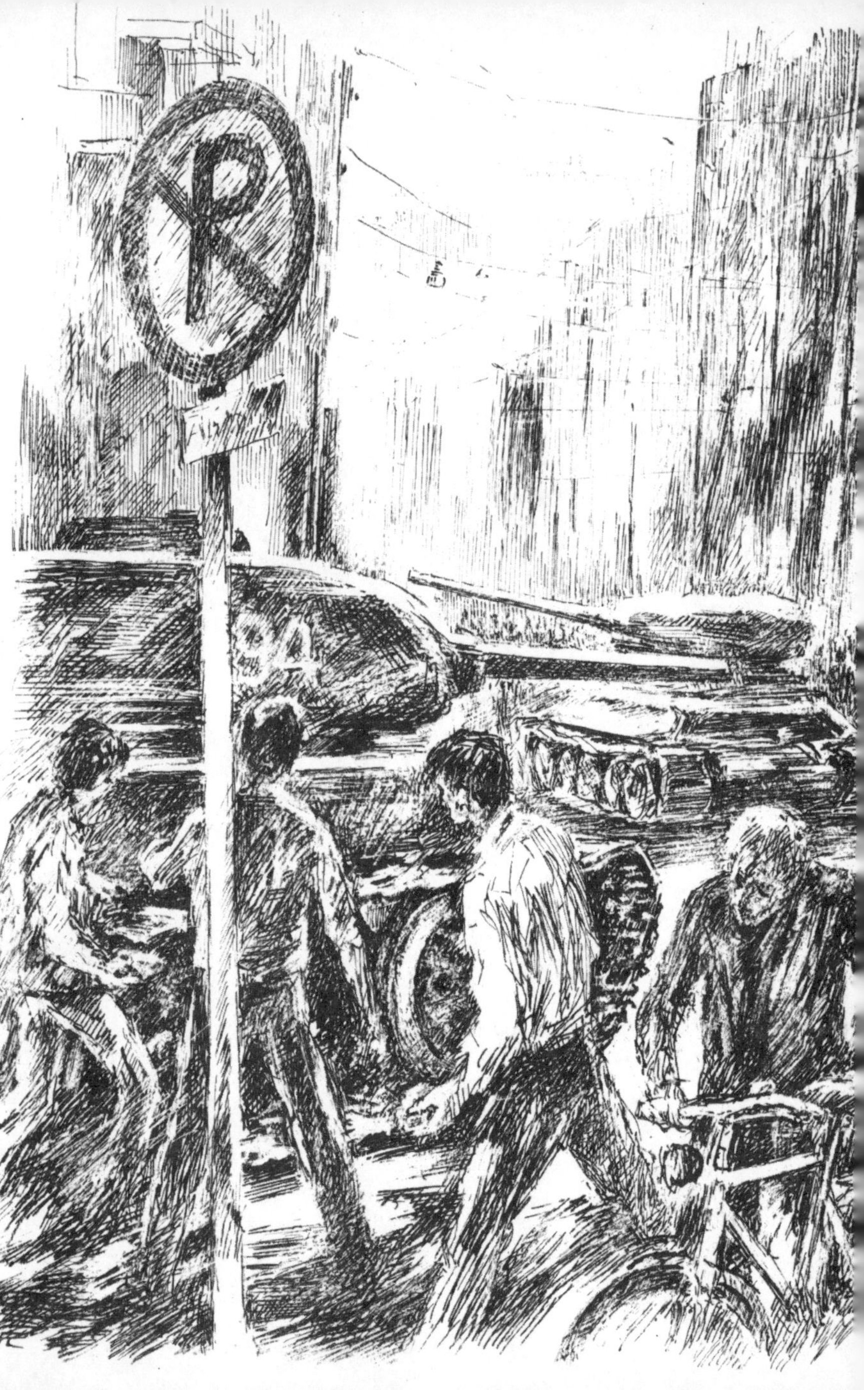
94

Fahren wir zum Alex

Ein Sprengwagen ist durch die Straßen gefahren, das Pflaster glänzt, als habe es geregnet. Charly steht im offenen Fenster und schaut hinaus, schaut den Leuten nach, wie sie kommen und gehen, die Geschäfte betreten und verlassen und manchmal stehenbleiben und miteinander reden.

Komisch, ihm ist fast so, als redeten die Leute heute aufgeregter miteinander als sonst. Der Mann und die Frau an der Ecke Wilmersdorfer zum Beispiel. Der Mann fuchtelt mit den Armen herum, als wollte er auf die Frau einschlagen. Die Frau aber schüttelt nur immer den Kopf, als könne sie das, was der Mann sagt, einfach nicht glauben.

Ob, was die beiden da bereden, mit Ostberlin zu tun hat? Vater hat gestern gesagt, wenn ihn nicht alles täusche, ginge es dort bald los. Die Bauarbeiter hätten schon gestreikt. Bloß was da losgehen soll, hat er nicht gesagt, war aber irgendwie freudig erregt, hat geguckt, als wäre übermorgen Weihnachten.

Oder bildet er sich das alles nur ein, weil er Stubenarrest hat? Wenn man nicht runter darf, erscheint es einem unten immer doppelt so interessant.

Charly beugt sich etwas weiter vor und schaut nach links die Straße hinunter. Nun kann er es sehen, das gelbe Schild mit der blauen Aufschrift *Ha-Fü-Funk,* die Abkürzung von *Harro Fühmanns Funkstube,* der kleine Laden, der Vater gehört und in dem Mutter und er jeden Tag von früh bis spät arbeiten – Vater in der Werkstatt, Mutter an der Kasse. Er sieht sie richtig vor sich: Vater hinter einem offenen Radio, Mutter mit der Lesebrille beim Rechnungschreiben. Abends sind sie dann müde, Vater fragt nur, und Mutter gähnt. Gestern abend hat Vater gefragt, ob er einsieht, daß er mit einer Woche Stubenarrest noch gut bedient ist; hat dabei getan, als ob diese Woche sein erster Stubenarrest überhaupt wäre. Dabei ist er der Stubenarrestkönig der ganzen Gegend. Natürlich: Wer ein halbes Jahr lang keine Schularbeiten macht, muß bestraft werden. Aber warum er keine Schularbeiten macht, das hat Vater nicht gefragt. Und hätte er das gefragt, hätte er ihm auch nicht geantwortet; er spricht ja nicht mit ihm.

Zu der Frau und dem Mann an der Ecke Wilmersdorfer gesellt sich ein weiterer Mann. Er führt einen Hund an der Leine und hört zu, was der andere Mann der Frau erzählt. Es sieht aus, als finge er gleich noch mal von vorne an.

Vielleicht ist da drüben doch was passiert. Vielleicht haben die Russen irgendwas angestellt. Vater schimpft immer auf die Russen, die seine Heimat besetzt halten. Er kommt ja aus Thüringen.

Charly beugt sich wieder etwas weiter vor. Ist das nicht Primo, der da die Straße entlang kommt? Na klar, er ist es. Primo Hanisch, der eigentlich Uwe heißt und nachmittags immer auf seinem Balkon steht und trainiert, weil er eines Tages Boxer werden will, obwohl er dafür eigentlich viel zu kurze Arme und Beine hat.

Will Primo zu ihm? Ja, er bleibt unten stehen, schaut hoch und hat ihn auch schon entdeckt. „Komm runter!" ruft er und schwenkt beide Arme.

„Geht nicht. Hab Stubenarrest. Komm rauf!"

Primo zögert, verschwindet dann aber in der Haustür. Charly geht zur Wohnungstür, öffnet sie und wartet. Wenn Primo am Nachmittag bei ihm auftaucht und nicht an seinem mit Sand gefüllten Rucksack steht und auf ihn einprügelt, muß wirklich was Besonderes passiert sein. Denn außer für Boxen und Primo-Carnera-Heftchen interessiert Primo sich nicht für allzuviel. Für die Bildergeschichten des ehemals berühmten Boxers gibt er sogar seine Frühstücksbrote weg.

Endlich ist Primo oben angekommen. Er bleibt vor Charly stehen. „Haste schon gehört?"

„Nee. Was denn?"

„In Ostberlin ist Krieg. Ich hab's im Radio gehört. Auf'm Brandenburger Tor haben sie die Fahne runtergerissen, Deutschland über alles haben sie gesungen."

Also hat Vater doch recht gehabt! Und jetzt weiß er auch, warum die Leute alle so aufgeregt sind. „Los, komm rein!" Charly schließt hinter Primo die Tür und läuft vor ihm her ins Wohnzimmer. Dort wirft er sich aufs Sofa und kurbelt am Radio. Da! Da kommt es schon: „...wurde von der Sowjetischen Stadtkommandantur das Kriegsrecht über die Stadt verhängt..."

Ein Reporter meldet sich aus Ost-Berlin. Mit hastiger Stimme berichtet er von brennenden Häusern und Kiosken und interviewt dann einen der streikenden Arbeiter, der mit vor Begeisterung überschlagender Stimme was von Freiheit und Normenerhöhungen ins Mikrofon spricht. Für das bißchen Geld, was er nun noch verdienen könne, arbeite er nicht mehr, sagt er.

Charly stellt das Radio ein bißchen leiser. „Kriegsrecht ist doch noch kein Krieg."

„Was 'n denn?"

„Na, so 'ne Art Krieg bloß." Genau weiß Charly da auch nicht Bescheid, aber daß Kriegsrecht noch keinen richtigen Krieg bedeutet, das weiß er sicher.

„Hanne ist hin", erzählt Primo. „Er hat gesagt, wir müssen die im Osten jetzt unterstützen."

Hanne ist Primos großer Bruder. Ein richtiger Halbstarker mit Lederjacke und Niethosen, in der ganzen Straße bekannt und bewundert. Wo was passiert, ist er dabei. Klar, daß er jetzt auch in den Osten rübergefahren ist.

„Willste auch hin?"

Primo nickt zögernd. „Aber ich hab kein Geld. Nicht mal zwanzig Pfennig für die S-Bahn."

Charly überlegt nicht lange. Das ist *die* Gelegenheit, das ist *der* Grund, von hier zu verschwinden. „Wir fahren hin", sagt er und steht auf, um sich im Flur die Schuhe anzuziehen. „Ich hab Geld. Aber wir bezahlen trotzdem nicht. Wir fahren schwarz. Ist viel spannender."

„Aber du hast doch Stubenarrest... Wenn's nun rauskommt?"

„Dann kommt's eben raus." Charly zieht sich seinen neuen schwarzen Parallelo mit den gelben V-Streifen an, der so schöne breite Schultern macht. „Ist mir doch egal."

„Warum hast 'n überhaupt Stubenarrest?" Primo kraust

die Nase, wie er es immer tut, wenn er glaubt, eine besonders schlaue Frage gestellt zu haben.

„Weil ich keine Schularbeiten mache."

„Und warum machste keine Schularbeiten?"

„Um meinen Alten zu ärgern." Charly nimmt das Schlüsselbund vom Haken neben der Tür und schiebt Primo auf die Treppe hinaus.

Primo geht nur langsam. Charlys Antwort hat ihn überrascht. Daß einer keine Schularbeiten macht, nur um seinen Vater zu ärgern, hat er noch nie gehört. „Warum willste ihn denn ärgern?"

„Weil's mir Spaß macht. Und jetzt halt die Klappe." Charly schließt die Wohnungstür ab und läuft vor Primo die Treppe hinab. Er hat auf einmal richtig gute Laune.

„Und wo fahren wir hin?" fragt Primo, angesteckt von Charlys Begeisterung.

„Zum Alex. Wenn im Osten was los ist, dann nur auf'm Alex."

Es ist nicht schwierig, ungesehen auf den S-Bahnsteig zu gelangen. Charly und Primo müssen nur warten, bis der Fahrkartenknipser in seinem Abfertigungshäuschen so viel zu tun hat, daß er die Treppe zum Bahnsteig nicht im Auge behalten kann, und zur gleichen Zeit niemand die Treppe hinabschreitet. Es darf also nicht gerade ein Zug eingefahren sein. Sind Leute auf der Treppe, gibt es immer jemanden, der stolz darauf ist, einen Schwarzfahrer erwischt zu haben. Doch Charly und Primo haben Glück. In dem Moment, als der Fahrkartenknipser in seinem Häuschen gerade eine Auskunft erteilt, steigen nur zwei ältere Frauen die Treppe hinab. Die aber sind so in ihr Gespräch vertieft, daß sie weder links noch rechts sehen. Die beiden Jungen flitzen die Stufen hoch und sehen auch schon die S-Bahn aus Richtung Westen in den Bahnhof einfahren. Sie springen in den Zug, lassen sich auf zwei gegenüberliegende Fensterplätze fallen und grinsen sich zu. Und dann fährt die S-Bahn auch schon weiter, schlängelt sich mit ihnen durch die Häuserzeilen hindurch.

Sie sind beide fast allein im Abteil. Außer ihnen sitzt nur noch ein älterer Mann mit einem Rucksack drin. „Die haben bestimmt alle Schiß davor, in den Osten zu fahren", flüstert Primo.

Charly nickt nur. Er ist in Gedanken beim Vater, der ja nun bestimmt auch schon alles weiß. Glaubt er, daß es nun zu einer Wiedervereinigung der beiden Deutschland kommt? Er wünscht sich das ja. Einmal, als er mit Herrn Kroll und Herrn Schröder Skat spielte, hat er es gesagt. Er hatte sich gerade über einen verlorenen Grand Hand geärgert und gesagt, was die vier Siegermächte aus Deutschland gemacht hätten, wäre eine Schande und er hoffe, bevor er eines Tages abkratze, noch ein wiedervereinigtes Deutschland zu erleben. Herr Kroll hatte darüber nur gelacht: „Die Träume kannste begraben. Oder willste hundertfünfzig werden? Die Wiedervereinigung gibt's nicht. Es sei denn durch Krieg. Wenn die Amis den Russen ein paar auf die Nase geben, vielleicht. Aber sonst? Nichts zu machen." Und dann hatte er einen Grand gespielt, ihn gewonnen und zum Vater gesagt: „Siehste Harro! So führt man Kriege."

Friedrichstraße. Der erste S-Bahnhof im Ostsektor.

„Und wenn nun eine Kontrolle kommt?" Primo wird unruhig.

„Kommt nicht." Charly ist sich seiner Sache sicher. Er ist mit den Eltern schon oft an dieser Stelle in den Ostsektor hinübergefahren und nie kam eine Kontrolle.

Es kommt wirklich keine. Primo atmet auf und blickt aus dem Fenster. Er möchte möglichst viel sehen, er war noch nie in dieser Gegend.

Marx-Engels-Platz. Der nächste Bahnhof. Charly muß daran denken, daß sich Vater jedesmal, wenn der Zug hier hält, ärgert. „Börse heißt die Station, das hier ist der Bahnhof Börse", sagt er immer. „Marx-Engels-Platz können sie ihre Felder in Mecklenburg nennen."

Alexanderplatz. Sie müssen raus. Primo stellt sich an die Tür. Er will abspringen, bevor der Zug hält; das ist seine Spezialität, das macht er gerne.

Der Zug fährt langsamer. Primo holt tief Luft und stemmt mit beiden Armen die Tür auseinander.

Der Zug wird noch langsamer, der Bahnsteig gleitet nur noch sachte vorbei. „Tschüs!" ruft Primo zum Spaß, dann springt er. Er springt mit dem linken Bein zuerst und läuft ein Stück neben dem Zug her.

Charly nimmt die gleiche Position ein, um ebenfalls abzuspringen – als der Zug plötzlich wieder anruckt: Der Schaffner mit der Kelle winkt ihn durch. Die Tür schließt sich wieder. Charly hört Primo seinen Namen schreien und sieht noch, wie er hilflos dem Zug nachblickt, dann fährt der immer schneller werdende Zug schon wieder aus dem Bahnhof hinaus.

Die nächste Station heißt Jannowitzbrücke. Charly steigt aus und überlegt, was er tun soll. Er weiß nun, warum der Zug auf der Station zuvor nicht gehalten hat: auf dem Alexanderplatz hat es gebrannt. Genauso wie sie es im Radio gesagt haben. Als der Zug über die S-Bahn-Brücke fuhr, hat er es gesehen: Aus einem der Gebäude dort drang dichter Qualm. Und vor dem Gebäude liefen Menschen auf und ab. Der alte Mann, der als einziger mit ihm im Abteil verblieben war, hatte es auch gesehen, aber nichts dazu gesagt, hatte nur den Kopf geschüttelt und in seinem Rucksack gekramt.

Auf der gegenüberliegenden Bahnsteigseite fährt ein Zug ein. *Wannsee* steht an der Zugführer-Kabine. Doch gerade in dem Moment, als Charly das liest, wird das Schild herausgenommen und durch ein anderes ersetzt. *Sonderfahrt* steht da jetzt.

Die Türen schließen sich zischend, der Zug ruckt an, fährt weiter. Charly blickt ihm hilflos nach. Irgendwas stimmt da nicht, und sicher hat das mit dem Kriegsrecht zu tun. Es ist besser, er geht zu Fuß zum Alex zurück; er kann ja Primo nicht so lange allein lassen, denn der kennt sich in dieser Gegend nicht aus.

Der Mann im Abfertigungshäuschen beachtet Charly nicht. Er liest eine Zeitung. Charly verläßt den Bahnhof und überquert die Fahrbahn in Richtung Alexanderplatz.

Es sind Leute auf der Straße, aber sie haben es alle irgendwie eilig. Charly schaut sich um, will etwas von dem mitbekommen, was sie im Radio gesagt haben. Doch er kann nichts Aufregendes entdecken, sieht nur, daß er sich hier in einer ziemlich öden Gegend befindet. Viele der Häuser sind im

Krieg zerstört und später abgerissen worden, und die, die stehengeblieben sind, sehen grau und unschön aus.

Blumenstraße heißt die schmale Straße, die Charly gerade überquert, aber Blumen sind keine zu sehen. Und in den Schaufenstern sieht es auch ziemlich trübe aus. Im Gemüseladen gibt es keine Bananen, Apfelsinen oder Zitronen, nicht mal Tomaten oder Äpfel, nur ein paar Kartoffeln und zwei Weißkohlköpfe liegen in der Auslage; in einem ehemaligen Fleischerladen hängt ein Spruch im Schaufenster: *Vorwärts mit Marx, Engels, Lenin und Stalin.* Und darunter steht: *Es lebe der Fünfjahresplan!* Alles sehr verstaubt.

Der Osten schafft es nie, sagt Vater oft. Die Menschen arbeiten eben nur, wenn sie auch was davon haben. Und von den Parolen hält er gar nichts; Volksverdummung nennt er das.

Ein dunkelgrüner LKW überholt Charly, rumpelt an ihm vorüber, biegt in die nächste Querstraße ein. Hintendrauf sitzen Soldaten. Der LKW bremst, die Soldaten springen ab, bilden eine Postenkette und sperren die Straße in Richtung Alexanderplatz. Sie halten Maschinenpistolen in den Händen und schauen in die Richtung, aus der Charly kommt.

Russen! Die Soldaten sind Russen! Charly wird langsamer und bleibt stehen. Da will er nicht zu dicht heran. Herr Kroll hat erzählt, daß die Russen ganz hinterhältige Kerle wären. Im Krieg hätte er sie kennengelernt: heimtückisch und feige wären sie.

Soll er versuchen, auf der anderen Seite der S-Bahn zum Alex zu gelangen? Aber wenn dort auch abgesperrt ist, wenn der ganze Alex abgesperrt ist? Er kann doch nicht immer im Kreis herumlaufen.

Einer der Russen guckt ihn an, winkt ihm, will ihm zeigen, daß er durch darf. Hastig dreht Charly sich um und will zur Jannowitzbrücke zurück, macht aber keinen Schritt, steht wie erstarrt: Eine lange Reihe von Panzern kommt die Straße herauf. Ihre Ketten rasseln, werden immer lauter. Aus den Luken gucken Soldaten mit Panzerkappen auf den Köpfen. Der im ersten Turm hält eine Signalfahne in der Hand. Aber das ist es nicht allein, was Charlys Aufmerksamkeit erregt: Neben den Panzern fahren Jugendliche auf Fahrrädern. Zwar bleiben sie auf dem Bürgersteig, aber sie fahren doch sehr dicht neben den Panzern her. Es sind ungefähr zwanzig Jungen, viele von ihnen tragen Nietenhosen und manche einen ebensolchen Parallelo mit V-Streifen wie er. Sie johlen laut und pfeifen schrill. Doch die Männer in den Luken der Panzer tun, als bemerkten sie die Jungen nicht, schreien nur etwas zu ihnen hinunter, wenn sie mit ihren Rädern zu dicht an die Panzer heranfahren.

Die Passanten auf der Straße bleiben stehen, schauen zu den Panzern hin, machen besorgte Gesichter. Eine junge Frau schüttelt den Kopf. „Was machen die denn hier?" fragt sie leise. „Die sind doch von drüben."

Die Jungen auf den Rädern sind aus Westberlin. Wenn Charly das nicht schon allein an ihrer Kleidung und den Rädern erkennen würde, wüßte er es aus einem anderen Grund: Einige der Jungen kennt er, sie sind aus seiner Gegend – und Primos Bruder Hanne ist auch dabei. Fährt vorneweg und besonders dicht an die Panzer heran.

Unwillkürlich macht Charly einen Schritt zurück. Er möchte nicht, daß Hanne ihn entdeckt, ihm vielleicht zuwinkt.

Einer der Jungen stimmt einen Ruf an. „Freiheit für Deutschland!" ruft er – und die anderen fallen mit ein: „Freiheit für Deutschland! Freiheit für Deutschland!" Hanne lacht, hat einen Mordsspaß dabei.

Einer der Soldaten in den Panzern zieht eine Pistole, droht damit. Doch die Jungen machen nur einen Schlenker und fahren sofort wieder dichter an die Panzer heran. „Russen raus!" schreien sie jetzt. „Russen raus aus Deutschland."

„Die sind ja verrückt geworden", flüstert die Frau. „Die wissen ja nicht mehr, was sie tun."

Charly geht noch weiter zurück, geht zurück bis zur Blumenstraße und beobachtet von dort, was weiter geschieht.

Die Jungen haben einen Steinstapel entdeckt, der zu einem der Häuser gehört, die gerade abgerissen werden. Sie steigen von ihren Rädern und werfen die Steine nach den Panzern. Die russischen Soldaten, die die Straßensperre bildeten, kommen angelaufen und richten ihre Maschinenpistolen auf die Jungen. Doch die weichen nicht zurück, verschränken nur die Arme auf dem Rücken und grinsen.

Die Frau, die vorhin schon neben Charly stand, ist auch in die Blumenstraße zurückgewichen. „Die spielen ja mit dem Feuer", flüstert sie entsetzt. „Wenn nun einer von denen die Nerven verliert und abdrückt?" Und dann guckt sie Charly von oben bis unten an. „Gehörst du etwa auch dazu?"

Der Parallelo! Einige der Jungen tragen ja genau die gleiche Strickjacke. Charly schüttelt stumm den Kopf.

„Aber von drüben biste?"

„Ja."

„Und was wollt ihr hier? Was hier passiert, ist unsere Sache. Ihr macht uns ja nur alles kaputt. Das ist doch kein Volksfest."

Charly weiß nicht, was er der Frau antworten soll. Er kann doch nicht zugeben, daß er nur neugierig war. Aber er braucht nicht zu antworten – ein lauter Knall durchbricht das Gejohle und Gepfeife der Jungen. Ein russischer Offizier hat in die Luft geschossen, um den Jungen Beine zu machen. Bei einigen hilft das auch, sie lassen ihre Fahrräder liegen und hasten durch die Blumenstraße, bis sie in einer Seitenstraße verschwunden sind. Hanne und einige andere aber rühren sich nicht vom Fleck, stehen nur da und grinsen.

„Dawai! Dawai!" ruft der russische Offizier, noch immer die Maschinenpistole in der Hand, und dann, als ginge es nur darum, daß die Jungen ihn nicht verstehen: „Fort! Weg! Weg von hier."

„Der kann ja sogar deutsch", ruft einer der Jungen, und die anderen lachen laut.

Der Offizier gibt einigen seiner Soldaten einen Wink und ruft was auf russisch. Die Soldaten gehen mit vorgehaltenen Maschinenpistolen auf die Jungen los. „Dawai! Dawai!"

Die Jungen werden ernst, weichen nun doch zurück, verziehen sich langsam in die Blumenstraße hinein. Nur Hanne und ein schmaler, ängstlicher Junge in einer Windjacke bleiben stehen. Einer der Soldaten richtet seine Maschinenpistole auf Hanne und den Jungen in der Windjacke. „Dawai! Dawai!"

„Geht doch weg!" schreit die Frau neben Charly. „Haut doch ab! Was soll denn der Unfug?"

Hanne grinst nur und greift in seine Hosentasche...

„Stop!" ruft der Soldat und richtet den Lauf seiner Maschinenpistole nun direkt auf Hannes Bauch.

Hanne wird bleich, zieht die Hand aus der Tasche – und hält dem russischen Soldaten ein Päckchen amerikanischer Zigaretten hin. „Auch eine?" fragt er, sich sofort wieder lässig gebend. Der Soldat, der auch Angst hatte, schlägt Hanne voller Wut die Zigaretten aus der Hand und schaut fragend seinen Offizier an, will wissen, was er nun tun soll. Diesen Augenblick benutzt der Junge in der Windjacke. Er stürzt plötzlich vor und will zwischen zwei der weiter die Straße entlangfahrenden Panzer zur anderen Straßenseite hinüber.
Am Bordstein stolpert er... Ein halberstickter Schrei ist noch zu hören, dann ist alles still – bis auf das laute, rasselnde und quietschende Bremsen des Panzers...

„Mein Gott!" flüstert die Frau neben Charly entsetzt, und der Offizier stürzt, als er die erste Schrecksekunde überwunden hat, zu dem Jungen hin, kommt aber zu spät.

Charly spürt, wie ihm schlecht wird. Er hat kaum etwas sehen können, die Soldaten mit den Maschinenpistolen haben ihm die Sicht versperrt, aber er weiß, was passiert ist. Er möchte sich irgendwo festhalten und geht langsam rückwärts, bis er das erste Haus erreicht hat. Dort lehnt er sich mit dem Rücken gegen die Wand und atmet hastig.

Auf der anderen Seite der S-Bahn ist alles ruhig. Charly läuft durch die Straßen und Gassen, hastet auch an dem riesigen

Gerichtsgebäude vorüber, von dem Vater einmal sagte, daß, wer da verurteilt wird, nicht ohne ein paar Jährchen Zuchthaus davonkommt, und wechselt unwillkürlich auf die andere Straßenseite hinüber.

Ihm ist, als höre er noch immer den halberstickten und irgendwie überrascht klingenden Schrei des Jungen in der Windjacke, als sähe er noch immer die ratlosen Gesichter der Soldaten des Panzers, die den Jungen überfuhren, und die zornigen Augen des russischen Offiziers. Er ist fortgelaufen, hat nichts mehr sehen wollen, hat nur noch mitbekommen, daß auch Hanne die Aufregung benutzt hat, um sich zu verdrücken; Hanne, der ja eigentlich Schuld an allem ist, denn wenn er nicht stehengeblieben wäre, dann hätte auch der Junge in der Windjacke nicht so lange ausgehalten...

Ein PKW aus Richtung Alexanderplatz kommt herangefahren. Der Fahrer fährt schnell, mindestens siebzig oder achtzig. Drei Männer sitzen drin, haben erhitzte Gesichter und der eine der drei redet heftig auf die anderen beiden ein.

Charly bleibt einen Augenblick lang stehen, um zu verpusten, und schaut dem PKW nach. Die drei sahen aus, als ob sie flohen. Aber das kann täuschen: Der ganze Ostteil der Stadt macht jetzt einen Eindruck, als würden alle Menschen nur fliehen.

Charly setzt sich wieder in Bewegung, aber nun erscheinen ihm seine Beine schwer, viel schwerer, als sie es nach den paar Straßen, durch die er hindurchgelaufen ist, sein dürften. Das liegt sicher an der Aufregung. Mutter hat mal so was gesagt: Wenn sie sich aufregt, tun ihr die Beine weh.

Die Bahn-Überführung am Alexanderplatz. Er hat es geschafft. Charly läuft über die Straße, schaut kurz nach rechts zum Alexanderplatz hin, sieht Leute herumstehen und miteinander diskutieren und läuft weiter. Er hat keine Lust, noch so eine Sache mitzuerleben, will nur Primo finden und dann mit ihm zurück in den Westen.

Die Schalterhalle ist leer, aber ein Schalter ist besetzt. Charly blickt sich um und tritt, als er Primo nirgends entdecken kann, an den offenen Schalter heran und fragte die Fahrkartenverkäuferin, ob die Züge nun wieder auf dem Alex halten.

„Im Moment fahren überhaupt keine Züge. Wir streiken." Charly erschrickt. „Haben Sie einen Jungen hier gesehen?" fragte er. „Ungefähr in meinem Alter, nur kleiner. Mit 'ner Igelfrisur."

Die Fahrkartenverkäuferin hat keinen kleinen Igel gesehen. Also wartet Primo auf dem Bahnsteig? Charly läuft die Treppe hoch.

Primo ist nicht auf dem Bahnsteig, nicht auf diesem und nicht auf dem gegenüberliegenden. Doch vielleicht wartet er vor dem Hinterausgang. Wenn die Mutter zur Zentralmarkthalle fährt – aus alter Anhänglichkeit, wie sie sagt, in Wahrheit aber, weil durch den günstigen Wechselkurs von Westmark zu Ostmark in Ostberlin für Westberliner alles viel billiger ist –, benutzt sie immer diesen Ein- und Ausgang.

Charly läuft die Treppe, die zum Hinterausgang führt, hinab und schaut erst nach links und dann nach rechts in die Straße hinein.

Vor dem Eingang zur Zentralmarkthalle steht schon wieder so ein Russen-LKW. Charly will sich schon abwenden und um den Bahnhof herumgehen, schaut dann aber genauer hin. Der LKW ist von einer Schar Kinder umgeben, und einer der Jungen, die dort herumstehen und sich mit den Russen unterhalten, ist Primo. Aber beileibe kein Primo, wie er ihn die ganze Zeit vor Augen hatte – ängstlich, verwirrt, unsicher –, sondern ein vergnügter, ein sogar eine Zigarette rauchender Primo.

„Primo!"

In Charlys Stimme schwingt Erleichterung mit und Wut, Enttäuschung und Erlösung – alles hätte er erwartet, nur nicht, Primo so wiederzufinden.

Primo hat ihn entdeckt, er winkt, aber er beeilt sich nicht besonders, über die Straße zu kommen; sieht aus wie einer, der sehr zufrieden mit sich ist.

„Spinnst du!" schreit Charly ihn an. „Ich such dich überall, und du quatschst hier rum."

„Wieso denn?" fragt Primo verblüfft. „Ich hab doch die ganze Zeit hier auf dich gewartet…"

„Gewartet! Gewartet!" schreit Charly. Er weiß nicht warum, da ist auf einmal eine Wut in ihm, die er sich nicht erklären kann, die aber raus muß. „Wenn du wüßtest, was passiert ist!"

„Was ist denn passiert?" Primo traut sich kaum zu fragen, so sehr verwundert und beeindruckt ihn Charlys Wutanfall.

Charly möchte Primo erzählen, was passiert ist, aber seltsam, er kann es nicht, bringt es einfach nicht heraus. „Frag Hanne, der kann's dir erzählen."

„Hanne?" Primo versteht nun gar nichts mehr.

„Ja, Hanne!" schreit Charly wieder. Und dann sagt er:

„Die S-Bahn fährt jetzt auch nicht mehr. Wir müssen zu Fuß über die Grenze."

Wie bedeppert folgt Primo Charly, der sich still auf den Weg zum Brandenburger Tor macht. Erst als sie einige Zeit schweigend nebeneinanderher gegangen sind, wagt er es, Charly wieder anzusprechen. Er hält ihm seine Zigarette hin. „Zieh mal dran, echt Machorka*."

„Denkste, ich will mich vergiften?"

Charly sagt das, um weiter seine Wut herauszulassen – doch die hat nichts mit den Russen zu tun und auch nichts damit, daß sie nun laufen müssen. Sie hat mit ganz was anderem zu tun; er weiß selbst nicht, mit was.

Primo drückt seine Kippe aus und denkt nach, bis er es nicht länger aushält und wieder den Mund aufmacht. »Hast du Hanne denn getroffen?"

„Nicht nur ihn", antwortet Charly – und dann schweigt er endgültig.

Vater steht neben der Kasse und unterhält sich mit Herrn Kroll, Mutter sitzt hinter dem Ladentisch und schreibt Rechnungen. Charly hat erst nur durchs Schaufenster geblickt, nun betritt er den Laden und schließt schnell die Tür hinter sich. Er haßt die Türklingel, die, solange die Tür auf ist, durch den Laden schrillt, als wolle sie Feueralarm geben.

Mutter schaut auf, und auch Vater und Herr Kroll schauen zu ihm hin. Charly erkennt schon an Vaters Blick, daß es rich-

---

* Russischer Tabak.

tig war, gleich in den Laden zu gehen: Vater hat zu Hause angerufen, hat einen seiner üblichen Kontrollanrufe getätigt, weiß also längst, daß er nicht zu Hause war.

„Hast du mir was zu sagen?"

Primo hat ihm eine Ausrede vorgeschlagen. Er meinte, er solle einfach sagen, daß er bei ihm war – Mathe pauken. Die Ausrede ist nicht schlecht. Zwar wäre bei Primo Mathe pauken auch ein Verstoß gegen Vaters Anordnung, zu Hause zu bleiben, aber immerhin wären Schularbeiten ein nützlicher Grund. Eine Zeitlang hatte er auch mit dem Gedanken gespielt, Primos Idee zu übernehmen, aber dann hatte er eingesehen: Wenn er sagt, daß er Schularbeiten gemacht hat, gesteht er eine Niederlage ein, ohne wirklich verloren zu haben – denn dann würde Vater glauben, daß er endlich wirklich Schularbeiten gemacht hat. Und selbst wenn er die Ausrede anzweifelte, würde er sie doch benutzen, um einen seiner Triumphe über ihn zu feiern.

„Ich hab dich gefragt, ob du mir was zu sagen hast?"

Charly schüttelt stumm den Kopf.

Vater blickt Herrn Kroll an, der tut, als interessiere ihn nur der auseinandergenommene Radioempfänger auf dem Ladentisch.

„Und wo bist du gewesen? Wo kommst du jetzt her?"

Charly zuckt die Achseln.

Vaters Augen werden dunkel vor Zorn. Besonders, daß auch Herr Kroll diese Szene miterlebt, ärgert ihn. Doch er beherrscht sich, wendet sich wieder Herrn Kroll zu und sagt kühl: „Na gut! Wir reden später darüber. Jetzt bleibst du hier und hilfst Mutter nach Feierabend beim Aufräumen."

Charly setzt sich still in die Ecke zwischen Schaufenster und Regal. So kann er wenigstens auf die Straße hinausblicken.

Mutter guckt besorgt. Sie versteht nicht, daß es zwischen Vater und ihm immer Streit gibt. Sie sagt wirklich Streit, obwohl es ja überhaupt kein Streit ist. Vater sagt, fragt, verlangt etwas, und er antwortet nicht; das ist alles.

Die beiden Männer sprechen über das, was im Osten passiert ist. Charly hatte es sich schon gedacht und hört interessiert zu. Es gibt ihm ein Gefühl der Genugtuung, Erwachsene über etwas reden zu hören, was er selber viel besser weiß. Schon der Gedanke daran, was Vater und Herr Kroll wohl sagen würden, wenn sie wüßten, daß er drüben war und was er alles erlebt hat, verursacht einen richtigen Kitzel in ihm.

„Die Grenzwachen hatten sich schon verkrümelt", sagt Herr Kroll. „Durchs Brandenburger Tor konnte man hindurchspazieren wie früher. Kein Aas war da und hat kontrolliert."

„Und die Straßen sollen voller Parteiabzeichen gewesen sein", freut sich Vater. „So schnell, wie die Bonzen da drüben ihre Bonbons abgerissen haben, soll man gar nicht hinschauen gekonnt haben."

Die beiden sprechen, als ob sie einen Sieg errungen haben, reden, als ob sie dabeigewesen wären. Aber sie waren nicht dabei, er, Charly, war dabei. Und er hat keine Parteiabzeichen auf der Straße liegen sehen, er hat was anderes gesehen.

„In ihrem Rundfunk haben sie gesagt, das wäre alles von uns angezettelt worden. Wir hätten bezahlte Provokateure hinübergeschickt." Herr Kroll lacht, Vater aber wird ärgerlich. „Ist ja Blödsinn! Was geht uns das denn überhaupt an."

Charly schaut den Vater an. Wieso geht ihn, was drüben passiert, auf einmal nichts mehr an? Redet er nicht ständig über den Osten? Und wie können die beiden Männer sagen, daß keine Westler dabei waren?

Vater bemerkt den Blick. „Ist was?"

Charly schüttelt den Kopf.

„Hast du Langeweile?"

Charly schüttelt wieder nur den Kopf.

„Erna", wendet sich Vater an Mutter. „Gib dem Jungen was zu tun."

Mutter steht auf und winkt Charly ins Ersatzteillager. „Räum ein bißchen auf", flüstert sie. „Aber mach langsam."

So ist das immer, kaum ist Mutter Vaters Blicken entwichen, setzt sie eine Verschwörermiene auf und tut so, als wäre sie seine Verbündete. Aber wenn Vater dabei ist, sagt sie kein Wort.

Charly macht langsam. Er weiß auch gar nicht, was es hier viel aufzuräumen gibt; es liegt ja alles schon sehr ordentlich auf seinem Platz.

Neulich, als der Skatabend bei Herrn Schröder stattfand und Mutter nicht mitkonnte, weil sie so erkältet war, hatte sie ihn gefragt, warum er denn nie Schularbeiten mache und dem Vater nicht antworte, wenn er mit ihm spricht. Sie wollte Vaters Abwesenheit ausnutzen, um sich mit ihm auszusprechen. Er hatte das gespürt, aber er hatte auch ihr nichts antworten können. Zu Primo hat er gesagt, er macht keine Schularbeiten, weil er Vater ärgern will. Das stimmt nicht; er will ihn nicht *ärgern*. Es ist eine Art Protest. Vater behandelt ja nicht nur ihn wie einen Doofen, Mutter behandelt er genauso. Immer kritisiert er an ihr herum. Und weil ihn nur der Laden interessiert, muß auch sie immer im Laden hocken...

Das zwischen Vater und ihm ist ein Kampf, ein richtiger Kampf – und den will er nicht verlieren.

Die beiden Männer im Laden reden immer noch über Politik. Schuld an allem ist nur der Krieg, sagt Vater. Wenn der nicht gewesen wäre, gäbe es heute keine zwei deutschen Staaten und keine zwei Berlin. Schuld wäre nicht der Krieg allein, berichtigt ihn Herr Kroll, sondern daß sie ihn verloren hätten. Und warum hätten sie ihn verloren? Wegen des kalten russischen Winters. Ohne diesen Winter und die Hilfe der Amis würden die Russen heute nicht halb Deutschland besetzt halten. Heute aber bedauerten die Amis schon, daß sie den Russen geholfen hätten; heute würden sie sehen, wohin das geführt habe; heute hätten sie selber Angst vor ihnen.

Charly stellt sich ans Fenster und schaut auf den grauen, schmutzigen Hof mit den überquellenden Mülltonnen hinaus. Komisch, er glaubt Vater so gut wie nichts, aber wenn Herr Kroll und er über Politik reden, hat er ihnen bisher dennoch das meiste geglaubt. Wahrscheinlich, weil er es nicht besser wußte... Wenn aber so vieles von dem, was sie sagen, nicht stimmt, vielleicht haben sie dann auch mit vielem anderen Unrecht – zum Beispiel mit dem, was Herr Kroll über die Russen gesagt hat? Vielleicht haben Herr Kroll und Vater gar keine Ahnung von Politik, vielleicht reden sie nur dummes Zeug? Es gibt ja eine Menge Erwachsene, die nur so tun, als wären sie besonders schlau.

Die Türklingel. Ein Kunde kommt, fragt nach einem preiswerten Gebrauchtradio. Der Vater hat eins da, erklärt es lang und breit. Herr Kroll spricht währenddessen mit Mutter, erzählt ihr, daß sie sich unbedingt einen elektrischen Kühlschrank kaufen müsse; mit dem Eisschrank sei sie doch ewig vom Eishändler abhängig.

Mutter hört aufmerksam zu. Solche Sachen interessieren sie. Aber dann sagt sie: „Jetzt haben wir uns erst mal eine neue Polstergarnitur gekauft, ein elektrischer Kühlschrank kommt auch noch. Immer eins nach dem anderen."

„Ja", sagt Herr Kroll. „Man kann richtig sehen, wie es wieder aufwärts geht mit Deutschland. – Mit Westdeutschland, meine ich." Er lacht, und Mutter lacht mit.

Charly öffnet das Fenster zum Hof, steigt hinaus und zieht es von außen an den Rahmen heran. Dann geht er leise pfeifend durch den Hausflur auf die Straße.

Was er nun getan hat, wird ihm mindestens zwei weitere Wochen Stubenarrest einbringen. Nicht, daß er einfach abgehauen ist, wird Vater so auf die Palme bringen – obwohl ihn das natürlich auch wurmen wird –, daß er das Fenster zum Lager aufgelassen hat, wird es sein. Es könnte ja jetzt jemand hier einsteigen, Ersatzteile klauen.

Vater hat recht, wenn ihm das nicht gefällt, aber ihm, Charly, gefällt auch vieles nicht. Soll er ihm ruhig weiter Stubenarrest verpassen, er wird sich nicht mehr daran halten. Einsperren kann Vater ihn ja nicht, da hätte Mutter zuviel Angst, ihm könne was passieren, falls ein Feuer ausbricht oder so. Und schlagen? Das wagt Vater nicht; er weiß genau, dann haut er ab, irgendwohin. Das macht ihm dann nur noch mehr Ärger.

Die Bäckerei Witt. Charly geht hinein, kauft zwei Schillerlocken, zwei Schweinsohren und zwei Seezungen. Damit wird er jetzt zu Primo gehen, und dann werden sie alles bereden. Egal, ob Primo inzwischen schon mit Hanne gesprochen hat oder nicht; Hanne hat ja den Unfall des Jungen mit der Windjacke sicher ganz anders erzählt. Er wird Primo alles so schildern, wie er es erlebt hat.

Charly bleibt stehen, zögert. Kann er denn Primo die Wahrheit sagen? Vielleicht glaubt Primo ihm nicht, weil Hanne nicht besonders gut dabei weg kommt... Oder er kapiert das Ganze nicht, hält Hannes Stehenbleiben bis zum Schluß noch für 'ne Heldentat.

Charly greift in die Tüte, ißt eine Seezunge und überlegt weiter. Wenn er Primo nicht die Wahrheit sagt, glaubt Primo was Falsches und erzählt es weiter. Das ist auch nicht in Ordnung. Er kann gar nicht anders, er muß mit ihm darüber reden. Und auch darüber, weshalb er vorhin so wütend war. Wenn er mit Primo darüber spricht, versteht er es vielleicht auch selber besser.

1961

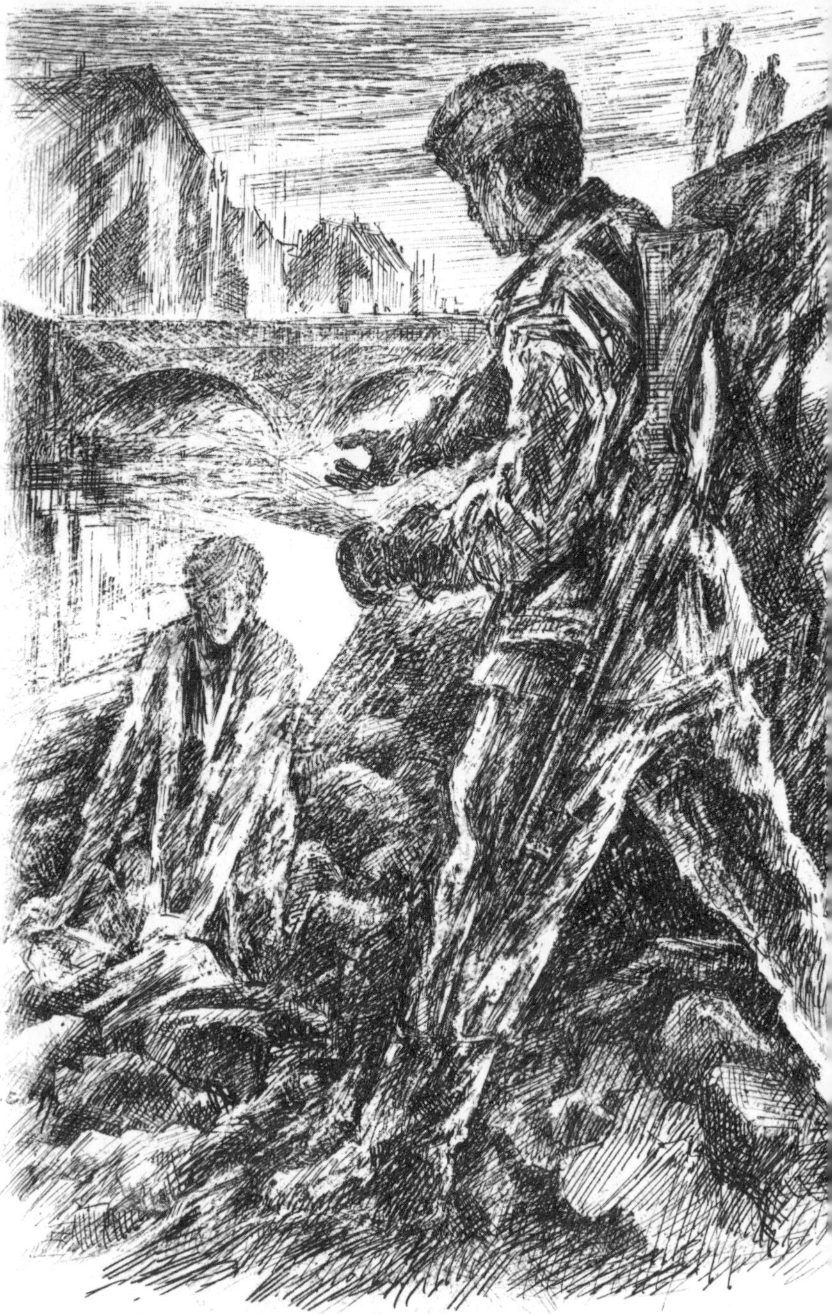

Mach die Augen zu und spring!

Die Eltern sitzen im Wohnzimmer und reden miteinander. Seit Tagen tun sie das nun schon. Kaum daß sie von der Arbeit heimgekehrt sind, geht es los. Und sie wollen nicht, daß er dabei ist. Rolf steht im Flur und lauscht, kann aber nichts verstehen. Nur Vaters beschwörend klingender Tonfall dringt durch die Tür und Mutters kurze, heftige Reaktionen.

Rolf geht in sein Zimmer zurück und schaut auf den Arminplatz hinunter. Die anderen haben sich inzwischen längst dort versammelt: Fränkie, der auf seiner Red Mary hockt, wie die Jungen das feuerrote Moped getauft haben, das er von seinem Westonkel zur Einsegnung geschenkt bekommt hat; Wolle in seiner alten Lederjacke, die ihm inzwischen viel zu klein ist, die er aber trotzdem trägt, weil er sich noch keine neue leisten kann; Johnny, der wirklich John heißt, weil sein Vater während der Nazizeit in England lebte; Dieter, der unscheinbarste von ihnen, aber irgendwie so was wie ihr Boß – und natürlich Daggi, die Friseuse lernt und immer so aussieht, als laufe sie für sich selbst Reklame. Aber in Ordnung ist sie auch; in Ordnung sind sie alle, die immer noch kommen und sich abends hier treffen, obwohl sie nun schon vor über einem Jahr aus der Schule entlassen worden sind und keinen Grund mehr haben, so oft zusammenzuglucken.

Wolle und Daggi haben Rolf entdeckt. Sie winken, aber Rolf schüttelt den Kopf. Er wird nicht runtergehen, solange er nicht weiß, was die Eltern da Abend für Abend bereden; denn daß es etwas Ernstes ist, daran zweifelt er schon längst nicht mehr.

Vielleicht wollen sie sich scheiden lassen. Dieters Eltern sind ja auch geschieden. Er wohnt bei seiner Mutter und sagt: Gott sei Dank! Mit dem Alten, das wäre nicht mehr lange gutgegangen.

Aber Dieters Vater war anders, soff, prügelte, gab an wie eine Lore Affen. Man kann die beiden nicht miteinander vergleichen...

Die Tür zur Wohnstube wird geöffnet. Rolf fährt herum und stürzt in den Flur. Doch der Vater war schon auf dem Weg zu ihm. „Ich muß mit dir reden", sagt er.

„Und ich mit dir."

„Das paßt ja." Der Vater schiebt Rolf in sein Zimmer und schließt die Tür. „Du hast dir wohl schon Gedanken gemacht, was wir da dauernd miteinander diskutieren?"

„Allerdings!" Die Antwort kommt schneller als beabsichtigt – und heftiger als beabsichtigt. Aber Rolf nimmt nichts zurück. Er schiebt die Daumen in die Schlaufen seiner Jeans und guckt den Vater von unten herauf an.

Der Vater setzt sich an Rolfs Tisch und steckt sich eine Zigarette an. Die ersten Züge macht er schweigend, dann sagt er leise: „Es geht nicht mehr so weiter. Sie machen mich fertig."

„Wer?"

„Die in der Firma. Jeden Tag höre ich es: Kollege Weber, wann werden Sie denn nun endlich den letzten Schritt tun?

Kollege Weber, wann werden Sie um Aufnahme in die Partei bitten?"

Rolf kennt Vaters Probleme. Er ist Ingenieur im Reichsbahnausbesserungswerk, könnte aber längst Abteilungsleiter sein – wenn er in der SED* wäre. Abteilungsleiter ist der Bruno Haase, Parteimitglied, Redenschwinger, eine richtige Gipsbüste von Genosse. Aber vom Fach versteht er nur halb soviel wie Vater.

„Dann tret doch ein in den Laden, dann hast du endlich Ruhe."

„Ruhe!" Der Vater lacht bitter. „Dann geht's erst richtig los, dann hagelt's Parteiaufträge. Was denn, Genosse Weber, du willst kündigen? Das geht nicht, wir brauchen dich hier. Genosse Weber, morgen tagt das Parteiaktiv, du mußt einen Vortrag über die schädlichen Auswirkungen des Weltimperialismus auf den Zuckerrübenanbau in Mecklenburg halten."

Der Vater sucht einen Aschenbecher, findet keinen, geht zum Fenster und schnippt die Asche hinaus. Dann dreht er sich zu Rolf um, der dicht neben ihm steht, und fragt ernst: „Denkst du, es macht Spaß, von morgens bis abends Begeisterung heucheln zu müssen? Und noch dazu für etwas, was man eigentlich ablehnt?"

„Und was willst du tun?"

Der Vater guckt Rolf lange an, bevor er antwortet. Dann sagt er leise: „Ich gehe fort – in den Westen. Ich habe dort eine Stelle bekommen."

---

* SED – Sozialistische Einheitspartei Deutschlands. Führende Partei der DDR.

Rolf senkt den Blick. Er hatte so etwas geahnt. Und es lag ja auch nahe. Jeden Tag verschwinden mehr als tausend. Aus der ganzen DDR kommen sie nach Berlin, um mit der S-Bahn in den Westen zu fahren und nicht mehr wiederzukehren. Im RIAS haben sie es gesagt: Das Flüchtlingsaufnahmelager in Marienfelde ist überfüllt, die Flüchtlinge müssen mit Flugzeugen in die Bundesrepublik ausgeflogen werden. Und doch, obwohl es so viele tun, haftet dieser Flucht etwas Negatives an. Es klingt nach Verrat. Und in der Schule heißt es, nur verbrecherische Elemente oder Dummköpfe würden die DDR verlassen. Die Republikflüchtlinge würden einfach nicht begreifen, daß sie sich auf der Seite des Fortschritts befänden. Für eine Tafel Westschokolade oder ein Päckchen Westzigaretten verrieten sie ihre Kollegen in den Betrieben, ihre Nachbarn und Freunde, und nicht zuletzt ihre Heimat.

Der Vater hat während der ganzen Zeit keinen Blick von Rolf genommen. Nun sagt er: „Ich weiß, was du denkst. Irgendwas von dem, was sie dir erzählt haben, muß ja hängengeblieben sein. Ich hab jetzt aber leider keine Zeit, um es gründlich zu widerlegen. Nur soviel: Als junger Mann habe ich mich für diesen neuen Staat interessiert. Ein Staat ohne Ausbeutung sollte die DDR werden, Gleichheit und Brüderlichkeit hatte sie sich auf die Fahnen geschrieben. Alles Ideale, für die auch ich mich begeistern konnte. Aber was ist daraus geworden? Eine Funktionärsclique regiert. Wer eine andere Meinung hat, wird unterdrückt; wer sie dennoch sagt, wird eingesperrt. Wir nennen uns demokratisch, sind aber keine Demokratie, denn wir können nicht einmal frei wählen. Und das alles nennen sie auch noch Sozialismus."

Der Vater drückt seine Zigarette aus und legt den Stummel auf das Fensterbrett. „Weißt du, was Rosa Luxemburg mal gesagt hat? Freiheit ist immer die Freiheit des Andersdenkenden! Haben Andersdenkende bei uns irgendeine Freiheit? Sie haben nur die Freiheit wegzugehen, und die nehme ich mir, bevor ich auch die nicht mehr habe."

Der Vater zündet sich eine neue Zigarette an und macht ein paar tiefe Züge. Das alles nimmt ihn mehr mit, als er zugeben will.

„Und Mutter?" fragt Rolf leise.

„Mutter bleibt hier", sagt der Vater müde. „Ich habe mir solche Mühe gegeben – sie will mich einfach nicht verstehen."

Wenn die Mutter hierbleibt, heißt das, daß auch er hierbleiben muß. Niemals würde die Mutter zulassen, daß er mit dem Vater mitgeht. Aber das heißt dann Abschied vom Vater.

„Und... wann?"

Der Vater zögert, dann sagt er, und seine Stimme klingt belegt: „Heute noch. Sie schreiben in der letzten Zeit soviel in den Zeitungen..., im Westen wie im Osten..., drohen sich ständig gegenseitig... Ich habe wirklich Angst, daß es bald nicht mehr geht..." Er sieht Rolf nachdenklich an und lacht plötzlich auf. „Weißt du, woran ich heute den ganzen Tag denken mußte? An meine Kindheit. Wenn wir ins Hallenbad gingen, traute ich mich nie, vom Drei-Meter-Brett zu springen. Da rieten mir die anderen: Mach die Augen zu und spring! Das tat ich dann eines Tages. Ich hatte furchtbare Angst, aber ich wußte, daß ich es irgendwann ja doch tun mußte – und sprang. Heute habe ich dasselbe Gefühl."

Rolf spürt, wie es in seinem Hals zu kribbeln beginnt. Er

kennt das. Wenn er jetzt nicht fortläuft und tief Luft holt, muß er heulen. Aber das will er nicht, deshalb geht er stumm am Vater vorbei und aus seinem Zimmer. Im Flur holt er dann ein paarmal tief Luft und lauscht an der Wohnzimmertür.

Was geht jetzt in der Mutter vor? Weint sie? Ist sie wütend? Oder ist sie vielleicht sogar erleichtert?

Er kann nichts hören, und da verläßt er die Wohnung und steigt langsam die Treppen hinab.

Dieter erzählt wieder mal Witze. Er tut es hauptsächlich, um Daggi zum Lachen zu bringen. Fränkie knattert auf seiner Mary um den Platz und erzielt damit bei Daggi mehr Wirkung. Johnny ist ernst und ruhig wie immer und Wolle versucht, Rolf in ein Gespräch über einen Film zu verwickeln. Rolf hört auch zu, sagt ab und zu „ja" oder „hm", aber seine Gedanken sind woanders.

Warum lassen sich die Eltern nicht scheiden, wenn sie doch auseinandergehen? Können sie denn verheiratet sein, wenn der eine im Osten und der andere im Westen lebt?

Daß die Mutter nicht mit dem Vater mitgeht, hätte er ihm vorher sagen können. Die Mutter glaubt, daß es im Osten ehrlicher zugeht. Wie oft sagt sie: „Meine Güte! Schon allein der Gedanke daran, daß ich im Westen für irgend so einen Kapitalisten arbeiten müßte, der sich dumm und dämlich an seinen Arbeitern verdient, wäre mir unerträglich."

Aber wenn sie sich noch lieben würden, dann würde der eine für den anderen verzichten, dann würden sie zusammen hierbleiben oder zusammen fortgehen.

„Ihr habt es gut", sagt Wolle zu Johnny und Rolf. „Ihr habt

große Ferien, dürft euch acht Wochen lang auspennen, unsereins muß jeden Morgen um sechs raus."

Johnny und Rolf sind die einzigen aus der Clique, die noch zur Schule gehen. Johnny will das Abitur machen und hinterher studieren, und Rolf will nach der zehnten Klasse Fernsehmechaniker werden. Wolle lernt Elektromechaniker, Fränkie Dreher, und Dieter geht bei einem Tischler in die Lehre. Sie müssen alle drei früh raus, und von den großen Ferien haben sie nichts; im Gegenteil, in den Ferien fällt die Berufsschule aus, und sie müssen jeden Tag zur Arbeit. Das stinkt ihnen noch mehr.

Die einzige, die wirklich gerne zur Arbeit geht, ist Daggi. Ihr gefällt ihr Beruf; sie ist stolz darauf, daß die Kundinnen sie Fräulein Dagmar nennen und sie auf der Straße grüßen. Außerdem erfährt sie viel Klatsch von ihren Kundinnen, weiß über alle Bescheid und fühlt sich manchmal schon ein bißchen wie eine gute, alte Tante, die ihren Sorgenkindern Trost spenden muß.

Die anderen haben keine Lust, sich über das frühe Aufstehen zu ärgern. Morgen ist Samstag, da wird nur der halbe Tag gearbeitet, man kann sich schon aufs Wochenende freuen.

„Oh, Daggi, Daggi, Daaagmar!" Fränkie hält vor Daggi und läßt das Moped knattern. Dabei singt er sie an und spielt auf einer unsichtbaren Gitarre.

Daggi tippt sich an die Stirn. Aber Fränkie singt weiter. Er weiß, daß Daggi auf ihn steht. Sie soll zu Hause sogar ein Bild von ihm an der Wand hängen haben. Nach einem Klassenfoto selbst gezeichnet. Und Fränkie sieht ja auch gut aus. Das schwarze Haar im Elvis-Schnitt gekämmt, eine Locke immer in der Stirn, und das freche Fränkie-Grinsen – dem kann so leicht kein Mädchen widerstehen.

»Eh! Pennst du? Dein Alter."

Wolle stößt Rolf an. An der Straßenecke steht der Vater und winkt ihm.

Rolf steht nur ganz langsam auf. Ist das schon der Abschied? Aber der Vater hat keinen Koffer dabei.

Sich Mühe gebend, nicht schneller zu werden, schlendert Rolf auf den Vater zu. Er weiß, daß diese Langsamkeit aufreizend wirkt und will das auch. Denkt der Vater etwa, er kann sich einfach dünnemachen? Tschüs, mein Sohn, mir gefällt's hier nicht mehr, halt mal schön die Ohren steif und so weiter.

Der Vater guckt Rolf prüfend an. „Ich kann dich verstehen", sagt er. „Aber mehr kann ich nicht tun. Ich kann nur hoffen, daß du mich eines Tages auch verstehst."

Rolf will weiter den Mürrischen spielen, aber Vaters Stimme hat so bittend geklungen, daß ihm das schwerfällt.

„Ist es soweit?"

Der Vater nickt stumm.

„Aber du hast ja gar nichts dabei – ich meine, nichts anzuziehen."

Rolf weiß von Leuten, die mit vollgepackten Koffern über die Grenze gefahren sind. Sie müssen ja nur auf irgendeinem S-Bahnhof im Osten einsteigen und im Westen wieder aussteigen. Die Züge werden nur ganz selten kontrolliert.

„Ich will nichts riskieren", sagt der Vater ernst. „Ich hab nur meine Papiere und Zeugnisse dabei. Ohne Papiere ist man ja nichts wert."

Rolf juckt es, dem Vater die Hand hinzustrecken, „Tschüs"

zu sagen und zu den anderen zurückzukehren. Das würde den Vater verletzen, und er möchte ihn verletzen. Doch das schafft er nicht.

„Ich bin ja nicht aus der Welt", sagt der Vater leise. „Du kannst mich besuchen. Ich wohne ab jetzt in Steglitz, Schloßstraße 89, dritter Stock, bei Vogel. Ich hab da ein Zimmer zur Untermiete."

Der Vater widerspricht sich. Vorhin hatte er noch Angst, bald nicht mehr in den Westen zu können – und nun sagt er, er soll ihn besuchen.

Der Vater will Rolf an sich ziehen, aber Rolf sträubt sich. „Und warum laßt ihr euch nicht scheiden?"

Der Vater wird noch ernster. „Wir tun es ja. Wenn ich drüben bin, hat Mutter einen Grund..."

„Tschüs!" Nun hält Rolf dem Vater doch die Hand hin, aber es hat nichts Verletzendes an sich, eher was Verzagtes.

Der Vater nimmt die Hand und hält sie fest. „Rolf!" bittet er. „Versteh mich doch."

„Mach ich ja", sagt Rolf übertrieben munter. „Alles klar! Tschüs! Ich besuch dich mal." Damit dreht er sich um und schlendert zu den anderen zurück.

„Was war denn mit deinem Alten los?" fragt Dieter. „Ihr wart ja so komisch."

„Ach, nichts!" sagt Rolf. „Der spinnt eben 'n bißchen."

Was der Vater vorhat, darf er niemandem sagen. Erst wenn er drüben ist und nicht wiederkommt, dürfen es alle wissen. Dann erfahren sie es sowieso.

Sie sitzen beim Abendbrot und schweigen. Die Mutter ist

sehr blaß und nachdenklich, aber ein Zeichen dafür, daß sie geweint hat, kann Rolf in ihrem Gesicht nicht entdecken. Sie hat Vaters Weggang bisher noch mit keinem einzigen Wort erwähnt.

Als die Mutter ihr Abendbrot beendet hat, schmiert sie die Frühstücksbrote für den nächsten Tag. Sie tut es gedankenversunken – und als sie damit fertig ist, stellt sie fest, daß sie auch für den Vater Brote gemacht hat. Sie sieht Rolf an und lächelt vorsichtig. „Macht der Gewohnheit!"

Rolf lächelt nicht zurück. Will die Mutter etwa die zuviel gemachten Brote als Aufhänger benutzen, um mit ihm nun doch noch über Vaters Weggang zu reden? So leicht macht er es ihr nicht. Er steht auf, geht in sein Zimmer, legt sich auf sein Bett.

Es gab schöne Zeiten mit Vater und Mutter. Die Ferien in Thüringen, wo Mutter Verwandte hat, oder die an der Ostsee im *Haus der Freundschaft*, eine Ferienreise, die der Vater über den Betrieb bekam... Oder auch der Umzug aus der kleinen Wohnung in der Zelterstraße in die größere am Arnimplatz. Alles mit viel Lachen verbunden, mit Vorfreude und Spaß. Bis es dann langsam anders wurde, bis immer weniger gelacht wurde, kaum noch Spaß dabei war. Vaters Ärger im Betrieb, den er zu Hause abließ, und Mutters Unverständnis dafür. „Was willst du denn, es geht uns doch gut", sagte sie nur, wenn er schimpfte. Und: „Denk doch mal daran, wie wir angefangen haben."

Am Anfang schaffte es die Mutter beinahe jedesmal, den Vater damit umzustimmen, später schaffte sie es nur noch selten und danach gar nicht mehr. Und als sie dann in ihrem Betrieb von Jahr zu Jahr eine Stufe höher kletterte und der Vater sagte, daß sie sich das durch Heuchelei erkaufe, kam es zum ersten richtigen großen Streit zwischen ihnen. Ein Streit, der so weit führte, daß der Vater sich anzog, in eine Kneipe ging und sich betrank. Es war das erste Mal, daß er das tat. Und dabei hatte er in diesem Fall wirklich Unrecht. Die Mutter heuchelt nicht, sie ist überzeugt von dem, was sie sagt.

Rolf stellt das Kofferradio an, das die Eltern ihm zu Weihnachten schenkten. Es ist Freitagabend, der RIAS bringt die *Schlager der Woche,* und die hört er immer, ganz egal, was passiert.

Bill Ramsey wird angekündigt. „Kennt ihr die Zuckerpuppe aus der Bauchtanzgruppe, von der ganz Marokko spricht? Die kleine süße Biene mit der Tüllgardine vor dem Baby-Doll-Gesicht..."

Die Freitagabend-Sendung ist nur die Wiederholung vom Montag, aber er ist sich sicher: Jetzt sitzen sie alle vor ihren Radios – Fränkie, Wolle, Dieter, Johnny, Daggi...

Die Mutter kommt. „Stell bitte die Musik etwas leiser", bittet sie. „Es muß nicht gleich das ganze Haus hören, daß du einen Westsender eingestellt hast."

„Und warum nicht? Wenn der Vater im Westen ist, darf der Sohn doch wohl wenigstens Westmusik hören."

„Bitte, Rolf! Mach mir keinen Ärger."

Rolf rührt sich nicht, klopft nur den Rhythmus in das Kopfkissen.

Die Mutter beugt sich zum Radio hinüber, stellt es aus. Rolf stellt es wieder an.

Die Mutter wird blaß. „Na gut", sagt sie. „Aber dann stell's wenigstens leiser." Und weil sie nicht sicher ist, daß er das tut, dreht sie selber am Knopf. Rolf wartet nur darauf, daß sie ihre Hand wegnimmt, dann dreht er die Musik wieder lauter, noch lauter als vorher. Da schlägt die Mutter zu. Die Ohrfeige ist hart und wuchtig, Rolf springt auf und guckt die Mutter verdutzt an.

„Ich werde nicht zulassen, daß du mir auf der Nase herumtanzt", schreit sie – und dann stellt sie wieder das Radio ab und zieht den Stecker aus der Steckdose.

Einen Augenblick lang steht Rolf starr, dann ergreift er das Radio und wirft es gegen die Wand. Es fällt zu Boden, das Plastikgehäuse bricht auseinander. „Ich kann darauf verzichten", schreit er zurück. „Verstehst du? Ich kann auf alles verzichten. Auch auf Vater. Auch auf dich."

„Rolf!" flüstert die Mutter. „Ich will doch nur mit dir reden."

„Aber ich nicht mit dir." Rolf wirft sich wieder auf sein Bett und verbirgt den Kopf unter den Armen. Er muß nun doch heulen, kann einfach nicht anders. Was in ihm ist, muß raus, und nun kommt es raus und schüttelt ihn so, daß er vor Schluchzen kaum Luft bekommt.

Die Mutter setzt sich zu ihm, streichelt seine Schultern und redet auf ihn ein, sie sagt, daß der Vater einen Fehler gemacht hat. Sein Fortlaufen sei eine Kurzschlußhandlung, er werde das noch mal bitter bereuen.

„Glaubst du etwa, daß er wiederkommt?"

„Nein. Selbst wenn er drüben vor Hunger verrecken würde – dein Vater ist ein Sturkopf, der nie zugibt, einen Fehler gemacht zu haben."

Vor Hunger verrecken! Ausgerechnet im Westen! Das paßt zu Mutter.

„Junge!" bittet die Mutter. „Vertrau mir doch! Ohne Vater fertig zu werden, wird sicher nicht leicht, aber wir schaffen es. Ganz sicher schaffen wir das."

Es ist Sonntag. Rolf liebt es, sonntags lange im Bett zu bleiben. Nicht um zu schlafen, sondern um vor sich hinzudösen, nachzudenken oder zu lesen. An diesem Sonntag aber ist er gleich wach. Er hat ja nun schon seit fünf Wochen Ferien, kann jeden Tag ausschlafen, ist nicht mehr müde. Die Arme unter dem Kopf verschränkt, schaut er zum Fenster hin.

Sonnenschein liegt über der Stadt, nur ein paar vereinzelte Wolken treiben über den Himmel. Das ist gut. Dieter will kommen, um ihn abzuholen. Sie wollen nach Weißensee raus, schwimmen. Daggi, Fränkie, Wolle und Johnny wollen auch mitfahren.

In der Küche spielt leise Musik. Die Mutter ist also auch schon wach. Rolf steht auf, um ins Bad zu gehen. Doch die Mutter hat ihn gehört. Sie kommt in den Flur und sieht ihn groß an. „Jetzt ist es also passiert", sagt sie.

„Was denn?"

„Sie haben die Grenze dichtgemacht."

„Die Grenze? Welche Grenze denn?"

„Na, unsere! Die Grenze nach Westberlin."

Rolf schaut die Mutter ungläubig an. „Woher weißt'n das?"

„Aus den Nachrichten. Sie haben es angesagt... im Osten wie im Westen."

Rolf steht in der Badezimmertür, die Klinke in der Hand, aber er betritt das Bad nicht. Dann hat der Vater also doch recht gehabt! Dann hat ihn seine Ahnung nicht getrogen. Zwei Tage später, und er wäre nicht mehr rübergekommen...

„Wenn du mich fragst", sagt die Mutter, „ich finde, es war höchste Zeit dafür. Wenn ich nur an all die Grenzgänger denke, wie sie im Westen gearbeitet und im Osten gelebt haben. Drüben haben sie die Löhne gedrückt, und hier haben sie alles leergekauft."

An der Tür läutet es Sturm. Die Mutter geht hin und öffnet. Es ist Dieter. „Wissen Sie's schon?" geht er gleich die Mutter an. „Haben Sie schon gehört, was die Misthunde gemacht haben?"

„Die Misthunde?" fragt die Mutter verwirrt.

„Na, die Vopos*! Alle Grenzen sind dicht. Die lassen keinen mehr rüber."

Die Mutter schüttelt nur stumm den Kopf. Sie hält nicht viel von Dieter, für den alles, was aus dem Westen kommt, drei Klassen besser ist als das Beste aus dem Osten. Ihrer Meinung nach sind Fränkie und Dieter kein Umgang für Rolf.

„Finden Sie das etwa in Ordnung?" fragt Dieter verblüfft. „Die haben die Westberliner eingesperrt. Und uns auch. Die sperren einfach alle ein."

„Das ist eine Schutzmaßnahme", sagt die Mutter etwas ruhiger. „Das ist, um einen neuen Krieg zu verhindern."

Dieter guckt, als bezweifele er, richtig gehört zu haben.

---

* Volkspolizisten.

Dann wendet er sich Rolf zu, der in der Tür steht und nichts sagt. „Schwimmen fällt aus. Wir treffen uns unten."

„Ich komme", sagt Rolf, dann geht er ins Bad und wäscht sich schnell. Als er fertig angezogen ist, läuft er, ohne erst lange zu frühstücken, nur mit einer Scheibe Brot in der Hand die Treppe hinunter. „Bleib in der Nähe", ruft ihm die Mutter noch nach. „Laß dich zu nichts überreden, hörst du!"

Dieter, Johnny und Wolle stehen um Fränkie auf seiner Red Mary herum und lauschen Johnnys Kofferradio.

„Alles im Arsch!" ruft Wolle, als er Rolf kommen sieht. „Alles aus! Alles zappenduster!"

Der Westberliner Bürgermeister spricht im Radio. Seine Stimme ist voller Empörung, aber er warnt vor unüberlegten Schritten.

„Unüberlegte Schritte!" Dieter zieht die Nase hoch und spuckt im hohen Bogen aus. „Der hat gut reden. Der ist ja drüben."

„Der meint nicht nur uns", sagt Johnny, „der meint auch die Amis."

Alle schweigen, bis Dieter spöttisch sagt: „Rolfs Mutter meint, der Osten will dadurch 'n Krieg verhindern."

„Mein Vater sagt das auch", bestätigt Johnny. „Er meint, wir waren schon dicht dran."

„Dein Vater ist ja auch 'n Bonze." Dieter spuckt schon wieder aus. Er hat offensichtlich Lust zu spucken, allen zu zeigen, wie verachtungswürdig er das alles findet. Und mit dem Bonzen will er ausdrücken, daß Johnnys Vater in der Partei eine ziemlich hohe Stellung bekleidet und deshalb gar nichts anderes sagen kann.

„Und deiner ist 'n Spießer."

Dieter überlegt, ob er sich auf Johnny stürzen soll, aber dann läßt er das. Johnny hat ja recht: Sein Vater hat immer nur zugesehen, wie er am bequemsten über die Runden kam, und am allerbequemsten fand er es in der Kneipe.

Fränkie läßt seine Mary knattern und dreht eine Runde um den Platz. Als er wiederkommt, sagt er zu Johnny: „Und wenn die Amis sich das nun nicht gefallen lassen? Dann gibt's doch auch Krieg, oder?"

„Bin ich mein Vater?" wehrt sich Johnny. „Ich sag ja nicht, daß das stimmt, was er sagt."

Die Jungen schweigen weiter. Keiner kann was für seine Eltern – egal, ob er Glück mit ihnen hatte oder Pech.

Daggi kommt über die Straße. „So 'n Mist!" ruft sie schon von weitem – und lacht. „Ich wollte doch heute abend ins Kino. Im *Alhambra* gibt's 'n Film mit Elvis."

„Du hast vielleicht Sorgen!" schreit Wolle Daggi an. „Kino!"

Daggi stellt sich neben Dieter. „Was hat'n der?"

Dieter antwortet nicht, denkt nur nach. Dann sagt er: „Mir reicht das Gequatsche jetzt. Ich geh hin, guck mir das mal an."

„Und wo?" fragt Daggi spöttisch. „Auf die Bornholmer Brücke kommste nicht rauf. Da haben sie alles abgesperrt."

„Woher weißt'n das?" Fränkie, der gerade wieder eine Biege gedreht hatte, hält vor Daggi und läßt den Auspuff röhren. „Hast wohl schon die Mücke machen wollen?"

„Quatsch!" Daggi tippt sich an die Stirn. „Nicht, bevor ich ausgelernt habe. Ohne Beruf biste drüben doch nichts."

Das hat der Vater auch gesagt, denkt Rolf – und bedauert,

daß er jetzt nicht mit dem Vater reden kann. Er hätte gerne gewußt, was er zu all dem sagt. Daggi aber dachte weniger an ihre Ausbildung als an Fränkie. Und der weiß das – und grinst.

„Dann geh ich eben zur Bernauer." Dieter läßt nicht locker. „Ob ich nun hier rumstehe oder dort. So weit sie mich lassen, geh ich ran."

„Ich komme mit!" Rolf will auch endlich was sehen, nicht nur Radio hören und reden. Und auch Wolle, Johnny und Daggi schließen sich an.

Fränkie fährt vorneweg, kommt aber immer mal wieder zurück und macht seine Witze. „Vorauskommando meldet: keine besonderen Vorkommnisse!"

Auf den ersten Blick ist dieser Sonntag wirklich wie jeder andere. Im Stadion an der Cantianstraße wird sogar Fußball gespielt, irgendeine rotweiße kämpft gegen eine grünweiße Mannschaft.

„Die haben Mut", staunt Wolle. „Drei Meter weiter ist die Welt zu Ende – und die knödeln hier rum."

An der Eberswalder Straße, die am Stadion entlangführt und hinter der Grenze zur Bernauer Straße wird, stauen sich die Menschen. Es sind Frauen, Männer, Kinder und viele Jugendliche. Die meisten Frauen halten Taschentücher in den Händen, schneuzen hinein, wischen sich die Augen. Die Männer stehen nur da und gucken, keiner sagt etwas. Und schaut sich doch mal einer vorsichtig um, um vorher zu sehen, wer ihm zuhört, und murmelt dann etwas, ist das, was er sagt, ein Fluch oder ein Witz, ein böser Witz.

Daggi und die Jungen gehen so dicht wie möglich an die

Grenze heran und stehen dann in der ersten Reihe der Neugierigen. Betroffen sehen sie den Stacheldraht, der quer über die Straße gezogen worden ist und die bisher unsichtbare Sektorengrenze zur richtigen Grenze macht. Keinen Meter dahinter stehen die ersten Westberliner. Ebenfalls Männer, Frauen und Kinder. Einige Westberliner Jugendliche rufen: „Ihr Schweine! Hört doch endlich auf damit." Sie meinen die Volkspolizisten und die Männer in den blauen Uniformen der Betriebskampfgruppen*, die immer weitere Stacheldrahtrollen über die Straße ziehen.

Eine Frau nähert sich dem Stacheldraht bis auf wenige Zentimeter und winkt einem jungen Mann zu, der auf der anderen Seite steht und mit den Händen in den Taschen herüberschaut. „Hans!" ruft die Frau dem jungen Mann zu. „Komm doch lieber wieder zurück."

Der junge Mann schüttelt stumm den Kopf. Da macht die Frau einen weiteren Schritt vor und hebt das Bein...

Ein Vopo hat das gesehen. Er nimmt seine Maschinenpistole von der Schulter und schreit: „Halt! Stehenbleiben."

Die Frau dreht sich um. „Ich will zu meinem Sohn", sagt sie. „Bitte, lassen Sie mich durch."

„Das geht nicht! Sind Sie denn verrückt geworden?" Der Vopo weiß nicht, was er tun soll. Er hält die Frau am Arm und dreht sich immer wieder um. Ein Polizeioffizier, der den Vorfall beobachtet hat, kommt angelaufen und weiß besser Bescheid. „Verhaften!" schreit er. „Sofort verhaften!"

Dieter steckt zwei Finger in den Mund und pfeift laut.

---

* Militärisch organisierte Einheiten aus Arbeitern und Angestellten.

Auch Fränkie pfeift. Wolle, Rolf und viele anderen fallen ein. Wieder andere rufen „Pfui!" oder „Laßt die Frau in Ruhe!" Und von Westberliner Seite fliegen Steine herüber.

Die Vopos kommen in Bewegung, zwei führen die Frau ab, die anderen richten ihre Maschinenpistolen auf die Männer und Frauen auf der anderen Seite. Die Pfiffe und Rufe werden lauter, und die Männer in den Kampfgruppenuniformen unsicherer. „Schwei-ne! Schwei-ne!" skandieren die Leute auf der Westberliner Seite der Straße nun. Und: „Ver-bre-cher! Ver-bre-cher! Ver-bre-cher!"

Der Polizeioffizier, der die Frau abführen ließ, kommt zurück und schreit Befehle. Die Vopos lassen ihre Stacheldrahtrollen liegen und bilden eine Front gegenüber den Westberlinern.

„Und die in eurem Rücken seht ihr nicht?" ruft der junge Mann, dessen Mutter abgeführt worden ist. „Glaubt ihr etwa, die sind für euch?"

Einige der Männer und Frauen auf der Westberliner Seite lachen, aber sie machen ein paar Schritte zurück.

„Haste mal 'ne Lulle?" Rolf stößt Dieter an. Er bekommt seine Zigarette, zündet sie sich mit Dieters Streichhölzern an und setzt sich auf den Rinnstein.

Er kann da nicht mehr zusehen. Er hat Angst davor, jeden Augenblick unter den Westberlinern den Vater auftauchen zu sehen. Das ist blöd, Berlin ist groß und die Grenze zwischen West- und Ostberlin fast fünfzig Kilometer lang. Wie an der Bernauer Straße sieht es sicherlich an allen Übergängen aus. Vielleicht steht der Vater jetzt an einem anderen Übergang – und denkt an ihn, wie er jetzt an den Vater denkt...

„Macht keinen Spaß, was?" Daggi hockt sich zu Rolf und nimmt ihm die Zigarette aus der Hand, um mal dran zu ziehen. Und da sagt Rolf es. Nun darf er ja darüber reden, und jetzt muß er es auch. „Mein Vater ist seit zwei Tagen drüben. Den seh ich jetzt ewig nicht wieder."

„Ach, du liebe Scheiße!" Daggi sieht Rolf mitfühlend an, aber er spürt, daß sie nicht besonders überrascht ist. „Und deine Mutter?"

„Die ist hier. Und die bleibt auch hier."

„Und du?"

Rolf zuckt die Achseln. „Mal sehen."

Die Mutter hat sich beim Kochen Mühe gegeben und ein Gericht ausgewählt, von dem sie weiß, daß es zu Rolfs Lieblingsspeisen gehört: Kohlrouladen. Rolf hat das Gefühl, als wolle sie ihn damit für irgendwas entschädigen – für den Vater oder den Streit um das Radio, vielleicht sogar für die neue Grenze. Nach dem Essen fragt sie ihn, ob er Lust auf einen Spaziergang hat.

„Wohin?" fragt Rolf. „Zur Bernauer?"

Die Mutter steht auf und beginnt, das Geschirr abzuräumen, aber dann läßt sie das sein und sagt: „Gut. Reden wir darüber. Das alles zu verstehen ist sicher nicht so leicht für dich." Sie setzt sich wieder hin und nimmt Rolfs Hände. „Wir mußten das tun! Denk nur mal an die Grenzgänger. Und an die vielen, die jeden Tag abgehauen sind. Die offene Grenze hat jedes Jahr einen Schaden von mehr als drei Milliarden Mark verursacht."

„Und warum wollen so viele weg?"

„Weil sie nicht kapieren, weshalb wir immer noch Schwierigkeiten haben. Und daß diese Schwierigkeiten dadurch, daß so viele weglaufen, nicht weniger werden."

Die Mutter meint wirtschaftliche Schwierigkeiten. Sie behauptet, die meisten Flüchtlinge würden nur wegen der vollen Schaufenster weglaufen. Der Vater sagte dazu, daß das auf viele zuträfe, nicht aber auf alle. Viele würden auch einfach nur mehr Freiheit suchen. Rolf entgegnet das, und er weiß, daß er der Mutter damit einen Schock versetzt, denn nun führt er mit ihr die Diskussionen, die sie zuvor immer mit dem Vater führen mußte.

„Freiheit!" Die Mutter muß sich zusammennehmen, um nicht noch heftiger zu reagieren. „Was heißt denn Freiheit? Zuerst geht's doch wohl mal um den Frieden. Weißt du denn nicht, daß der Westen bereits Pläne in der Schublade hat, in denen jetzt schon steht, wie unsere Betriebe nach der ‚Wiedervereinigung' verwaltet werden sollen? Ich kann mich noch an den letzten Krieg erinnern, der reicht mir, ich will keinen neuen."

Frieden! Kann eine solche Grenze wirklich Frieden schaffen? Auf dem Rückweg von der Bernauer Straße riß Dieter ein Plakat von der Wand. *Für Frieden und Völkerverständigung* stand darauf. Dieter sagte, diese Art Frieden wolle er nicht.

„Meinst du wirklich, daß der Westen Krieg will?" fragt Rolf die Mutter. „Das wird dann doch 'n Atomkrieg, da gehen sie doch selber drauf."

„Und warum reden sie dann immer so?" fragt die Mutter zurück. „Warum lassen sie uns nicht in Ruhe? Wieso stören sie unsere Arbeit?"

Rolf muß wieder an den Vater denken. Der Vater sagte einmal, diese Art von Sozialismus breche den Leuten das Rückgrat. Bertolt Brecht habe mal gesagt, die unbequemsten Mitarbeiter sollten uns die liebsten sein, weil nur sie wirklichen Fortschritt brächten. Der Partei aber seien die Bequemsten die liebsten, nämlich die, die keine Fragen stellen, sondern ausführen, was angeordnet wird – und daß es so viele davon gäbe, wäre eine deutsche Krankheit.

Ist die Mutter bequem? Oder ist sie wirklich mit allem so hundertprozentig einverstanden?

„Rolf!" sagt die Mutter. „Hab doch Vertrauen zu mir. Glaub mir, ich sag dir nichts Falsches."

Rolf hebt den Kopf und sieht der Mutter in die Augen. „Und Vater? Darf ich zu ihm kein Vertrauen haben?"

„Nein", sagt da die Mutter ernst und ohne den Blick zu senken. „Das hat er durch seine Flucht bewiesen."

Rolf steht auf und geht aus der Küche. Die Mutter kommt ihm nach und hält ihn fest. „Wohin willst du?"

„Zu Fränkie."

„Du weißt, daß ich es nicht gerne sehe, daß du so oft mit ihm zusammen bist. Und Dieter ist auch auf einem ganz falschen Weg."

Rolf macht sich los und geht zur Tür. Aber er dreht sich noch einmal um. „Du siehst so vieles nicht gern", sagt er. „Wenn ich auf dich höre, habe ich bald niemanden mehr – nur noch dich."

Fränkie wohnt in der Seelower Straße. Seine Mutter ist Witwe, verdient nicht viel, kann sich nur eine Einzimmer-

Hinterhof-Wohnung mit Küche leisten. Als Rolf den Hof betritt, sieht er Dieter und Fränkie vor der Kellertür an Mary herumbasteln. Er setzt sich auf die Steinstufen zum Seitenaufgang und sieht ihnen dabei zu, merkt aber bald, daß die beiden über ihn grinsen.

„Was ist denn?"

„Merkste nischt?" Fränkies Grinsen wird immer breiter.

„Nee."

„Auweia, ist der blind!" Dieter tippt sich an die Stirn.

Rolf guckt und guckt – und dann kapiert er plötzlich: Fränkie und Dieter reparieren Mary nicht, sie nehmen sie auseinander. „Was soll'n das?"

Fränkie blinzelt Dieter zu. „Sollen wir?" Dieter nickt. Und da sagt Fränkie feierlich: „Wir haben dir ein Angebot zu machen."

„Und?"

„Wenn du willst, bringen wir dich zu deinem Vater." Fränkie lacht.

„Spinnt ihr?"

„Nee." Dieter wird ernst. „Wir hauen ab. Und wir haben auch schon 'n Plan. Wir wissen, an welcher Stelle wir noch rüberkommen. Aber sicher nicht mehr lange. Deshalb machen wir es heute."

Die beiden wollen tatsächlich abhauen? „Und wo wollt ihr hin?" fragt Rolf mißtrauisch.

„Ich zu Karl."

Karl ist Dieters älterer Bruder. Er lebt schon lange im Westen.

„Und ich zu meinem Onkel." Fränkie setzt sein frechstes

Grinsen auf. „Der hat ja schon immer gesagt, ich soll mal kommen. Na ja, und nun komm ich. Kann er schon mal langsam seine Moneten zählen."

„Aber... die schicken euch doch wieder zurück. Ihr seid doch noch nicht volljährig." Rolf sucht nach Einwänden gegen diesen Plan. Er ist ihm nicht geheuer – vor allen Dingen aber ist ihm die Frage nicht geheuer, die Dieter und Fränkie ihm stellen werden...

„So schnell schicken die einen nicht zurück. Und schon gar nicht, wenn man drüben Verwandte hat."

„Und wenn sie auf euch schießen? Die Vopos haben doch Knarren."

„Die sehen uns nicht." Fränkie grinst schon wieder. Aber dann steht er auf und geht vor Dieter und Rolf in die Küche seiner Mutter. „Verschwinde mal 'n Augenblick", sagt er zu ihr.

Rolf zuckt immer zusammen, wenn Fränkie seine Mutter so behandelt, aber Fränkies Mutter seufzt nur, trocknet sich die Hände ab und geht.

Die drei Jungen setzen sich um den Küchentisch. Fränkie zieht die Schublade heraus und entnimmt ihr einen Stadtplan. Er breitet ihn auf dem Tisch aus und streicht ihn glatt. „Kennste die Lohmühlenbrücke?" fragt er Rolf.

Rolf schüttelt den Kopf. „Wo is'n die?"

„Hier!" Dieter tippt auf die Stelle, an der sich der Landwehrkanal teilt, links zum Osthafen hin, rechts zum Neuköllner Schiffahrtskanal. „Da haben wir früher mal gewohnt", sagt er. „Ich kenn mich da aus. Der Kanal ist an dieser Stelle keine dreißig Meter breit."

„Aber..." Rolf verschlägt es fast die Sprache. „Die Brücke ist doch sicher bewacht."

„Wir wollen ja nicht über die Brücke, sondern durchs Wasser." Fränkie kichert vor Aufregung. Und ehe Rolf erneut was einwenden kann, sagt er: „Wir müssen natürlich unter Wasser schwimmen."

„Die ganze Zeit? Dreißig Meter?" zweifelt Rolf.

„Mensch! Natürlich nicht! Ab und zu mußte schon mal Luft holen." Dieter wird ungeduldig. „Dreißig Meter schaff ich in zwei Minuten."

Fränkie geht an den Küchenschrank, findet eine Flasche Schnaps und schenkt drei kleine Schnapsgläser damit voll. „Na, was ist?" fragt er Rolf dann. „Kommste mit?"

Rolf starrt das Glas an. Er muß was sagen, muß ja oder nein sagen – aber er weiß nicht, was er sagen soll. Er weiß es einfach nicht. Das hat nicht nur mit der Angst zu tun, die er verspürt, wenn er an die bewaffneten Grenzer denkt, das hat vor allem damit zu tun, daß er nicht weiß, was er tun soll. Die Frage Westen oder Osten heißt ja auch Vater oder Mutter...

„Was willste hier denn noch?" Dieter kippt seinen Schnaps hinunter. „Jetzt wird's hier doch noch öder. Jetzt kannste ja nicht mal mehr im Westen ins Kino gehen. Und Jeans kannste dir auch keine mehr kaufen."

Fränkie geht zur Tür, um zu überprüfen, ob seine Mutter nicht etwa lauscht, dann sagt er: „Mich hält hier nichts mehr. Meine Lehre kann ich auch im Westen weitermachen. Und wenn nicht, ich find schon irgend 'ne Arbeit."

Rolf nimmt sein Glas mit dem klaren Schnaps und trinkt es aus. Der Schnaps brennt im Hals, befreit aber irgendwie, spült die Beklemmung weg. „Na klar komme ich mit", sagt er. „Was habt ihr denn gedacht?"

„Wußte ich doch!" Dieter schlägt Rolf auf die Schulter, und Fränkie schenkt noch mal die Gläser voll. „Du wirst uns noch mal dankbar dafür sein, daß wir dich mitnehmen", sagt er dabei. „Zu Johnny und Wolle haben wir nämlich nichts gesagt. Johnny findet's hier ja sowieso schöner. Und Wolle – auf den ist einfach kein Verlaß."

Die Mutter sitzt am Radio und hört Ostnachrichten. Immer wieder wird da der „Beschluß des Ministerrates der Deutschen Demokratischen Republik" verlesen, wird dazu die „Erklärung der Regierungen der Warschauer Vertragsstaaten" zitiert. Und dann gibt es weitere „Bekanntmachungen" – die des Ministers für Verkehr, die des Ministeriums des Innern, die des Magistrats der Hauptstadt der DDR. Die Mutter hat all diese Erklärungen schon ein paarmal gehört, sie werden ja zu jeder vollen Stunde verlesen, aber sie hört jedesmal wieder zu, als wäre es das erste Mal.

Rolf hört auch zu. Er muß ja zuhören, wenn er mit der Mutter in der Wohnstube sitzt. Und allein lassen kann er sie jetzt nicht.

Wenn die Mutter wüßte, was er vorhat, würde sie ihn einsperren, vielleicht sogar die Polizei rufen... Sie würde es nur zu „seinem Besten" tun, aber sie würde es tun, wenn sie keinen anderen Ausweg fände.

„Glaube mir", sagt sie jetzt. „Eines Tages werden auch die Menschen im Westen erkennen, daß wir mit dieser Maßnahme einen Krieg verhindert haben."

Daß Fränkie und Dieter ausgerechnet zu ihm mehr Vertrauen haben als zu Wolle und Johnny? Rolf weiß nicht, ob er sich darüber freuen soll oder nicht. Er ist noch immer so unentschieden. Er hat ja gesagt, weil es nun eigentlich egal ist, wo er lebt. Bleibt er bei der Mutter, muß er auf den Vater verzichten, geht er zum Vater, sieht er die Mutter nicht wieder.

Fränkie ist jetzt bei Daggi, Abschied nehmen. Der Gedanke, daß er sie nicht wiedersieht, bedrückt ihn. Das hätte er früher nicht zugegeben. Dabei würde Daggi sicher mitgehen, wenn sie auf diese Weise bei Fränkie bleiben könnte. Doch Fränkie meinte, eine Flucht durch den Kanal wäre für ein Mädchen zu gefährlich. Aber wenn es für Daggi zu gefährlich ist, warum dann nicht für Dieter, Fränkie und ihn? Daggi schwimmt nicht schlechter als sie, eher sogar noch besser.

Mary hat Fränkie „eingemottet". „Vielleicht komm ich ja doch mal wieder", sagte er dabei. „Natürlich nur zu Besuch. Dann hol ich sie aus'm Keller, bau sie wieder zusammen und los geht die Tour durch die alte Gegend."

Die alte Gegend! Also verspürt auch Fränkie so was wie Abschiedsstimmung...

Im Radio spielen sie Kampflieder. Eins handelt von Rosa Luxemburg und Karl Liebknecht. Der Vater hat gesagt, die DDR dürfe sich nicht auf diese beiden berufen, die hätten was ganz anderes gewollt...

Schloßstraße 89, dritter Stock, bei Vogel. Der Vater wird Augen machen, wenn er plötzlich vor der Tür steht. Und er wird sich freuen. Natürlich wird er sich freuen.

„Wie ist das eigentlich jetzt?" fragt Rolf die Mutter. „Wenn einer seinen Vater drüben hat, darf er den besuchen?"

„Vielleicht", sagt die Mutter. Und dann mit einem scharfen Unterton in der Stimme: „Aber auch wenn sie es erlauben. Ich erlaube es dir nicht."

„Und warum nicht?"

„Weil ich nicht will, daß du zwischen West und Ost zerrissen wirst. Du kannst nicht in zwei Welten leben. Du gehst kaputt, wenn du das tust."

Rolf starrt die Mutter an. „Du willst, daß ich Vater nicht wiedersehe?"

Die Mutter weicht Rolfs Blick nicht aus. „Ja", sagt sie. „Weil es für dich das beste ist."

Rolf lehnt sich in den Sessel zurück und schaut zur Zimmerdecke hoch. Nicht nur Fränkie und Dieter, auch die Mutter zwingt ihn zur Entscheidung. Alle verlangen sie von ihm, ja oder nein zu sagen.

Mach die Augen zu und spring – so hat der Vater seine Situation geschildert, bevor er wegging. Und nun steht er vor der gleichen Situation. Er aber muß die Augen noch fester zumachen, der Vater hat ja immerhin gewußt, was er will.

Und wenn sie erwischt werden?

„Sind das eigentlich Gesetze – ich meine, dieser Beschluß... und diese Bekanntmachungen."

Die Mutter zögert. Dann sagt sie: „Natürlich sind das Gesetze. So was wird nicht zum Spaß erlassen."

Der Vater hat mal gesagt, Gesetze hätten nur selten was mit Gerechtigkeit zu tun; sie würden ja immer nur im Sinne derer erlassen, die gerade an der Macht sind. Und viele Gesetze existierten überhaupt nur, damit die Regierenden in Ruhe ihre Macht ausüben könnten. Das sei in allen Ländern so, nur gebe es welche mit eher lockeren Gesetzen und welche mit strengeren. Und je strenger die Gesetze wären, desto größer wären meist auch die Ungerechtigkeiten. Deshalb gebe es im Leben manchmal Situationen, in denen man sich bestimmten Gesetzen widersetzen müsse, um nicht zum Verbrecher zu werden. Sonst hätte es zum Beispiel unter Hitler kaum einen Naziverbrecher gegeben, weil sich ja alle Nazis auf die bestehenden Gesetze stützen konnten.

„Wozu willst du das eigentlich wissen?" fragt die Mutter. Ihre Zufriedenheit darüber, daß er den Abend bei ihr verbringt, ist einem plötzlichen Mißtrauen gewichen.

„Nur so." Rolf schaut auf die Uhr. Um halb elf wollen sie sich treffen. Er muß noch mal in sein Zimmer und dann so langsam aber sicher verschwinden, wenn er nicht zu spät kommen will.

„Bist du müde?" Die Mutter legt ihm die Hand auf den Arm.

„Ja." Rolf steht auf. Jetzt nur keine Zärtlichkeiten, sonst weiß er noch weniger, was er will.

„Na, dann mach dich fertig", sagt die Mutter und gähnt. „Ich leg mich auch bald hin, muß ja morgen früh raus."

Rolf geht in sein Zimmer, schaltet das Licht ein, schaut sich um und horcht in sich hinein. Wie ist das, so ein Abschied? Wird er wehmütig werden?

Nein. Es ist komisch, aber er kann sich gar nicht vorstellen, nicht mehr zurückzukommen. Unsicher geht er an seinen Schrank und nimmt sein letztes Zeugnis heraus. Dieter hat gesagt, Zeugnisse sind nützlich, die zeigen, was man kann und was man hinter sich hat. Er legt den Personalausweis zum Zeugnis, auch eines der Fotos, das Mutter, Vater und ihn in glücklicheren Tagen zeigt, und wickelt alles in eine Zellophan-Tüte, die er sich unters Hemd schiebt. Auch das ist ein Hinweis von Dieter. Wenn die Papiere naß werden, nützen sie nicht mehr viel.

Vielleicht klappt's ja auch gar nicht, vielleicht...

„Bist du schon im Bad?" ruft die Mutter im Flur.

„Gleich!" antwortet Rolf. Und dann geht er zur Tür und lauscht.

Die Mutter geht in die Küche, rumort noch ein bißchen darin herum und verschwindet danach im Schlafzimmer, um sich auszuziehen.

Rolf schlüpft durch die Tür und geht leise durch den Flur. Ebenso leise öffnet und schließt er die Wohnungstür hinter sich und steigt die Treppen hinab. Auf der Straße angekommen, blickt er zur Wohnung hoch.

Er hat in seinem Zimmer das Licht brennen lassen. Das war nur aus Versehen, aber das ist gut so, denn so sieht es aus, als wäre er noch da.

Die S-Bahn fährt an erleuchteten Fenstern vorüber. Die Jungen können hineinschauen, Leuten beim Fernsehen oder Radiohören zuschauen. Es sieht aus, als gäbe es für ganz Berlin an diesem Tag nur Radios oder Fernseher.

„Gib mir mal noch 'ne Lulle", drängt Fränkie. Er ist aufgeregt, guckt sich in dem leeren Waggon, in dem es nach kaltem Zigarettenrauch riecht, immer wieder um. Aber nur am anderen Ende des Waggons sitzen Leute: ein alter Mann, der eine Zigarre raucht, ein Liebespärchen, zwei Frauen, die miteinander tuscheln.

Dieter hält Fränkie seine Packung *Real* hin.

„Siehst du die Gräber dort im Tal, das sind die Raucher von *Real*", witzelt Fränkie.

Weder Dieter noch Rolf finden den Spruch lustig; daß Fränkie nichts Besseres einfällt als dieser Gag mit dem zwei Meter langen Bart, zeigt noch deutlicher als seine Unruhe, wie ihm innerlich zumute ist.

„Im RIAS haben sie gesagt, der Osten will um ganz Westberlin 'ne Mauer ziehen", flüstert Dieter Rolf zu. „Ob das stimmt?"

„Vielleicht." Rolf zuckt die Achseln.

„Quatsch!" meint Fränkie. „Soviel Steine gibt's ja gar nicht."

Ostkreuz. Noch eine Station, dann sind sie am Treptower Park angelangt und müssen aussteigen.

„Was steht denn eigentlich auf Republikflucht?" fragt Rolf.

„Anderthalb Jahre", sagt Fränkie.

„Aber nicht für Jugendliche", widerspricht Dieter. „Jugendliche kriegen weniger. Vielleicht kommen sie auch nur in den Jugendwerkhof."

S-Bahnhof Treptower Park. „Alles aussteigen, der Zug endet hier", ertönt es aus dem Lautsprecher. Dieter, Rolf und Fränkie steigen aus und gehen nebeneinander über den Bahnsteig, halten sich aber dicht hinter den beiden noch immer miteinander redenden Frauen. Es soll aussehen, als gehörten sie dazu.

Am Bahnhofsausgang stehen Volkspolizisten. Sie mustern die beiden Frauen und auch die drei Jungen, sagen aber nichts.

Auf der Straße drehen die Jungen sich noch einmal um und

schauen zu dem erleuchteten S-Bahn-Zug hoch, der noch im Bahnhof steht. „Gestern fuhr er noch weiter", sagt Dieter und nennt die Bahnstationen, die auf der Ringstrecke folgen: „Sonnenallee, Neukölln, Hermannstraße..."

Auch Rolf erinnert sich gut an diese Fahrstrecke. Schon als Kinder haben sie sich oft den Spaß gemacht, mit einer Zwanzig-Pfennig-Fahrkarte auf dem Vollring rund um Berlin zu fahren. Sie sind einfach am S-Bahnhof Schönhauser Allee eingestiegen und links oder rechts herum losgefahren, bis sie wieder auf dem S-Bahnhof Schönhauser Allee ankamen. Das geht nun auch nicht mehr.

„Was hätten wir denn gesagt, wenn die Vopos uns gefragt hätten, wo wir hinwollen?" fragt Fränkie.

Das haben sie noch nicht ausgemacht. Auf die Idee, daß schon hier, am S-Bahnhof, also noch einige hundert Meter von der Grenze entfernt, Vopos stehen könnten, sind sie nicht gekommen.

„Wenn einer fragt, sagen wir, wir wollen zu Briesenicks", erklärt Dieter. „Das sind Bekannte von meiner Mutter. Die wohnen noch immer in dem Haus, in dem wir damals gewohnt haben. Und wenn wir beobachtet werden, gehen wir wirklich dahin. Ich frag dann nach Vater. Der alte Briesenick und er, die zwitschern oft einen zusammen."

Rolf holt tief Luft. Die Sache wird ihm immer unheimlicher. Kann es denn sein, daß alle Grenzübergänge von Ostberlin nach Westberlin so bewacht werden, daß es aussichtslos ist, zu versuchen, hinüberzukommen, und ausgerechnet Dieter einen Weg hinüber kennt? Aber Dieter geht nun sehr zielstrebig durch die Fränkie und Rolf unbekannten und auch ziemlich dunklen Straßen; er scheint sich hier wirklich gut auszukennen.

„Da geht's zum Übergang Elsenstraße", flüstert Dieter. „Den haben sie bestimmt besonders dichtgemacht."

Warum gerade dieser Übergang besonders dicht sein soll, sagt Dieter nicht, und Rolf und Fränkie fragen nicht danach. Sie haben nun Angst, nichts als Angst.

Die drei Jungen nähern sich einer Seitenstraße und blicken hinein. Sehr helles Licht ist zu erkennen, wenn auch ziemlich weit entfernt von ihnen.

„Da ist die Wiener Brücke", flüstert Dieter. „Die ist bestimmt auch verriegelt und verrammelt."

„Und warum soll's gerade an der Lohmühlenbrücke günstiger sein?" flüstert Rolf.

„Weil ich die kenne. Jeden Stein kenne ich da." Dieter kann seine Erregung nun auch nicht mehr überspielen. „Wenn's irgendwo klappt, dann da. Glaubt mir das doch endlich."

Rolf und Fränkie sagen nichts mehr. Sie gehen neben Dieter her, als wäre ihnen nun alles egal – und so ist Rolf auch zumute. Mach die Augen zu und spring! Jetzt hat er die Augen zu, jetzt geht er nur noch wie automatisch mit.

Dieter drückt sich in einen Hausflur. „Das ist die DHZ*", flüstert er. „Da hat mein Vater mal gearbeitet. Dicht daneben ist der Kanal."

Die Jungen können den Kanal nicht sehen, aber in dem Gebäude, auf das Dieter sie hingewiesen hat, brennt Licht. Und ab und zu dringen Stimmen zu ihnen hin.

---

* DHZ – Deutsche Handelszentrale.

„Bestimmt sind da Vopos einquartiert", meint Fränkie.

„Hundertprozentig", flüstert Dieter. „Aber das macht uns nichts aus. Die können uns ja in der Dunkelheit nicht sehen." Und dann schleicht er an der Häuserwand entlang, bis er die Straße erreicht hat, die das Kanalgelände von den Häuserblocks trennt. „Alles klar?" fragt er und läßt sich, als Rolf und Fränkie nicken, im Schatten der Häuser bäuchlings auf das Pflaster gleiten, um einige Zeit so liegen zu bleiben und zu dem belebten Gebäude hinzuspähen. Als er nichts Auffälliges entdecken kann, robbt er los. Rolf und Fränkie legen sich ebenfalls auf das Pflaster und folgen ihm. Dabei schauen sie immer wieder zu den hellerleuchteten Fenstern hin. Doch sie haben Glück, ungesehen kommen sie über die Straße und auf das Gelände am Kanal. Hier wachsen Pflanzen zwischen den Steinen und es ist noch dunkler, das gibt ein bißchen mehr Sicherheit.

Dieter robbt noch einige Meter weiter und bleibt dann liegen, um Kraft zu schöpfen. „Fünfzig Meter links ist schon Westen", flüstert er. „Aber durch den Kanal ist es besser."

Fünfzig Meter links? Rolf hebt den Kopf – und zieht ihn schnell wieder ein. Vopos! Sie gehen Streife und unterhalten sich miteinander. Der eine von ihnen lacht...

„Du Idiot", flüstert Fränkie. „Wieso soll's denn gerade hier besonders günstig sein?"

„Klappe!" zischt Dieter, und dann robbt er weiter, bis er den Kanal erreicht hat.

Völlig außer Atem vor Angst und Anspannung erreichen auch Rolf und Fränkie den Kanal.

„Du Idiot", will Fränkie wieder anfangen, aber da gleitet Dieter schon in das im Mondlicht schwarzglänzende Wasser. „Schnell", flüstert er. „Es sind nur dreißig Meter."

Rolf und Fränkie gucken sich an. Und da sagt Rolf auf einmal: „Ich komm nicht mit." Er weiß nicht, warum er das auf einmal sagt, es gibt keinen besonderen Grund dafür; er ist sich jetzt nur sicher, daß er nicht mitwill.

„Spinnst du? Wir haben keine Zeit für Faxen", drängt Dieter wütend. Und Fränkie schaut zu Rolf hin, als sei auch er nicht mehr überzeugt davon, daß er wirklich mitwill – aber dann läßt er sich doch ins Wasser gleiten.

„Rolf! Was ist?" drängelt Dieter.

„Schwimmt los", flüstert Rolf. „Ich kann nicht... meine Mutter... Es geht nicht."

Da taucht Dieter und schwimmt los. Und Fränkie folgt ihm. Sie schwimmen so leise, nichts ist zu hören. Und bald ist auch nichts mehr zu sehen, nicht mal mehr Kreise auf der Wasseroberfläche.

Rolf bleibt noch lange so liegen. Er weiß, daß Dieter und Fränkie nun längst drüben sein müssen, und er kommt sich vor wie ein Versager. Warum ist er denn nicht mitgeschwommen? Wegen Mutter? Auch. Aber das ist es nicht nur, da ist mehr... Er weiß nicht, was es ist, weiß nur, daß er die Augen eben doch nicht fest genug zugemacht hat.

Er muß nun zurück, muß genauso vorsichtig zurück, wie sie hingekrochen sind. Leise arbeitet sich Rolf rückwärts, immer weiter rückwärts.

Die Wachposten! Jetzt sind sie rechts von ihm. Gott sei Dank reden sie immer noch miteinander. Wenn er an denen vorbei ist... Eine Taschenlampe leuchtet auf, leuchtet Rolf mitten ins Gesicht, blendet ihn.

„Wen haben wir denn da?" sagt eine Männerstimme. Und dann, beinahe lachend: „Junge! Du kriechst ja in die falsche Richtung."

Es ist ein Vopo, ein schon etwas älterer, gemütlich wirkender Mann. Er hilft Rolf auf die Füße, läßt ihn die Arme hochnehmen und tastet ihn ab. „Vorsichtshalber", sagt er. „Ich glaub ja nicht, daß du 'ne Knarre dabei hast, aber sicher ist sicher."

Auch die anderen beiden Vopos kommen heran. „Hast du wieder einen?" fragen sie und schütteln die Köpfe, als sie Rolfs Gesicht sehen. „Du bist nun schon der neunte, den wir hier erwischen. Aber der älteste bist du nicht."

Der neunte. So viele... Aber Dieter und Fränkie haben sie nicht...

„Das ist ein besonderer Fall", sagt der Polizist, der Rolf festgenommen hat, und muß nun doch richtig lachen. „Der wollte in die falsche Richtung."

„Nanu?" wundert sich einer der anderen beiden. „So dumm kannst du doch nicht sein. Du wirst doch wohl noch wissen, wo Westen und Osten ist?"

„Ich wollte ja nicht rüber", sagt Rolf leise. „Ich wollte nur..."

Ja, was wollte er? Was soll er nun sagen?

„Komm mit, Junge!" sagt der ältere Polizist. „Was du wolltest, das werden wir schon noch rauskriegen."

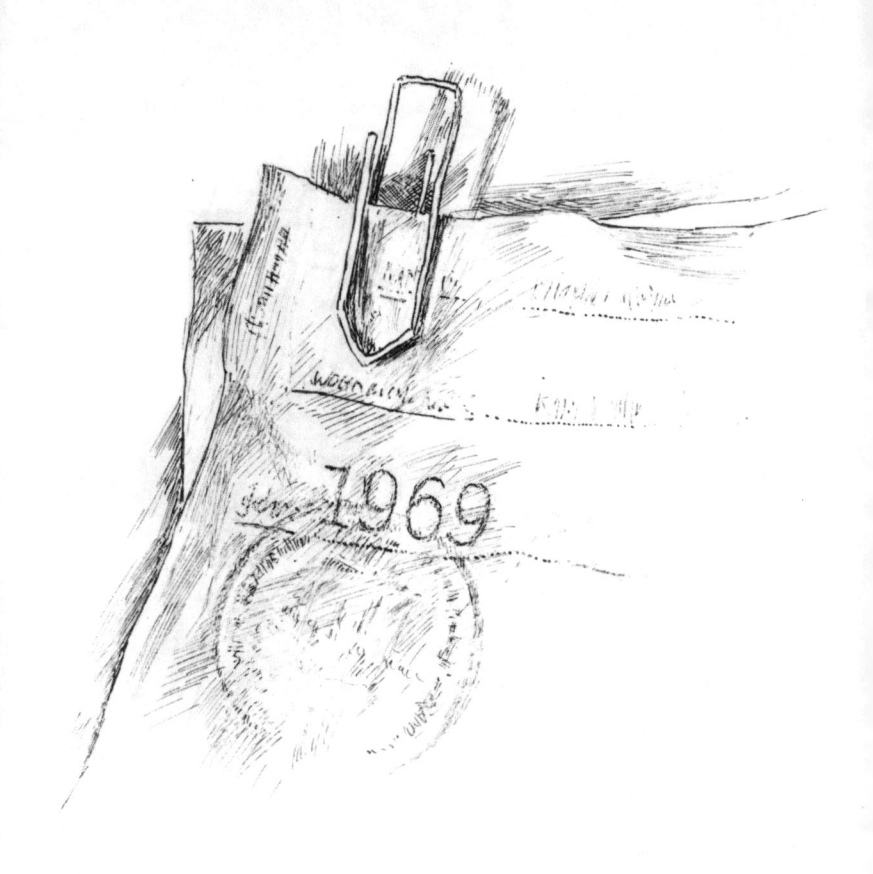

1969

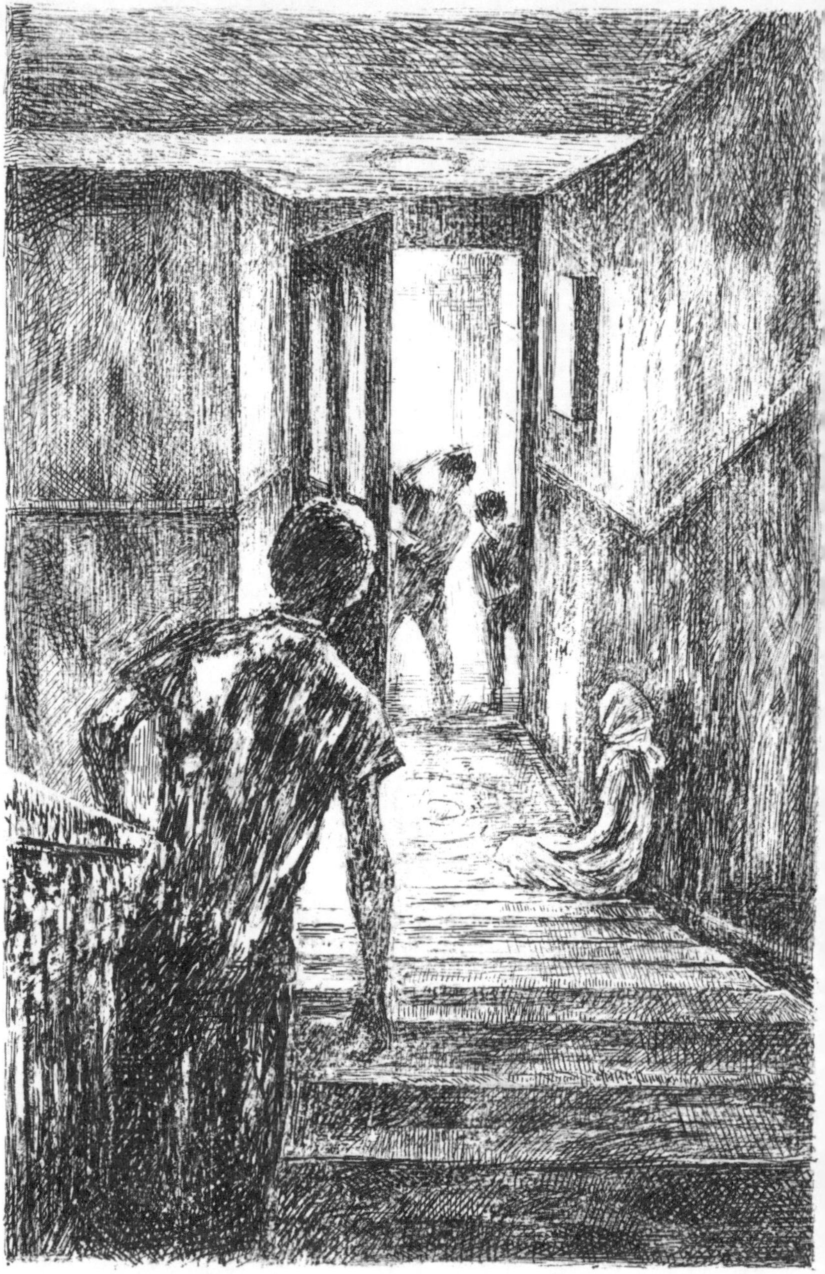

Unsere Gegend

Muzaffer Gürakar – Türkische Spezialitäten steht in roter Schrift auf blauem Grund über Tür und Schaufenster des kleinen Ladens. Und im Schaufenster liegt alles das, was der Vater anzubieten hat: Konservendosen, Obst und Gemüse, Wein, Schnaps, bunt verpackte Käsesorten – bis auf das Obst und Gemüse alles mit türkischen Etiketten versehen. „Spezialitäten aus der Heimat", wie der Vater die Waren nennt. Aber vor jeder Dose oder Flasche, jeder Obst- und Gemüsesorte steht ein kleines Schild, auf dem steht der Preis und der deutsche Name der Ware. Und diese Schilder hat Aysche gemalt. Deshalb steht sie nun vor dem Schaufenster und überprüft alles noch mal. Aber sie findet an ihrer Arbeit nichts auszusetzen.

„Na, können wir uns sehen lassen?"

Der Vater lehnt in seinem neuen weißen Kittel in der Ladentür und guckt Aysche neugierig an. Aysche macht drei Schritte zurück und unterzieht mit ernster Miene auch die Fassade noch einmal einer strengen Prüfung. Drei Tage hat der Vater daran herumgepinselt, und für das Ladeninnere hat er sogar eine ganze Woche gebraucht, aber nun ist alles schön geworden, sogar sehr schön. Sie darf strahlen.

Und der Vater strahlt zurück. „Heute ist mein Glückstag", hat er gleich am Morgen zur Mutter gesagt. „Nach so vielen

Jahren Arbeit für andere bin ich endlich mein eigener Herr." Und er hat sich seinen dichten schwarzen Schnurrbart gekämmt, als hinge allein von seinem Schnurrbart ab, ob sein Geschäft gut geht oder schlecht.

Der kleine Herr Kuzu kommt aus dem Haus, blinzelt ein bißchen in die grelle Maisonne und spaziert dann mit ernstem Gesicht vor dem Laden auf und ab. Er betrachtet ihn von allen Seiten, bis er endlich zu Vaters Erleichterung den Kopf wiegt. „Ein schöner Laden! Alles was recht ist, ein sehr schöner Laden."

Wieder strahlt der Vater übers ganze Gesicht und führt Herrn Kuzu in den Laden, um ihm auch die Inneneinrichtung zu zeigen, vor allen Dingen aber, um ihn so wie es sich gehört zu bewirten.

Aysche hockt sich auf die Stufen vor der Eingangstür und guckt die Straße hinunter. Wenn die Sonne scheint, sieht die graue Straße gleich viel freundlicher aus. Und heute ist wirklich ein wunderschöner Sonnabendvormittag, die Luft ist richtig mild, und aus manch einem der weit geöffneten Fenster dringt Musik auf die Straße, türkische Musik und deutsche und dazwischen manchmal ganz laut englische. Die kommt dann aus dem Fenster von Jörg und Biene, einem jungen Paar auf der gegenüberliegenden Straßenseite.

Woher werden all die Leute kommen, die bei Vater einkaufen? Werden es nur die Leute aus der Gegend rund um den Mariannenplatz sein? Oder werden sie auch von weiterher kommen? Werden nur Türken kommen – oder auch Deutsche?

Der Vater hofft, daß auch Deutsche kommen. Er hat gesagt, von Türken allein könnten sie nicht leben. Deshalb hat er seinem Laden ja auch einen deutschen Namen gegeben und sie die Schilder mit den deutschen Beschriftungen gemalt.

Jörg und Biene werden bestimmt bei ihnen einkaufen. Und Frau Behrens aus dem Zeitungskiosk an der Ecke Muskauer Straße sogar ganz bestimmt. Sie hat ja jeden Tag gefragt, wann es denn endlich soweit ist; sie ißt so gern Sachen, die sie noch nicht kennt. Und sie probiert auch gern mal neue Rezepte aus. Aber sonst fällt Aysche niemand ein, von dem sie ganz bestimmt annimmt, daß er kommt. Doch der Vater hat gesagt: „Das muß man sehen. Das kann man nicht vorher sagen. Wer keinen Mut hat, was zu riskieren, kann auch nichts gewinnen."

Onkel Recep kommt über die Straße. Aysche steht auf, um ihn vorbeizulassen. Onkel Recep will sicher zum Vater, die beiden sind ja Freunde. Sie haben sich vor sieben Jahren in Deutschland kennengelernt, haben zusammen für eine Firma gearbeitet und gemeinsam ein Zimmer bewohnt, bis der Vater das nötige Geld verdient hatte, um eine Wohnung mieten und wenigstens erst mal die Mutter und sie nachkommen lassen zu können. Onkel Recep wohnt noch immer in dem Zimmer, das er damals mit Vater bewohnte. Er will seine Familie nicht nach Berlin holen, bleibt allein, weil er so sparsamer leben und eher zurückkehren kann. Denn das ist der große Unterschied zwischen Vater und Onkel Recep: Onkel Recep will wieder zurück, will sich von seinem ersparten Geld zwei Autos kaufen und zu Hause ein Taxiunternehmen aufmachen. Davon träumt er – und davon redet er dreimal am Tag. Dem Vater dagegen gefällt es in Deutschland, er will hierbleiben.

„Na, Aysche – Baysche!" Onkel Recep zwinkert Aysche zu. „Wie fühlt man sich als Tochter eines Ladenbesitzers? Ich werd mir nun wohl doch mal überlegen müssen, ob ich nicht meinen ältesten Sohn mit dir verheiraten soll." Er lacht vergnügt und betritt dann – vom Vater herzlich begrüßt – den Laden.

Aysche setzt sich wieder hin und blickt weiter die Straße entlang. Aber nun wieder mit diesem unruhigen Gefühl im Bauch. Sie wird nun bald zwölf, und Onkel Recep spricht immer öfter davon, daß er sie mit seinem ältesten Sohn verheiraten möchte. Dabei kennt sie diesen Memed nicht mal, hat nur ein Foto von ihm gesehen – und das hat ihr nicht gefallen.

Cavit und Kemal kommen um die Ecke gelaufen. Sie sind ganz außer Atem und machen erst halt, als sie vor Aysche angelangt sind. „Hat Vater viele Kunden?" fragt Cavit streng.

„Zwei."

„Zwei sind nicht viel." Cavits Gesicht wird noch strenger. Und Kemal guckt den großen Bruder nur an und nickt. Er ist immer mit allem einverstanden, was Cavit sagt oder tut.

Cavit ist vierzehn und Kemal nicht ganz dreizehn. Sie sind erst vor zwei Jahren nach Deutschland gekommen, solange lebten sie bei Tante Döne. Aysche hatte die beiden Brüder fast vier Jahre lang nicht gesehen, und deshalb erscheinen sie ihr manchmal noch immer ein wenig fremd. Und über ihr ulkiges Deutsch muß sie lachen. Aber das darf sie den beiden nicht zeigen, besonders Cavit nicht. Es ist schlimm für seinen Ehrgeiz, daß er, der doch in der Schule immer so gut war, in Deutschland nicht mitkommt, weil er die fremde Sprache nicht versteht. Und noch schlimmer ist es für ihn, wenn er was Falsches gesagt hat und ausgelacht wird. Das verträgt sein Stolz nicht.

„Warum seid ihr so gerannt?"

„Männersache!" antwortet Cavit, und Kemal grinst stolz. Aysche hatte diese Antwort erwartet. „Männersache" ist Cavits Lieblingswort, das kann er sogar auf deutsch. Und Mutter sagt oft, daß Tante Döne Cavit vorzeitig zum Mann erzogen hat. Das sei nicht gut für ihn, denn das mache ihn so ernst.

„Was ist? Wollt ihr nicht mitfeiern?" Der Vater winkt.

Cavit streicht sich das Haar aus der Stirn und betritt den Laden. Kemal hält sich dicht an ihn, bleibt aber immer hinter dem älteren Bruder. Und Aysche bleibt hinter Kemal.

Die Männer haben schon etwas viel Raki* getrunken. Herrn Kuzus kurze Beine beginnen zu trippeln, und das sieht ulkig aus, denn er sitzt dabei auf einem Stuhl, und die Beine schweben in der Luft. Kemal muß so lachen, daß es in seinem Bauch zu gluckern beginnt. Das wiederum finden die angetrunkenen Männer lustig. Sie lachen, bis Onkel Hasan den Laden betritt.

Onkel Hasan ist Mutters Bruder. Er ist erst vor drei Wochen gekommen und hat noch keine Arbeit gefunden. Weil er außer „Guten Tag" und „Wie geht es Ihnen?" noch kein einziges Wort deutsch kann, hat er es schwer, Arbeit zu finden. Aber wie soll er besser deutsch können – nach nur drei Wochen?

---

* Türkischer Anisschnaps.

„Die Deutschen brauchen uns doch nur für Handlangerarbeiten", sagt Onkel Recep, als er von Onkel Hasans erneuter vergeblicher Arbeitssuche erfahren hat. „Wozu müssen wir da deutsch können?"

„Weil wir mit ihnen reden müssen", sagt der Vater und verteilt kleine Teller mit Schafskäse und Oliven an die Männer und Teller mit Helva* an die Kinder.

„Wozu mußt du denn beim Schuttschippen reden?" fragt Onkel Recep und zieht die Augenbrauen hoch, wie er es immer tut, wenn er zuviel getrunken und Lust auf einen Streit hat. Er arbeitet bei einer Firma, die alte Häuser abreißt, und muß viel Schutt schippen. Seine deutschen Kollegen müssen längst nicht soviel schippen, sagt er. Die suchen sich die besseren Arbeiten aus.

„Du mußt mit deinen Kollegen reden", beharrt der Vater. „Wie willst du dich sonst mit ihnen anfreunden?"

„Ich will mich ja gar nicht mit ihnen anfreunden."

„So! Willst du nicht?" Der Vater wird ärgerlich. Es ist ein alter Streit, den die beiden Männer da führen, trotzdem erregt er sie jedesmal neu. „Reden willst du nicht mit ihnen, leben willst du auch nicht mit ihnen. Was willst du dann in ihrem Land? Willst du nur ihr Geld?"

„Ihr Geld, jawohl!" verteidigt sich Onkel Recep. „Ich bin ja nicht freiwillig hier. Sie suchen Leute, die zupacken können, ich kann zupacken – und tue es. Hätte ich zu Hause Arbeit gefunden, wäre ich ihnen nicht zur Last gefallen."

---

* Türkische Süßspeise.

„Du hast recht", sagt Onkel Hasan zu Onkel Recep. Und dann wendet er sich dem Vater zu. „Du hast Deutsch gelernt, du redest mit ihnen. Du hast ein Geschäft aufgemacht, willst, daß sie zu dir kommen, die deutsche Schrift über dem Schaufenster verrät es – sie aber kommen nicht. Was also hast du falsch gemacht?"

„Er hat falsch gemacht, daß er ein Türke ist." Onkel Recep lacht böse und hält dem Vater sein leeres Glas hin.

Der Vater gießt den Männern nach, und Aysche kann sehen, wie traurig er ist. Er haßt diese Streitereien mit seinen Landsleuten, aber er kann sie oft nicht verstehen. Sie müßten mehr guten Willen zeigen, sagt er oft. Das geht doch nicht, immer nur abseits stehen.

„Für die Deutschen", mischt sich Herr Kuzu in das Gespräch ein, „sind wir doch nur Kanaken, Kameltreiber, nichts als eine bessere Art von Sklaven. Sie brauchen uns, und deshalb dürfen wir hier sein. Wenn sie uns mal nicht mehr brauchen, schicken sie uns in die Heimat zurück – ganz egal, ob wir da Arbeit finden oder nicht."

„Oder sie machen mit uns, was sie mit den Juden gemacht haben", ergänzt Onkel Recep. „Das werden sie ja noch nicht verlernt haben."

Mit einem Ruck stellt der Vater die Flasche hin. „Ihr habt wohl zuviel getrunken", schimpft er. „Wie könnt ihr denn so was sagen? Ich kenne viele freundliche Deutsche, ich…"

„Nenne die Namen", bittet Onkel Recep übertrieben höflich. „Nur ein paar Namen bitte."

„Frau Behrens", sagt der Vater sofort. „Dann die jungen Leute von gegenüber, Herr Braun, Frau Genthin…"

„Moment", unterbricht Onkel Recep den Vater erneut. „Herr Braun, na gut, aber Frau Genthin? Hat sie dich schon ein einziges Mal gegrüßt?"

„Ich grüße sie – und sie grüßt zurück. Jawohl!"

„Du grüßt sie zuerst. Das ist es. Du ziehst vor ihr den Hut, machst den Bückling, deshalb grüßt sie zurück. Probier doch mal aus, ob sie dich auch mal zuerst grüßt. Da kannst du lange warten, da bin ich längst wieder zu Hause..."

„Genug!" Der Vater schreit nun fast. „Ich bin seit sieben Jahren hier, ich weiß, daß es schwer ist. Aber wir sind auch nicht unschuldig an alldem. In einem fremden Land muß man Augen und Ohren offenhalten und bereit sein, Neues zu lernen, da darf man nicht von morgens bis abends nur beleidigt sein."

„Was streitet ihr euch?" Herr Kuzu springt auf und weist mit feierlicher Geste zur Tür. „Da kommt er ja, der erste deutsche Kunde."

Tatsächlich! Herr Schmitt aus dem Nachbarhaus kommt. Und er schiebt Bernd vor sich her, einen Jungen, den Aysche gut kennt, weil er in ihre Klasse geht.

Der Vater nimmt ein neues Glas, wischt es mit dem Handtuch sauber und füllt es mit Raki voll. Dann nimmt er eines der Tellerchen mit dem Käse und hält Herrn Schmitt beides hin. „Zur Begrüßung", sagt er und lächelt Herrn Schmitt zu. „Ich habe heute neu eröffnet."

Der Vater spricht deutsch und gibt sich Mühe, keinen Fehler zu machen. Aber Herr Schmitt nimmt weder Glas noch Tellerchen, sondern schaut am Vater vorbei erst Herrn Kuzu, Onkel Recep und Onkel Hasan und dann besonders lange

Cavit und Kemal an, die auf einer leeren Kiste sitzen und ihrerseits neugierig blicken. Erst als Herr Schmitt die beiden Jungen lange genug gemustert hat, findet sein Blick zum Vater zurück. „Deshalb komme ich nicht", sagt er. „Ich komme aus einem anderen Grund. Ihre Söhne haben meinen Sohn überfallen und ausgeraubt. Ich überlege, ob ich nicht Anzeige erstatten soll."

„Wie bitte?" Der Vater glaubt, Herrn Schmitt nicht richtig verstanden zu haben.

„Ich sagte, ihre Söhne haben meinen Sohn überfallen und ausgeraubt. Sie haben ihm den Fünfzigmarkschein gestohlen, mit dem ich ihn einkaufen geschickt habe." Herr Schmitt schiebt Bernd in die Mitte des Raumes. „Fragen Sie ihn, wenn Sie mir nicht glauben."

Der Vater sieht Bernd an, der senkt den Kopf.

„Meine Söhne?" fragt der Vater bestürzt. „Kann das nicht eine Verwechslung sein?"

Herr Schmitt verliert die Geduld. Er packt Bernd an den Schultern und dreht ihn so, daß er Cavit und Kemal angucken muß. Cavit und Kemal stehen auf. Sie haben nicht verstanden, worum es geht, aber sie haben begriffen, daß es mit ihnen zu tun hat.

„Waren sie es?" fährt Herr Schmitt Bernd an, als der nur stumm dasteht und nichts sagt.

Bernd nickt.

„Da sehen Sie es!" Herr Schmitt wendet sich wieder dem Vater zu. „Sie haben ihn im Hausflur überfallen und ein Messer unter die Nase gehalten. Zustände wie in Chikago sind das hier neuerdings. Oder besser wie in Istanbul."

„Istanbul ist nicht Chikago", sagt Onkel Recep in seinem langsamen Deutsch.

„Ach nee! Was Sie nicht sagen!" entgegnet Herr Schmitt aufgebracht. „Und fünfzig Mark sind wohl ein Pappenstiel, was? Wissen Sie, wie lange ich arbeiten muß, um fünfzig Mark zu verdienen?"

„So ungefähr." Onkel Recep nickt. „Ich kriege auch nichts umsonst."

Herr Schmitt guckt Onkel Recep an, als wollte er noch etwas sagen, aber dann winkt er ab und fährt den Vater an: „Was ist nun?"

Der Vater geht auf Cavit und Kemal zu und fragt sie auf türkisch, ob sie Bernd heute morgen in einem Hausflur gesehen haben. Von dem Überfall und dem gestohlenen Geld sagt er nichts.

Cavit und Kemal, die noch immer nicht wissen, worum es überhaupt geht, schütteln die Köpfe. Sie haben Bernd zwar schon ein paarmal gesehen, aber immer nur von weitem. Und Aysche weiß, daß das stimmt. Bernd hat nämlich Angst vor türkischen Jungen. Er macht einen Bogen um sie, wenn er sie nur sieht.

„Sie waren es nicht", sagt der Vater. „Es muß ein Irrtum sein."

„Und das glauben Sie so ohne weiteres?" Herr Schmitt läßt Bernds Schulter los und tritt vor Cavit und Kemal hin. „Habt ihr ein Messer?" fragt er.

Der Vater übersetzt.

Cavit greift in seine Hosentasche und befördert ein Taschenmesser ans Licht. Onkel Recep hatte es ihm geschenkt, um ihm die ersten Tage in Deutschland ein bißchen zu versüßen.

„War es dieses Messer?" fragt Herr Schmitt.

Bernd nickt wieder.

„Na also!" Herr Schmitt ist zufrieden. „Entweder Sie geben mir sofort die fünfzig Mark zurück", sagt er zum Vater, „oder ich hole die Polizei. Aber wenn ich Sie wäre, wüßte ich, was ich täte. Ist nämlich erst mal die Polizei da, spricht sich das rum. Dann können Sie Ihren Laden gleich wieder zumachen. Dann sind Sie als Geschäftsmann erledigt. Zumindest in unserer Gegend."

Der Vater geht hinter den Ladentisch und nimmt fünfzig Mark aus der Kasse. „Entschuldigen Sie bitte", sagt er mit leiser Stimme und reicht Herrn Schmitt den Schein.

Herr Schmitt faltet den Schein zusammen und steckt ihn in seine Tasche. Und dann schaut er zu Cavit und Kemal hin, die überhaupt nicht begreifen, was vor sich geht, und sagt: „Wenn ihr meine Söhne wärt, könntet ihr euch jetzt gratulieren."

„Bitte", sagt der Vater. „Sie verstehen Sie nicht..."

Herr Schmitt zuckt die Achseln und schiebt Bernd wieder aus dem Laden. Er geht, ohne zu grüßen.

Eine Zeitlang schweigen die Männer im Laden, dann sagt Onkel Recep zum Vater: „Na, hast du wieder was Neues hinzugelernt? Gefällt es dir, wie sie mit uns umspringen?"

Der Vater geht zum Ladentisch zurück, schließt die Schublade und antwortet nichts. Es ist still im Laden, bis Herr Kuzu sagt: „So sind sie nun mal, die Deutschen! Wissen alles besser. Lassen nicht mit sich reden. Drohen immer gleich."

Sie sitzen zu dritt auf der Teppichklopfstange im Hof, Cavit und Kemal auf der oberen Stange, Aysche auf der unteren. Die Brüder reden miteinander, schimpfen auf Herrn Schmitt und auf Bernd. Sie wissen nun, wessen Herr Schmitt sie verdächtigt hat, wissen, warum der Vater Herrn Schmitt die fünfzig Mark gegeben hat. Vor allem aber wissen sie, was Bernd gesagt hat. „Ich schlage ihn zu Brei", sagt Cavit ein um das andere Mal. „Ich schlage ihn mausetot." Und seine dunklen Augen glühen vor Wut. Er, ausgerechnet er, soll Bernd mit dem Messer bedroht und ausgeraubt und dem Vater damit einen solchen Schaden zugefügt haben, wo er doch Vater eines Tages im Laden helfen will. Das wird er sich nicht gefallen lassen.

Cavit will Rache. Und was Cavit will, will Kemal auch. Und deshalb wird Aysches Angst, je länger sie den Brüdern zuhört, immer größer. Wenn Cavit und Kemal Bernd verprügeln, wird ja alles nur noch schlimmer. Dann ruft Herr Schmitt vielleicht doch noch die Polizei. Und die glaubt einem Deutschen eher als einem Türken. Jedenfalls hat Herr Kuzu das zu Onkel Recep gesagt, als Onkel Recep meinte, der Vater hätte ruhig die Polizei kommen lassen sollen.

„Wir schlagen ihn so lange, bis er sagt, wo er das Geld hat", sagt Cavit, der überzeugt davon ist, daß Bernd das Geld für sich behalten und seinem Vater als Ausrede dieses Lügenmärchen aufgetischt hat. „Und dann muß er es uns geben, damit wir es Vater geben können."

Kemal ist begeistert von dem Vorschlag. „Und wenn er immer noch nicht will, dann halten wir ihm wirklich mal ein Messer unter die Nase", schlägt er vor.

Doch das ist Cavit zu gefährlich. „Das würde Vater nicht wollen", sagt er wie zur Entschuldigung.

Der Vater will auch nicht, daß Cavit und Kemal Bernd zusammenschlagen, davon ist Aysche überzeugt. Und sie will es auch nicht. Ganz abgesehen von der Angst, daß Cavit und Kemal etwas Dummes anstellen könnten, was dem Vater noch mehr Kummer macht, sie denkt da auch noch an etwas anderes: So ängstlich und abweisend Bernd zu allen türkischen Jungen ist, zu den türkischen Mädchen ist er freundlicher als die meisten anderen Jungen. Er hat sich noch nie über ihr Kopftuch lustig gemacht, und er hat auch noch nie über ihre langen Röcke oder zu weiten Hosen gelästert. Und als ihr einmal der Radiergummi runterfiel, hat er ihn aufgehoben. Das hätte kein anderer gemacht. Nicht mal für ein deutsches Mädchen.

„Und wenn er sagt, wer ihn verprügelt hat?" wendet Aysche ein. „Und wenn er wirklich bestohlen worden und alles nur eine Verwechslung ist?"

„Misch dich nicht ein." Cavit zieht die Augenbrauen zusammen.

„Ich frag ja nur."

„Du sollst aber nicht so was fragen", sagt Kemal. „Sonst glaubt nachher doch noch einer, daß wir es waren."

Das will Aysche nicht. Aber sie weiß auch, daß Cavit und Kemal keine Engel sind. Wie sie da vorhin, als sie vor dem Laden saß, angerannt gekommen sind...

„Was redest du da?" fährt Cavit den jüngeren Bruder an. „Wir werden beweisen, daß wir unschuldig sind. Nichts wird uns davon abhalten. Und schon gar nicht Aysche – Baysche."

Das Aysche-Baysche soll verächtlich klingen, soll sie zur kleinen Schwester machen. Aber es beweist nur, wie ärgerlich Cavit über ihren Einwand ist – und das wiederum verrät, daß er ihn ernst nimmt.

Aysche sitzt auf dem Rinnstein der gegenüberliegenden Straßenseite und beobachtet das Haus, in dem Bernd und seine Eltern wohnen. Sie wartet darauf, daß er herauskommt, aber es wird Mittag und Bernd kommt nicht.

Der Vater schließt die Ladentür ab. Er sieht enttäuscht aus. Am ersten Tag sind nur ein paar Freunde und Bekannte gekommen, kaum Türken aus den umliegenden Straßen, keine Deutschen, abgesehen von Frau Behrens und Jörg und Biene. Und die Bekannten haben kaum etwas gekauft, haben nur Raki getrunken und Käse gegessen und erzählt. Der Vater hatte schon vorher gesagt, daß man mit so einem Laden viel Geduld haben müsse, aber daß es so schwer wird, hat er doch nicht geglaubt.

Aysche verläßt ihren Beobachtungsposten und geht zum Vater hinüber. Der Vater lächelt, als er sie sieht, aber es ist ein trauriges Lächeln. „Vielleicht sind die Leute alle hinausgefahren", sagt er auf die unausgesprochene Frage hin, die er ihrem Gesicht entnimmt. „Es ist so schönes Wetter heute."

„Ins Grüne", sagt Aysche auf deutsch und lächelt auch. Die Deutschen sagen immer, sie fahren ins Grüne, wenn sie an einen See oder in den Wald fahren. Das findet sie ulkig. Das hört sich an, als würden sie in eine Farbe hineinfahren – so wie ins Gelbe oder auch ins Rote. Aber diesmal lächelt sie nur dem Vater zuliebe.

„Vielleicht", sagt der Vater. Und dann greift er in seine Kitteltasche und drückt Aysche eine Mark in die Hand.

„Hol mir bitte meine zwei Zeitungen."

Aysche behält das Geld gleich in der Hand und macht sich auf den Weg zum Zeitungskiosk. Dabei sieht sie Ülkü, die in der Nummer 49 im zweiten Stock aus dem Fenster guckt und ihr zuwinkt. Aysche winkt zurück und macht Ülkü Zeichen, die ihr zeigen sollen, wie sehr sie sich über das schöne Wetter freut.

Ülkü deutet an, daß ihre Eltern, ihre Geschwister und sie nachher auf der Mariannenplatzwiese picknicken. Und ihre fragende Kopfbewegung verrät, daß sie wissen will, ob Aysche eventuell dazukommt.

Aysche zuckt die Achseln. Sie wird den Vater fragen. Dann winkt sie noch mal und geht weiter.

Ülkü hat es gut. Sie braucht nicht mehr zum Koranunterricht, und sie braucht auch kein Kopftuch mehr zu tragen. Seit über einem Jahr nun schon. Ihr Vater, der bei einer türkischen Gastarbeiterzeitung arbeitet, hat ihr das erlaubt. Ülkü läuft seitdem wie ein deutsches Mädchen herum. Sogar Jeans darf sie tragen. Die anderen Eltern regen sich darüber auf, aber Ülküs Vater sagt, es wäre normal, daß die meisten schimpfen – der eine schaffe es eben schneller und der andere brauche mehr Zeit dafür, mit den alten Sitten und Gebräuchen Schluß zu machen.

Frau Behrens schaut aus ihrem Zeitungskiosk auf die Straße hinaus, als sei das ihre Hauptbeschäftigung. Immer wieder geht der Kopf von links nach rechts. Dabei sitzt sie nun schon seit über zwölf Jahren in ihrem Kiosk, weiß alles, was in der Straße passiert – und trotzdem guckt sie, als wäre ihr alles noch ganz neu. Aysche aber sieht sie nicht, weil Aysche sich an den Kiosk herangeschlichen hat, um dann plötzlich vor Frau Behrens aufzutauchen.

„Aysche! Mein Jott, haste mir erschreckt!" Frau Behrens greift sich an die Brust, als bekomme sie keine Luft mehr. Aber sie übertreibt nur. Sie sagt es ja selbst: Berliner übertreiben immer, alles normal Übliche ist ihnen zu wenig.

Aysche verlangt Vaters beide Zeitungen, die türkische und die deutsche, bezahlt und guckt sich noch ein bißchen die Comics an.

„Dein Vater hat mir von Herrn Schmitt erzählt", sagt Frau Behrens und seufzt. „Also – det is ja wirklich 'n Ding. Ausjerechnet der Cavit und der Kemal? Also nee, für die beeden leje ick meine Hand ins Feuer. Det gloob ick nie, daß die det jemacht haben."

In der ersten Zeit hatte Aysche Schwierigkeiten, Frau Behrens zu verstehen. Zwischen Frau Behrens' Deutsch und dem, was sie in der Schule lernt, ist ein großer Unterschied. Inzwischen aber hat sie sich daran gewöhnt, die deutschen Jungen und Mädchen in der Schule sprechen ja auch nicht anders. Und Ülkü berlinert, wenn sie deutsch spricht, auch schon ein bißchen.

„Sie waren es ja auch nicht", sagt Aysche leise. „Aber Herr Schmitt glaubt ihnen das nicht."

„Aach, wem glaubt der schon wat! Der glaubt sich ja selber nischt, so mißtrauisch is der!" Frau Behrens lacht.

Aysche braucht einen Moment, bis sie den Scherz verstanden hat, dann lacht sie mit und verabschiedet sich.

Die Mutter sagt oft zum Vater, wenn alle Berliner wie Frau Behrens wären, könnte sie sich hier zu Hause fühlen. Sie sagt das, wenn sie dem Vater etwas Gutes sagen möchte. Aber der Vater weiß, daß dahinter nur steckt, daß eben nicht alle Berliner wie Frau Behrens sind und daß sich die Mutter deshalb in Berlin nicht zu Hause fühlt...

Bernd! Er ist aus dem Haus getreten, hat sie gesehen und gleich wieder kehrtgemacht.

„Bernd!" Aysche läuft Bernd nach, läuft in den Hausflur hinein, erwischt ihn aber nicht mehr, hört ihn nur noch die Treppe hinaufstürzen. „Bernd!" ruft sie noch mal. „Ich tu dir doch nichts."

Bernd bleibt stehen. „Denkste etwa, ick hab Angst vor dir?"

Das denkt Aysche nicht. Sie denkt etwas ganz anderes: Wenn Bernd, obwohl er doch vor ihr keine Angst zu haben braucht, weggelaufen ist, dann deshalb, weil er ein schlechtes Gewissen hat. Wenn er aber ein schlechtes Gewissen hat, dann, weil er vorhin gelogen hat.

„Ich will mit dir reden", ruft Aysche ins Treppenhaus hinauf.

Oben bleibt alles still.

„Bitte", ruft Aysche. „Es ist wichtig."

Im Treppenhaus bleibt weiter alles still, bis Bernd schließlich unwillig, aber doch neugierig fragt: „Wat willste mir denn sagen?"

„Das... das darf nicht jeder hören."

Wieder ist eine Zeitlang alles still, dann steigt Bernd die Treppen hinab, bis Aysche ihn sehen kann. Aber er kommt nicht zu ihr runter, sondern setzt sich in der Mitte des untersten Treppenabsatzes auf eine Stufe und sagt noch mal: „Na und? Wat willste denn nu?"

Aysche steigt zu Bernd hoch und setzt sich neben ihn. „Warum hast du denn geschwindelt?" fragt sie. „Warum hast du gesagt..."

Weiter kommt Aysche nicht. Bernd springt auf und will wieder weg. Aber da sagt Aysche schnell: „Meine Brüder wollen sich an dir rächen" – und er bleibt wieder stehen und guckt sie mißtrauisch an. „Warum sagste'n mir det?"

„Weil ich... weil ich nicht will, daß sie meinem Vater noch mehr Ärger machen." Aysche hat erst sagen wollen, daß sie nicht will, daß Cavit und Kemal Bernd verprügeln, aber das will sie lieber doch nicht zugeben. Und das andere stimmt ja auch.

„Wat haben se denn vor?" Bernd kommt wieder ein bißchen näher.

„Das sage ich dir erst, wenn du mir sagst, warum du geschwindelt hast."

Es ist schön, daß es in der deutschen Sprache das Wort „Schwindeln" gibt, „Lügen" klingt immer so hart.

„Ick hab ja jar nicht jeschwindelt."

Aysche seufzt wie eine Mutter. „Du tust es ja schon wieder."

Bernd guckt Aysche an – und denkt nach. „Ick hab nich jeschwindelt", sagt er trotzig. „Jedenfalls nich richtig."

„Und was ist die Wahrheit?"

Wieder denkt Bernd nach, und dann setzt er sich neben Aysche und beginnt zu erzählen. Er erzählt, wie seine Mutter ihn mit einem brandneuen Fünfzigmarkschein einkaufen geschickt und extra noch gesagt hat, daß sie leider kein kleineres Geld habe und daß er aufpassen solle. Und wie sein Vater gesagt hat, sie solle nicht so einen Wind machen, er sei ja kein kleines Kind mehr. Und wie er dann losgegangen sei und im Supermarkt den Fünfzigmarkschein, den er doch, wie er genau weiß, in seine Tasche gesteckt hatte, plötzlich nicht mehr gefunden habe. „Den janzen Weg bin ick abgeloofen, immer wieder hin und zurück, aber den Fuffzigmarkschein hab ick nich mehr gefunden. Den muß eener einjesteckt haben."

„Und dann?" fragt Aysche, als Bernd nicht mehr weiterspricht.

„Dann sind plötzlich deine beeden Brüder jekommen." Bernd macht ein böses Gesicht. „Und die haben mich jejagt."

Deshalb waren die beiden so außer Atem gewesen, als sie vor Vaters Geschäft anlangten. Sie wissen ja, daß Bernd Angst vor ihnen hat – und da haben sie sich einen Spaß erlaubt...

„Aber... sie haben dich doch nicht bestohlen."

Bernd schüttelt den Kopf.

„Und warum hast du's dann gesagt?"

„Wat hätt ick denn sonst sagen sollen? Etwa, det ick doch noch 'n Baby bin?"

Aysche guckt Bernd groß an. Jetzt versteht sie. Weil er sich nicht zu sagen traute, daß er den Geldschein verloren hatte, erzählte er seinem Vater... „Aber warum ausgerechnet Cavit und Kemal?" ruft sie laut. „Nur weil sie dich gejagt haben?"

„Sei doch still." Bernd springt wieder auf und blickt sich um. Er zittert richtig vor Scham. „Du trommelst ja det janze Haus zusammen."

„Aber wie konntest du denn so was tun?" flüstert Aysche, die Angst hat, Bernd könnte ihr wieder davonlaufen. „Du hättest dir doch denken können..."

„Ick hab det ja jar nicht jewollt", sagt Bernd, und dann erzählt er, er habe gesagt, zwei türkische Jungen hätten ihn überfallen, weil er sich dachte, daß sein Vater ihm das am ehesten glaube. „Er sagt ja immer, den Türken is allet zuzutrauen. Und in der Zeitung stehen ja ooch immer sone Sachen... Aber ick hab nich gleich gesagt, daß det deine Brüder... ick hab nur gesagt, daß et zwee waren, die ick nich kenne. Aber det hat mir mein Vater nich jegloobt. Er dachte, daß ick nur Angst vor den beeden habe. Und als er dann immer weiter jefragt hat... da... da hab ick daran jedacht, wie sie mir jejagt haben... und da hab ick jesagt, daß sie's waren."

Bernd kann vor Scham nicht weitersprechen, und Aysche schämt sich auch: für Bernd, für Bernds Vater und seltsamerweise auch für sich selbst.

„Ick...", sagt Bernd, wird aber unterbrochen, denn in diesem Augenblick geht die Haustür auf – und Cavit und Kemal betreten den Hausflur. Als Cavits Augen sich an das Halbdunkel gewöhnt haben, und er Aysche und Bernd auf der Treppe erkennt, rötet sich sein Gesicht vor Zorn. „Aysche!" ruft er. „Komm sofort hierher!"

Aysche senkt schuldbewußt die Augen und geht auf Cavit und Kemal zu. Bernd nutzt die Gelegenheit, um die Treppe hinaufzulaufen. Cavit und Kemal laufen ihm nach, erwischen ihn aber nicht mehr. Deshalb ist Cavit, als er die Treppe wieder herunterkommt, noch zorniger als zuvor. „Mit einem Jungen allein im Treppenhaus", schimpft er Aysche aus. „Mit einem Deutschen noch dazu. Und dann auch noch dieser Lügner."

Aysche verteidigt sich nicht. Cavit hat ja recht: Was sie getan hat, darf ein Mädchen nicht tun.

„Du hast ihn gewarnt", schimpft auch Kemal. „Du hast ihm alles gesagt."

Das stimmt nicht, Aysche hatte ja gar keine Gelegenheit mehr, Bernd zu warnen. Aber sie hätte es getan, wenn die Brüder nicht gekommen wären – und sie wird es tun, falls sie doch noch eine Gelegenheit dazu bekommt. Das weiß sie ganz genau.

Cavit und Kemal haben den Eltern nichts davon gesagt, daß sie Aysche mit Bernd im Hausflur getroffen haben. Aysche ist den Brüdern dankbar dafür und gibt ihnen von ihrem Essen ab. Die besten Stücke sortiert sie aus, und Cavit und Kemal nehmen sie an – ein Zeichen dafür, daß sie auch weiterhin nichts sagen werden.

Der Vater ist sehr still; er denkt an die Schulden, die er gemacht hat, um den Laden eröffnen zu können. Wenn weiterhin so wenig Leute kommen, wird er den Laden schließen und wieder in eine Fabrik oder auf den Bau gehen müssen, um die Familie ernähren und die Schulden bezahlen zu können.

„Die Konserven und Getränke werden ja nicht schlecht", sagt er jetzt. „Aber das Obst, das Gemüse, der Käse? Und ich will ja auch Fische und Frischfleisch übernehmen. Ohne Fisch und ohne Fleisch kann ich mich auf die Dauer nicht halten. Wenn aber so wenige Kunden kommen, geht das nicht."

Die Mutter wagt es nicht, dem Vater einen Rat zu geben.

Sie war von Anfang an gegen den Laden. Sie hätte es lieber gesehen, wenn der Vater weiter als Arbeiter sein Geld verdient und so lange gespart hätte, bis sie eines Tages an eine Heimkehr denken könnten. Ein Laden zu Hause, ja, das hätte ihr gefallen. Aber hier, in dieser Stadt, wo sie ja doch immer eine Fremde bleiben wird?

Der Vater erzählt von Herrn Schmitt und dem Fünfzigmarkschein. „Warum kommen sie uns nicht entgegen, wenn wir ihnen entgegenkommen?" fragt er. „Warum denken sie soviel Schlechtes über uns?"

Die Mutter antwortet wieder nichts, und der Vater hat auch keine Antwort erwartet. Er ist es gewohnt, mit allem allein fertig zu werden.

Doch dann, als die Mutter gerade das Geschirr abräumt, klingelt es an der Wohnungstür. Der Vater geht hin und öffnet und ist von dem Besuch so überrascht, daß er unwillkürlich einen Schritt zurück macht: Herr Schmitt steht in der Tür. Und er hält einen Fünfzigmarkschein in der Hand. Verlegen guckt er den Vater an. „Hier", sagt er und hält dem Vater den Geldschein hin. „Es... es tut mir leid... Mein Sohn hat mir alles gestanden, er... er hat gelogen. Er ist ein bißchen schwierig, wissen Sie."

Der Vater guckt den Geldschein an, nimmt ihn aber nicht gleich, sondern öffnet die Tür noch ein Stück weiter. „Aber bitte, kommen Sie doch herein", sagt er auf deutsch. „Reden wir über alles."

„Reden?" fragt Herr Schmitt verblüfft. „Was gibt's denn da noch zu reden? Mein Sohn hat Mist gebaut und wird von mir entsprechend bestraft werden. Es tut mir leid, daß er das getan hat, aber zu reden gibt's da nichts mehr." Er hält den Geldschein noch immer in der Hand, und das ist ihm unangenehm.

Der Vater nimmt den Geldschein und lächelt. „Gut! Aber dann sollten wir wenigstens einen Versöhnungsschluck trinken."

„Ich habe leider keine Zeit." Herr Schmitt ist froh, daß er endlich den Geldschein losgeworden ist. „Ich muß weg… Zum Fußball… Hertha BSC, verstehen Sie…"

„Ein anderes Mal vielleicht?" Der Vater hält Herrn Schmitt die Hand hin.

Herr Schmitt übersieht die Hand – und lächelt nun plötzlich auch. „Das wird wohl nicht klappen. Wir ziehen nämlich hier weg. Wissen Sie, das hier ist ja schon lange nicht mehr unsere Gegend… ist ja längst nicht mehr, wie's mal war."

„Ach so!" Der Vater zieht seine Hand weg und lächelt höflich. „Dann wünsche ich Ihnen viel Glück – in Ihrer neuen Umgebung."

Herr Schmitt nickt kurz und steigt die Treppe hinab. Der Vater schließt die Tür und kommt in die Küche zurück. „Ihre Gegend!" sagt er bitter. „Als ob's hier früher schöner war. Das war doch schon immer eine Arbeitergegend. Sehr arme und sehr einfache Leute haben hier gewohnt; wieso sind wir schlechter?"

Es ist Nacht. Aysche liegt in ihrem Bett und kann nicht schlafen. Was Herr Schmitt gesagt hat, hat nicht nur sie, sondern die ganze Familie traurig gemacht. Der Vater hat gesagt, er möchte gar nicht in einer reinen Türkengegend leben. Er möchte mit den Deutschen zusammenleben und nicht gegen sie. Aber wenn sie alle wegziehen, dann wird es um den Mariannenplatz herum wirklich zu einem Klein-Istanbul, wie manche Deutsche diesen Teil Kreuzbergs jetzt schon nennen.

Sind die Deutschen so sehr anders? Worin unterscheiden sich Deutsche und Türken denn? In der Haarfarbe? Es gibt auch blonde Türken. Und es gibt dunkelhaarige Deutsche. Deutsche Mädchen tragen keine Kopftücher, aber Ülkü trägt auch keines mehr, und sicher tragen bald noch mehr Mädchen keine Kopftücher mehr.

Und sonst? Die Sprache. Aber die kann man lernen.

In vielem sind Deutsche und Türken sich doch auch sehr ähnlich. Zum Beispiel, wenn es um Jörg und Biene geht. Da schimpft Frau Genthin genauso wie die Mutter. Und sie schimpfen auf dasselbe, nämlich darauf, daß Jörg und Biene nicht verheiratet sind und trotzdem zusammenleben. Und darauf, daß sie immer so laut Musik hören.

Aber Aysche hat noch einen besonderen Grund, traurig zu sein: Bernd. Wenn Herr Schmitt hier wegzieht, wird sie ja auch Bernd nicht mehr wiedersehen... Deshalb muß sie ihm am Montag in der Schule unbedingt sagen, wie sehr sie sich freut, daß er seinem Vater doch noch die Wahrheit gesagt hat.

Es ist schade, daß Bernd hier wegzieht. Aber ändern kann niemand was daran. Außer Herrn Schmitt. Und der will nicht.

1974

Klassenlehrer/in

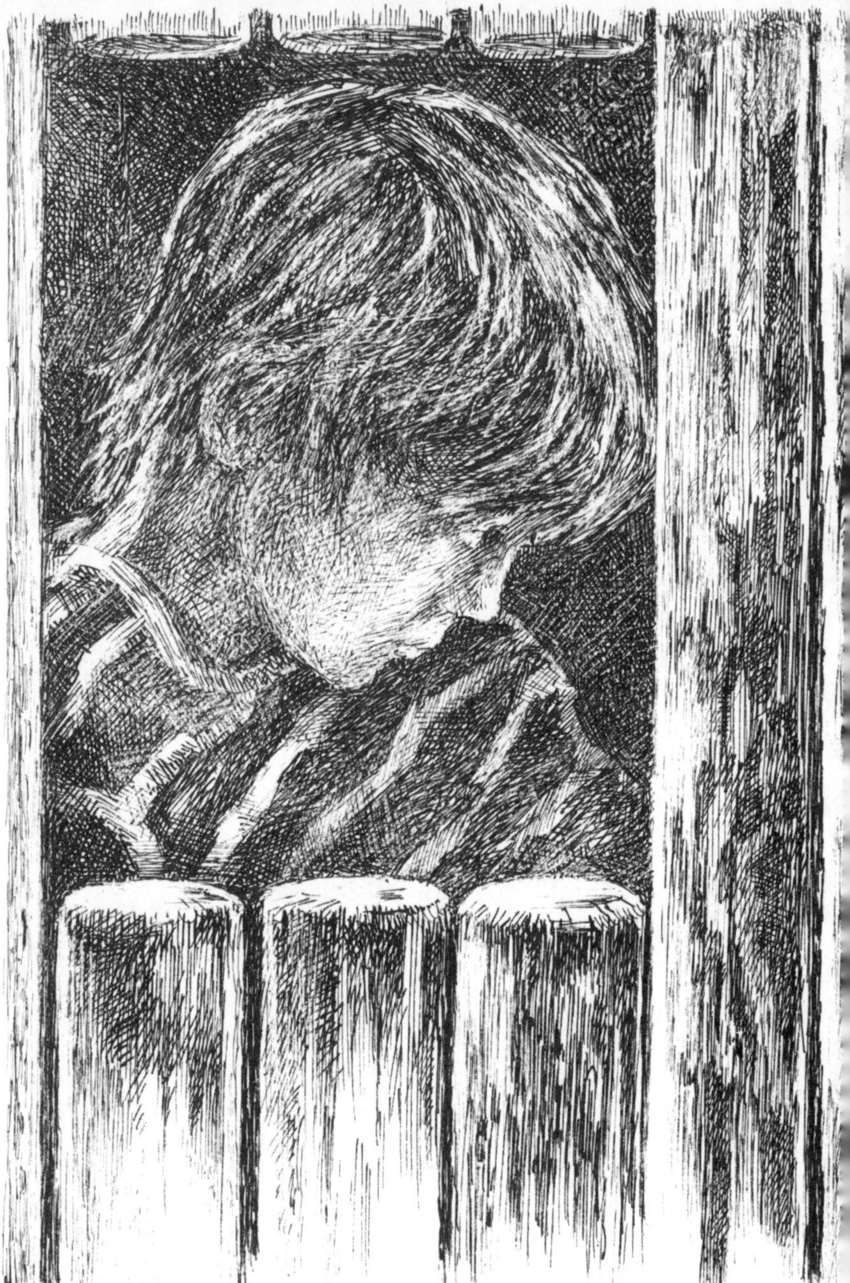

Im 31. Stock

Gewitterschwüle liegt in der Luft. Warmer Wind fegt durch die Hochhäuserblocks, wirbelt Papierfetzen auf, treibt sie durch die Straßen. Eine leere Bierdose kollert über den Damm und bleibt im Rinnstein liegen. Ein Mann führt seinen Hund Gassi, das Schild *Den Rasen nicht betreten* stört ihn nicht. Mitten auf dem Rasen hockt der Hund sich hin und kackt, und der Mann schaut zu den Wolken hoch. Bald wird es regnen, er will vorher zurück sein.

Harry sieht das alles – und sieht es nicht. Er geht durch die Straßen, als wäre er gar nicht richtig da. Und als Frau Grünewald, die Nachbarin, an ihm vorbeigeht und verwundert guckt, weil er nicht grüßt, schaut er stur an ihr vorbei: In seiner Mappe steckt das Zeugnis. Er ist – trotz allem! – sitzengeblieben. Herr Pätzold hat ihn gelobt, hat gesagt, was er in den letzten Wochen geleistet hätte, wäre schon toll, es hätte nur leider nicht mehr gereicht, wäre einfach zu spät gewesen – und dann hatte er ihm das Zeugnis überreicht.

Er hatte sich die Noten erst gar nicht angeguckt, hatte nur immer den Satz gelesen *Harry hat das Klassenziel nicht erreicht,* bis es ihm vor den Augen zu flimmern begann. Und dieses Flimmern ist noch immer in ihm.

Harry geht um eines der Hochhäuser herum, überquert einen Kinderspielplatz voller kleiner Krümel, die mit Eimer und Schippe im Sandkasten Burgen bauen, und geht geradewegs auf das Haus Nr. 17 zu. Vorsichtig drückt er auf den Knopf unter dem Namen *J. Schuster* – Vaters Name.

„Ja?" ertönt Mutters Stimme aus der Sprechanlage.

Harry macht ein paar Schritte zurück. Ihm ist fast so, als könne die Mutter ihn durch die Sprechanlage hindurch sehen.

„Hallo? Wer ist denn da?"

Harry antwortet nicht. Er hält sich dicht an der Häuserwand und schlägt den Weg zum Abenteuerspielplatz ein.

Solange Mutter zu Hause ist, wird er nicht heimgehen. Er hat nur geklingelt, um zu erfahren, ob sie noch da ist. Der Unterricht war heute früher zu Ende, deshalb hatte er sich das schon gedacht. Aber sie muß bald gehen, um elf Uhr öffnet *Der schiefe Anton*, die Gaststätte, in der sie Serviererin ist.

Der Abenteuerspielplatz ist leer wie immer. Harry betritt die Blockhütte, in der es nach Hundekot und Urin stinkt, setzt sich gleich rechts neben der Tür auf die Bank und späht hinaus. Er will hier drinnen nicht überrascht werden.

Es ist niemand zu sehen, der ihn beobachten könnte, aber das hat nichts zu sagen. Die Hochhäuser haben so viele Fenster, man kann nicht alle überblicken.

Er öffnet seine Mappe und nimmt das Zeugnis heraus. Es ist wie ein Zwang, er muß es sich einfach immer wieder ansehen.

...hat das Klassenziel nicht erreicht. Was bedeutet das? Daß er dümmer ist als andere? Aber es sagen doch alle, er sei nicht dumm. Vor ein paar Monaten, als der blaue Brief kam, der eigentlich gar nicht blau, sondern weiß war, meinten alle,

er könne es noch schaffen. Auch Herr Pätzold. Und besonders Vater. „Wo ein Wille ist, ist auch ein Weg", hatte er gesagt und hinzugefügt, es läge nicht an seinem Grips, sondern nur an seiner Lustlosigkeit, ewigen Müdigkeit, Faulheit.

Es stimmt, er hat keinen Bock auf die Schule, er ist ewig müde. In der Grundschule war er noch gut, da bedeutete für ihn schon eine Drei eine schlechte Note, aber jetzt, in der Realschule, ist das anders. Er bekommt einfach nicht mehr mit, was da vorne geredet und geschrieben wird, und irgendwann verlor er die Lust. Und mit der verlorenen Lust kam die Müdigkeit. Seit neuestem möchte er am liebsten immer nur schlafen.

Mit seinem Lob wollte Herr Pätzold ihn nur trösten. Es hätte auch nicht gereicht, wenn er früher mit dem Lernen angefangen hätte. Herr Pätzold weiß das – und Harry weiß es auch. Herr Pätzold denkt, wenn er ihm Mut macht, lernt er besser. Und bei manch einem klappt das ja auch. Bei Bimbo Hinz zum Beispiel; den hat Herr Pätzold richtig „gesundgebetet", wie er das selber mal genannt hat. Ihn kann niemand „gesundbeten", seine „Krankheit" ist schlimmer. Vater wird Augen machen, wenn er das Zeugnis sieht; er hat fest damit gerechnet, daß er es doch noch schafft. Aber er wird nicht schimpfen, toben oder schreien wie Atze Wenzels Vater voriges Jahr, und er wird auch nicht schlagen. Er wird ihn nur angucken, enttäuscht und traurig – und das ist schlimmer als Schreien, schlimmer als Schläge.

Vater meint es gut mit ihm. Er will, daß er mal einen schönen Beruf bekommt und nicht wie er sein Leben lang in einer Werkhalle hocken und von morgens bis abends immer die gleichen Handgriffe tun muß. Und er will, daß er aus diesem Furunkel von Stadtteil herauskommt, wie er die Gropiusstadt immer nennt. „Wenn du einen guten Beruf hast und gutes Geld verdienst, kannst du dir eine Wohnung im Grünen leisten", hat er erst vorige Woche wieder gesagt und richtig zu schwärmen begonnen: „Vielleicht kaufst du dir eines Tages sogar ein Reihenhäuschen. Wenn nicht in Berlin, dann eben irgendwo in Westdeutschland. Leute, die einen guten Beruf haben und was von ihrem Fach verstehen, werden immer und überall gesucht." Aber er hat auch gesagt: „Das klappt natürlich nur, wenn du gute Zeugnisse nach Hause bringst. Die besten Lehrstellen kriegen die mit Köpfchen – die anderen sind von vornherein Absteiger."

Harry lehnt den Kopf an die Holzstämme der Blockhütte und schließt die Augen. Er hat kein Köpfchen, er ist ein Absteiger; das Zeugnis beweist es. Und das ist für Vater noch viel schlimmer als für ihn.

Die ersten Regentropfen fallen. Breit und beinahe wuchtig klatschen sie auf das Pflaster nieder. Die Kinder, die vor den Häusern spielten, haben sich unter die Vordächer der Haustüren zurückgezogen. Sie freuen sich über den Regen; einige besonders wagemutige springen immer wieder unter dem schützenden Vordach hervor, um sich die dicken Tropfen auf den Kopf klatschen zu lassen. Die anderen johlen dann vor Begeisterung.

Daß Harry sich trotz des Regens nicht beeilt, finden die Kinder komisch. Sie glauben, daß er absichtlich naß werden will, und klatschen Beifall. Harry kümmert sich nicht darum.

Er geht über den nun leeren Kinderspielplatz, als bemerke er den Regen überhaupt nicht. Erst als er wieder vor der Klingelanlage steht, wischt er sich mit dem Arm mal kurz über das Gesicht, bevor er den Klingelknopf drückt.

Mutter meldet sich nicht mehr, ist also zur Arbeit. Harry schließt die Tür auf, holt sich einen Fahrstuhl und besteigt ihn. Dann drückt er die *31* und lehnt sich, während der Fahrstuhl sich nach oben bewegt, an die vollgekritzelte Kabinenwand. Er hat nun erst mal Zeit gewonnen, Vater kommt erst so gegen sechs und Mutter sogar erst gegen sieben Uhr abends nach Hause. Bis dahin kann er sich was überlegen.

In der Wohnung ist alles still, viel stiller als sonst. Jedenfalls erscheint es Harry so. Er wirft seine Mappe in die Ecke, daß es kracht, und pfeift laut vor sich hin. Er will die Wohnung mit Leben erfüllen, aber dieses schrille Pfeifen verstärkt das Gefühl der Stille um ihn herum nur noch. Er spricht ein paar Worte, redet mit sich selbst, versucht sogar, laut zu lachen, aber damit erreicht er nur, daß die Beklemmung in ihm noch wächst. Schließlich geht er in sein Zimmer, stellt das Radio an, öffnet das Fenster und schaut hinaus.

Die von der Straße aus schwarz wirkenden Wolken sehen von hier aus nur noch dunkelgrau aus. Aber dafür sind sie näher und wirken gefährlicher. Und die nicht so hohen Häuser sehen aus, als hätten sie Angst vor den Wolken, duckten sich und kröchen zusammen.

Damals, vor sechs Jahren, als sie hier einzogen, war er stolz darauf gewesen, in einem 31 Stockwerke hohen Haus und dann auch noch so hoch oben zu wohnen. Er hatte vor den anderen Kindern sogar damit angegeben. Jedenfalls erzählt das die Mutter oft, er selber kann sich nicht mehr daran erinnern. Und die Mutter sagt das jedesmal mit einem bitteren Unterton, denn auch der Vater und sie hatten sich gefreut, aus dem grauen Moabiter Hinterhaus herauszukommen. Damals wußten sie ja noch nicht, wie es sich in und über einer Betonwüste lebt... Und vor allem, wie es hier oben ist, wenn ein Gewitter aufzieht.

Er wird das erste richtige Gewitter in der neuen Wohnung nie vergessen. Es war ein halbes Jahr, nachdem sie hier eingezogen waren, und es war mitten in der Nacht. Es krachte und donnerte so laut, daß er vor Angst schrie. Und dann die Blitze! Sie zuckten am Fenster vorbei, als suchten sie nur einen Weg, um in sein Bett einzuschlagen. Die Mutter kam und beruhigte ihn. Und der Vater erzählte von einem Blitzableiter auf dem Dach und sagte, daß niemand solche Häuser bauen würde, wenn es gefährlich wäre. Er wußte, daß der Vater recht hatte, aber er fürchtete sich trotzdem; jedes Gewitter erschreckte ihn neu...

Aber er hat auch schöne Abende in diesem Zimmer erlebt, Sommerabende, in denen er Flugzeuge in die Stadt reinschweben sah. Mit seiner Taschenlampe in der Hand stand er am offenen Fenster und bildete sich ein, den Lichtern am Abendhimmel Morsezeichen zu geben. Die Eltern saßen vor dem Fernseher und dachten, er schliefe längst. Er aber morste und morste und glaubte sogar, der Pilot könne ihn sehen...

Der Regen wird immer heftiger, und auch der Sturm läßt nicht nach. Er fährt in die Bäume, die von hier oben wie Sträucher aussehen, und zaust sie. Harry schließt das Fenster und kniet sich vor dem Radio hin. Er sucht einen anderen Sender, irgendeinen, wo Musik ist; Musik, die ihn aufheitert. Doch er findet nichts Passendes. Je rhythmischer oder lustiger die Musik, desto stärker empfindet er die Trauer, die in ihm ist, und von der er nicht genau weiß, woher sie kommt.

Kurz entschlossen stellt er das Radio ab und empfindet dabei sogar eine gewisse Genugtuung: Er hat ein lustiges Lied mittendrin abgebrochen. Es ist einfach nicht mehr da.

In der Küche ist alles genauso still. Sie ist so sauber und aufgeräumt wie immer, wenn er nach Hause kommt. Jeden Tag, bevor Mutter zur Arbeit geht, bringt sie sie noch auf Vordermann. Ob sie das nur für ihn tut? Wenn sie abends nach Hause kommt, ist die Küche ja längst nicht mehr so picobello in Ordnung.

Harry geht an den Herd und guckt in den Topf, den Mutter dort für ihn hingestellt hat.

Kartoffelsuppe! Die soll er sich nachher warm machen. Aber ein Zettel ist nicht dabei. Sonst klemmt Mutter immer einen Zettel zwischen Topf und Deckel, einen Zettel mit einem Gruß und der Bitte, irgendwas für sie zu erledigen.

Ob sie vielleicht sogar vergessen hat, daß es heute Zeugnisse gab?

Das kann nicht sein, sie hat ja schon seit Tagen Angst... Sie hat zuletzt sogar noch mehr Angst gehabt als er. Wegen Vater. Sie möchte so gern, daß Vater mit ihm zufrieden ist...

Die Unruhe in Harry wird wieder stärker. Er läuft in sein Zimmer zurück, dreht erneut am Radio und wirft sich, als er außer Nachrichten nichts findet, ohne das Radio auszuschalten aufs Bett.

Absteiger! Das klingt nach Fußballtabelle und nicht gut genug sein. Aber für Vater wird er von heute an endgültig ein Absteiger sein. Und er ist ja auch einer. Die anderen steigen in die achte auf, er bleibt in der siebenten...

Bestimmt wünscht Vater sich heimlich einen anderen Sohn, einen, der besser lernt, einen, der hier mal rauskommt, einen, auf den er stolz sein kann.

Die Nachrichten sind vorüber. Der Sprecher gibt noch mal eine Unwetterwarnung durch, dann meldet sich eine fröhliche Stimme, die einen Song der Gruppe ABBA ankündigt. Harry kennt das Lied. Es heißt „Money, money", und es geht darin um Geld.

Eigentlich geht es immer und überall ums Geld. Wer heute nicht mindestens seine zweieinhalbtausend Mark verdient, hat's schwer, hat Vater erst vorige Woche wieder gesagt. Und er meinte damit sein Einkommen, denn genau das verdient er in einem Monat – allerdings nur mit Überstunden. Und wenn Mutter nicht hinzuverdienen würde, wären auch die zweieinhalbtausend zu wenig.

Vater ärgert es, daß Mutter hinzuverdienen muß. Er hätte es lieber, wenn sein Einkommen für sie alle reichen würde. Immer wenn das Gespräch darauf kommt, sagt er, daß er mehr verdienen würde, wenn er in seiner Jugend einen richtigen Beruf erlernt hätte. Und er sagt, daß er in der Schule ziemlich gut war und nur deshalb keinen wirklich guten Beruf erlernen konnte, weil er seine kranke Mutter ernähren mußte. Sein Vater war im Krieg gefallen. Heute hätten es die Jugendlichen viel einfacher, komischerweise aber hätten die meisten von ihnen keine Lust darauf, was aus sich zu machen.

Wenn Vater das sagt, denkt er an Heinz, Onkel Hans'

Sohn. Heinz hat seine Lehrstelle aufgegeben, weil er sich von niemandem dumm kommen lassen will, sein Meister aber ist ihm dumm gekommen. Jedenfalls hat Heinz das so erzählt. Danach arbeitete er dann eine Zeitlang als Hilfsarbeiter, bis er auch das aufgab. „Für die paar Kröten ackre ich doch nicht wie so'n Verrückter", hat er gesagt. Und seitdem arbeitet er gar nicht mehr.

Vater sagt, Onkel Hans ist selbst schuld, wenn Heinz ihm immer noch auf der Tasche liegt; er hätte ihn eben falsch erzogen.

Und wenn er keine Lehrstelle kriegt, wird er Vater auch auf der Tasche liegen. Und dann wird Onkel Hans vielleicht auch sagen, daß Vater ihn falsch erzogen hat. Und dann wird Vater sich schämen...

Am besten wäre es, wenn er tot wäre. Dann wäre das Zeugnis nicht mehr so schlimm, dann würden die Eltern um ihn weinen, anstatt sich für ihn zu schämen. Und dann würde er Vater später auch nicht auf der Tasche liegen und Onkel Hans könnte dem Vater nichts vorwerfen...

Im Fernsehen neulich hat sich eine Frau umgebracht. Sie hat erst viel Schnaps getrunken und hinterher Schlaftabletten geschluckt...

Mutter hat auch Schlaftabletten. Sie kann ja sonst oft überhaupt nicht einschlafen. Und Vater hat Schnaps!

Harry steht auf und geht ins Badezimmer. Er öffnet die Tür zum Sanitätsschränkchen und nimmt eine Packung nach der anderen heraus.

Da! Die blauweiße Packung ist es. Es steht ja auch drauf: Bei Schlafstörungen und Unruhezuständen.

Und damit kann man sich umbringen? Sicher nur, wenn man sehr viel davon nimmt. Aber Mutter hat ja noch eine zweite Packung. Wenn er die alle nimmt, dann reicht es bestimmt, dann schläft er einfach ein und ist weg. Mutter hat ja mal gesagt, tot sein ist nichts weiter als schlafen. Und schlafen will er, deshalb ist er ja immer so müde.

Der Schnaps steht im Wohnzimmer, in Vaters kleiner Bar. Jeden Abend, wenn er vor dem Fernseher sitzt, öffnet er die Bar. Oder wenn Onkel Hans und Tante Trude kommen.

Harry studiert die Etiketten der Flaschen. Einen Schnaps gibt es, der schmeckt sogar ihm, es ist eine Flsche mit einer Aprikose auf dem Etikett.

Hier! Das ist er.

Soll er erst die Tabletten nehmen und dann den Schnaps? Oder umgekehrt? Umgekehrt ist sicher besser, Vater sagt immer: „Schnaps macht Mut." Auch wenn das nur ein Scherz sein soll, er hat es an seinem Geburtstag, als er einen von diesen Aprikosenschnäpsen trinken durfte, selbst gemerkt: Hinterher war er ganz lustig, und die Erwachsenen lachten über ihn.

Harry nimmt ein Glas aus dem Schrank und füllt es voll. Dann setzt er es an den Mund und trinkt es aus.

Der Schnaps schmeckt schärfer, als er es in Erinnerung hat, und er brennt im Hals. Trotzdem trinkt er sofort noch ein zweites Glas. Er will ja, daß ihm leichter wird.

Der zweite Schnaps macht ihn warm, aber noch nicht leicht genug. Harry trinkt noch einen, obwohl ihm nun schon ganz komisch ist. Dann überlegt er: Er muß den Eltern noch was hinlegen, irgendwas, was sie sofort sehen, wenn sie kommen.

Das Zeugnis! Er wird ihnen das Zeugnis hinlegen. Und dann... dann wird er es tun.

Harry läuft in den Flur, zieht das Zeugnis aus der Mappe und legt es auf den Küchentisch. Danach läuft er ins Wohnzimmer zurück, öffnet eines der blauweißen Päckchen und drückt ein paar Tabletten aus der Folie.

Wasser! Er braucht Wasser! Ohne Wasser bekommt er sie nicht runter. Harry läuft ein zweites Mal in die Küche, läßt ein großes Glas voll Wasser laufen und eilt damit in die Wohnstube zurück.

Er muß sich beeilen, er darf nicht lange nachdenken, sonst kriegt er Angst...

Er schluckt nacheinander drei Tabletten, trinkt jedesmal Wasser nach – und kann dann plötzlich nicht mehr. Er hat Angst, eine Angst, die ihm die Kehle zuschnürt.

Er muß noch mehr Schnaps trinken, braucht noch mehr Mut. Harry setzt die Flasche an, trinkt hastig, muß husten, hustet vieles wieder aus. Aber dann trinkt er wieder Schnaps. Und dann nimmt er die vierte Tablette und spült sie mit Wasser herunter. Und noch eine, die fünfte. Und die sechste. Und Wasser nach und wieder Schnaps. Und immer so weiter. Tablette – Wasser – Schnaps. Bis ihm heiß wird, immer heißer – und dann schlecht, so schlecht, daß er ins Bad laufen muß, um sich zu übergeben.

Es schmeckt ekelhaft, was da aus ihm herauskommt. Von dem Geschmack wird ihm noch schlechter, er muß wieder brechen. Danach sinkt er vor der Kloschüssel zusammen.

Muß er jetzt sterben? Oder passiert gar nichts, weil er alles wieder ausgebrochen hat?

Aber alles kann nicht raus sein, sein Kopf ist ja ganz benebelt... Harry steht auf, tastet sich an den Wänden entlang in sein Zimmer, steigt auf sein Bett und reißt das Fenster auf. Und dann schreit er: „Hilfe! Hilfe!"

Doch auf der Straße ist niemand zu sehen, der Regen hat sie alle vertrieben. Und es regnet ja immer noch, rauscht vom Himmel herab, als falle ein Vorhang auf die Welt hernieder, einer, der alles zudecken will... Harry ruft noch ein paarmal, dann läßt er sich auf sein Bett sinken und beginnt hemmungslos zu weinen.

Die beiden Männer in den weißen Kitteln schieben die Trage mit Harry in den Rettungswagen, und die Ärztin fordert Frau Schuster auf, sich neben Harry zu setzen, während sie sich an das Fußende der Trage setzt. Frau Schuster gehorcht. Noch immer fassungslos setzt sie sich auf den Stuhl neben der Trage und guckt Harry still ins Gesicht.

„Er hat ja das meiste gleich wieder ausgebrochen", tröstet die Ärztin, als der Wagen sich in Bewegung setzt und immer schneller durch die naßglänzenden Straßen fährt. „Und was er jetzt noch in sich hat, das holen wir schnell wieder raus. Heute gibt's da Mittel und Wege. Und Sie haben ihn ja Gott sei Dank noch rechtzeitig gefunden."

Frau Schuster sieht die Ärztin nicht an, als sie nun wie zur Entschuldigung berichtet: „Als er von der Schule nicht gleich nach Hause kam, habe ich mir Sorgen gemacht. Ich wußte ja, daß am letzten Tag vor den Ferien meistens früher Schluß ist... Und dann klingelte es auf einmal vor dem Haus, und niemand meldete sich. Da bin ich runter und hab ihn gesucht..."

Frau Schuster zieht ihr Taschentuch heraus und wischt sich die Augen.

„Ist er sitzengeblieben?"

Frau Schuster schneuzt sich und nickt.

Die Ärztin befühlt Harrys Puls und sieht Frau Schuster ernst an. „Was Ihr Harry getan hat, ist leider kein Einzelfall. So was passiert immer wieder. Im Rundfunk haben sie heute sogar eine Telefonnummer durchgesagt, wo Kinder anrufen können, die Angst haben, ihren Eltern die Zeugnisse zu zeigen."

Lange Zeit sagt Frau Schuster nichts, dann schüttelt sie verständnislos den Kopf: „Aber... warum hat er denn Angst gehabt? Wir haben es doch nur gut mit ihm gemeint."

Die Ärztin hat nun nur noch Augen für Harry, und da sagt auch Frau Schuster nichts mehr.

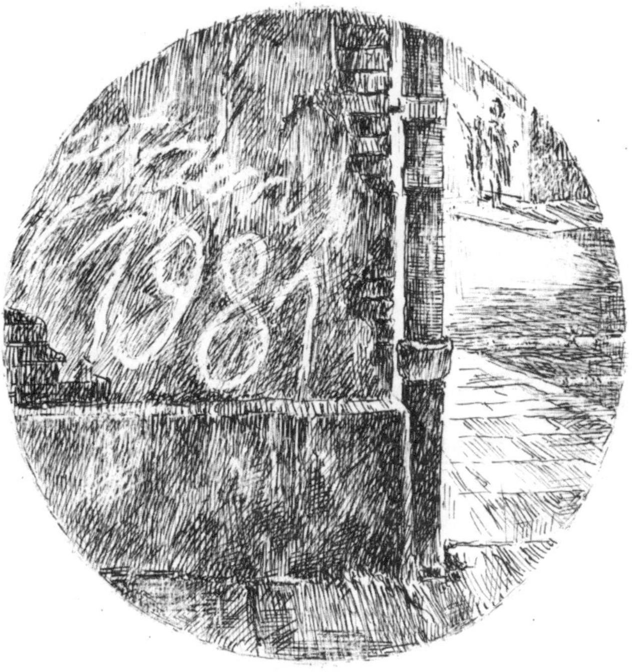

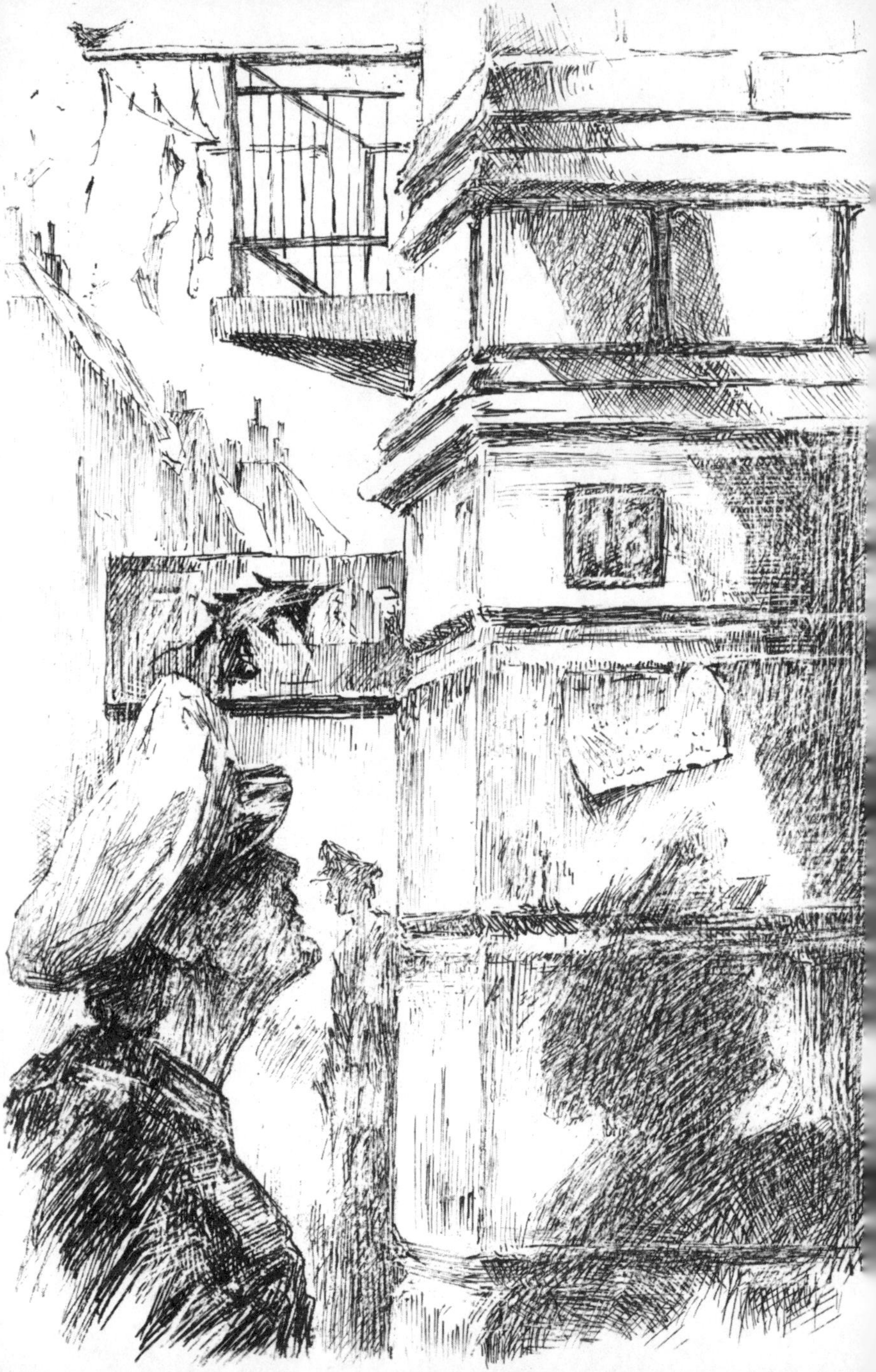
18

Brief für Benno

„Nehmt ihm die Decke auch noch mit", sagt Mutter. Und sie seufzt dabei, als wollte sie sagen: Obwohl ich's ja nicht einsehe, wo er es doch bei uns viel besser haben könnte.

Mark nimmt die Decke, rollt sie zusammen und verschnürt sie mit Strippe zu einem Paket. Petra hilft ihm dabei. Es ist seltsam: Sie haben nun ein richtig schlechtes Gewissen. Dann, als sie mit all ihren Tüten und Paketen an der Tür stehen, kommt die Mutter noch mal und drückt Mark einen Hundertmarkschein in die Hand. „Gib ihm den. Er wird ihn brauchen können. Aber steck ihn gut weg."

Mark geht ins Kinderzimmer zurück und holt sich seinen Brustbeutel. In den steckt er den Geldschein. Dann schiebt er Petra, die ganz beeindruckt von dem großen Schein ist, durch die Tür.

Erst im Treppenhaus verläßt sie das schlechte Gewissen ein wenig. „Sie hätte ja mitkommen können", sagt Mark.

Ja, Mutter hätte mitkommen können, das findet Petra auch. Sie weiß ja jetzt, wo Benno wohnt, und sie haben ihr auch erzählt, daß seine Freunde alle ziemlich in Ordnung sind – bis auf diesen Jo vielleicht, der immer gleich so wütend wird. Aber Mutter hat gesagt, keine zehn Pferde würden sie zu diesen Punkern bekommen. Dabei laufen von Bennos Freunden nur zwei als Punker herum. Und das dürfen sie auch, wenn es ihnen Spaß macht, hat Benno gesagt.

Vor der Haustür bleibt Petra stehen. „Hast du die Schallplatten nicht vergessen?"

Mark hat Bennos Schallplatten nicht vergessen. Er hat alles eingepackt, was Benno ihm vor drei Tagen, als sie das letzte Mal bei ihm waren, aufgeschrieben hat. Er hat den Zettel hinterher auch extra noch mal kontrolliert.

Petra glaubt Mark nicht so richtig. Sie weiß ja, wie schußlig er oft ist. Aber schließlich können sie jetzt nicht noch einmal alles auspacken, deshalb ziehen sie los, durch den hellen schönen Frühlingsnachmittag in Richtung U-Bahn-Station.

Am Halleschen Tor verlassen Mark und Petra die U-Bahn. Den Rest des Weges müssen sie zu Fuß gehen. Ein paar Straßen geradeaus, dann die zweite links, die erste rechts, und sie können das Haus schon sehen, in dem Benno seit ein paar Wochen wohnt. Die Jungen und Mädchen, die das lange Zeit leerstehende Haus besetzt halten, haben es bunt angemalt und quer unter die obersten beiden Fenster ein rotes Spruchband mit weißer Aufschrift gehängt. *Lieber instandbesetzen als kaputtbesitzen* steht drauf. Benno hat ihnen erklärt, was das bedeuten soll: Der Mann, dem das Mietshaus gehört, lebt irgendwo in Westdeutschland. Er kümmert sich nicht um das Haus, läßt nichts in Ordnung bringen, will es gar nicht mehr vermieten. Er hofft darauf, daß in dieser Gegend eines Tages neue Häuser gebaut werden und daß man ihm dann das Grundstück, auf dem sein Haus steht, abkauft, weil er dann viel Geld dafür kassieren kann. Benno sagt, das sei ein Unrecht, denn es gäbe nicht genug billige Wohnungen, und Wohnungen wären für den Menschen dasselbe wie Brot – eine Sache, die man unbedingt zum Leben braucht.

Benno hat auch mit den Eltern so geredet, deshalb gab es in der letzten Zeit oft Zank und Streit zu Hause. Besonders Vater konnte nicht verstehen, wie man einfach in ein Haus einziehen kann, das einem nicht gehört und das man nicht gemietet hat. Er sagte, man dürfe Unrecht nicht mit Unrecht bekämpfen. Deshalb redete er mit Benno, immer wieder. Er versuchte, Benno den Umzug in dieses Haus auszureden, aber es half nichts. Als er eines Abends von der Arbeit nach Hause kam, war Benno weg.

„Warte mal!" Mark stellt seine Taschen ab und hält Petra fest. „Hier sieht's ja heute ganz anders aus."

Jetzt sieht Petra es auch: Das rote Spruchband ist verschwunden, die sonst weit offenen Fenster sind geschlossen – und vor dem Haus stehen mehrere Polizeiautos. „Ob sie das Haus geräumt haben?"

„Aber dann hätte Benno uns doch Bescheid gesagt."

„Und wenn es gerade erst passiert ist – und sie es vorher nicht wußten?"

Mark antwortet nichts mehr. Er sieht wieder die Bilder aus dem Fernsehen. Es ist noch gar nicht lange her, da zeigten sie in der Abendschau, wie ein besetztes Haus geräumt wurde. Zuerst sah man nur Polizeiautos, dann wurden Türen eingeschlagen und Leute auf die Straße getragen. Und manche der Hausbesetzer waren verletzt, bluteten richtig... Petra und er konnten in der Nacht darauf lange nicht einschlafen. Sie lagen wach und dachten darüber nach, wie ihnen wohl zumute wäre, wenn Benno so was passieren würde. Und jetzt sieht es so aus, als sei hier tatsächlich so etwas geschehen...

Mark macht ein entschlossenes Gesicht und sagt: „Wir gehen hin. Wir haben nichts getan. Es ist ja nicht verboten, seinen Bruder zu besuchen." Und Petra folgt ihm mutig. Aber je näher sie dem Haus kommen, desto langsamer werden sie und desto näher rückt Petra an Mark heran: Vor der Haustür stehen zwei Polizisten.

„Und was machen wir nun?" fragt Petra flüsternd.

„Weitergehen", sagt Mark – und dann tritt er tatsächlich vor die beiden friedlich die Sonne genießenden Polizisten hin, die sich gerade über das neue Auto unterhalten, das sich der ältere der beiden kaufen will, und guckt sie an, bis sie ihr Gespräch unterbrechen.

„Na?" fragt der jüngere der beiden Polizisten, ein rotblonder Mann mit einer Menge Sommersprossen im Gesicht. „Wo wollt ihr denn hin?"

Mark tut, als hätte er die Frage nicht gehört. „Darf man hier nicht mehr rein?" Er blickt an dem Haus empor, als erwarte er, daß sich jeden Moment eines der Fenster öffnet und Bennos Kopf auftaucht.

„Nein", sagt der sommersprossige Polizist. „Vorläufig darf man hier nicht mehr rein."

„Aber wir wollen zu unserem Bruder. Der wohnt hier."

„In diesem Haus wohnt niemand mehr", sagt der ältere Polizist und guckt Mark aufmerksam an. „Wie heißt denn dein Bruder?"

„Nicht", flüstert Petra, „sag ihm nicht den Namen", doch Mark hat schon „Benno" gesagt.

„Und weiter", fragte der ältere Polizist und lächelte über Petra, weil er verstanden hat, was sie Mark zuflüsterte.

„Schulz", antwortete Mark – und dreht sich zu Petra um und zischt: „Den Namen kriegen sie doch sowieso raus. Und Benno hat ja auch gar nichts Schlechtes getan."

„Genau", sagt der Sommersprossige, der sich den Namen Benno Schulz gleich notiert hat.

„Und warum haben Sie ihn dann ins Gefängnis gesteckt, wenn er nichts getan hat", entfährt es Petra.

„Wer sagt denn, daß dein Bruder im Gefängnis ist?" fragt der Sommersprossige zurück.

„Na, wo soll er denn sonst sein?" mischt sich Mark ein, der erkannt hat, daß Dummstellen nun nichts mehr nützt. „Sie haben das Haus doch geräumt, oder?"

„Guck an, guck an!" freut sich der Sommersprossige. „Ihr seid also doch nicht so ganz von gestern." Und dann weist er auf die Tüten und Pakete und fragt: „Wolltet ihr das eurem Bruder bringen?"

„Ja", antworten Mark und Petra wie aus einem Mund.

„Tja", sagt der ältere Polizist da. „Da kommt ihr leider zu spät. Vor einer Stunde haben wir den Laden geräumt... Aber wir haben sie oft genug gewarnt."

„Gab's Verletzte?" fragt Petra leise.

„Ein paar haben sich stur gestellt." Der Sommersprossige zuckt die Achseln. „Die mußten wir raustragen, andere sind von selber gegangen. Aber so richtig schlimm hat's keinen erwischt."

„Und lassen Sie Benno bald wieder frei?" will Mark nur noch wissen.

„Keine Ahnung." Der ältere Polizist macht eine vage Handbewegung. „Darüber entscheiden nicht wir, darüber entscheidet der Haftrichter."

Als die Mutter die Tür öffnet, weiß sie gleich, was geschehen ist. „Das mußte ja so kommen", sagt sie und blickt die Tüten und Pakete, die Mark und Petra in die Küche tragen, so hilflos an, als wisse sie nicht, was sie nun damit anfangen solle. Erst als Mark auch den Hundertmarkschein auf den Küchentisch legt, fragt sie: „Ist ihm was passiert? Habt ihr was gehört?"

Mark beginnt zu berichten, mit stockender Stimme erzählt er, was die beiden Polizisten gesagt haben. Mutter trinkt währenddessen von dem Kaffee, den sie sich gerade gekocht hatte. Sie trinkt ihn wie automatisch, denn während sie zuhört, denkt sie nach. Als Mark dann fertig ist und sie abwartend anguckt, sagt sie nichts, schweigt sie weiter, als hätte sie noch nicht zu Ende gedacht.

„Was passiert denn nun mit Benno?" drängt Petra. „Wie lange behalten sie ihn da?"

„Ja, wenn ich das wüßte..." Mutter zuckt die Achseln. „Das ist sicher von Fall zu Fall ganz unterschiedlich... je nachdem, was einer sich hat zuschulden kommen lassen."

„Aber Benno hat doch niemandem was getan." Petra muß nun heulen. Sie findet das alles sehr ungerecht. Sie weiß noch, wie Benno immer herumgerannt ist, um eine Lehrstelle zu bekommen. Fast ein Dreivierteljahr lang hat er sich bemüht, hat Briefe geschrieben und telefoniert und Absagen über Absagen erhalten, bis er immer wütender wurde – und zwar auf die, die ihm keine Chance gaben, aber selber im Fett schwämmen, wie er sagte. Und er sagte auch, daß ihm erst seine jetzige Lage klargemacht hätte, wieviel Unrecht rings um ihn herum geschehe, und daß es nicht genüge, nur zu meckern, sondern daß man gegen das Unrecht was tun müsse. Und damit hatte er auch die leerstehenden Häuser gemeint. Sie hatte nicht alles verstanden, was er sagte, aber sie hatte gespürt, daß seine Wut berechtigt war.

An der Tür wird geschlossen, Vater kommt. „Was ist denn hier los?" fragt er überrascht.

„Benno. Sie haben ihn... verhaftet." Petra schmiegt sich an Vater und heult wieder los.

„Haben sie die Hütte geräumt?" Vater streichelt Petra sachte. Und als Mark traurig nickt, sagt er, was Mutter sagte: „Das mußte ja mal so kommen."

„Mußte nicht so kommen!" schreit Petra. „Jetzt reißen sie doch das Haus ab, und die ganze Arbeit war umsonst. Ihr wißt ja gar nicht, was die alles gemacht haben, Benno und seine Freunde. Und ich hab auch beim Streichen geholfen!"

Und dann läßt sie vom Vater ab und stürzt ins Kinderzimmer.

Vater zieht die Jacke aus und hängt sie im Flur auf einen Bügel. Dann setzt er sich zu Mutter. „Hast du noch einen Schluck Kaffee für mich?"

Mutter hat, und Vater trinkt. Mark steht im Flur und schaut die beiden an. Dann fragt er: „Und was macht ihr nun?"

„Wir?" Vater ist verblüfft. „Aber was sollen *wir* denn da tun?"

„Ihr müßt doch irgendwas tun."

Vater lacht ärgerlich. „Junge! Von mir aus gerne. Aber ich bin weder die Polizei noch das Gericht. Außerdem hat Benno sich das alles selber zuzuschreiben. Der Junge ist volljährig."

„Das kommt doch nun in die Akten", sagt Mutter besorgt. „Ich meine, wenn er eine Lehrstelle haben will – dann erfahren die doch davon."

„Na und?" poltert Vater los. „Alles seine Schuld! Was machst du dir Vorwürfe? Haben wir ihn gezwungen, da einzuziehen? Haben wir nicht. Haben wir mit ihm geredet? Wir haben. Haben wir von den Auswirkungen gesprochen, die die ganze Sache haben kann? Hat er auf uns gehört? – Na also! Vielleicht ist er ja auch schon längst bei irgendeinem Freund."

„Aber so ganz unrecht haben die jungen Leute doch auch nicht", wendet Mutter ein. „Das ist doch nicht in Ordnung, was mit den alten Häusern passiert. Und solange es diese Hausbesetzungen nicht gab, hat von uns gar keiner richtig Bescheid gewußt."

Vater macht nun wieder so ein Gesicht, wie er es damals machte, als Benno sagte, Wohnungen wären wie Brot. „Recht oder Unrecht! Wenn es um sein späteres Leben geht, fragt doch niemand danach. – Du bist aufgefallen, bist damals wegen der und der Sache verhaftet worden, wer weiß, was wir uns mit dir für einen einhandeln. Also nee, danke schön, auf Wiedersehen."

Die Eltern schweigen, und Mark schweigt auch. Er hätte es lieber gesehen, wenn Vater herumtelefoniert oder sich gleich auf den Weg zum nächsten Polizeirevier gemacht hätte. Denn das ist ihm nun genauso klar wie den Eltern: Weil Benno keine Lehrstelle bekommen hat, ist er so verbittert, und weil er seine Verbitterung offen zeigt, wird er vielleicht überhaupt keine Möglichkeit mehr haben, irgendwas zu lernen.

Vater trinkt seinen Kaffee aus und sagt noch einmal: „Was wir tun konnten, haben wir getan. Benno hat nicht auf uns gehört, also muß er die Folgen selber tragen."

Draußen ist es nun schon dunkel. Mark und Petra liegen auf dem unteren Doppelstockbett, das Petra gehört, und denken nach. Sie wollen was tun, irgendwas – sie sind noch immer nicht damit einverstanden, daß die Eltern nur „abwarten und Tee trinken", wie Vater beim Abendessen gesagt hat. Was die Eltern damit meinten, sehen sie ja – sie hoffen auf einen Telefonanruf. Immer wieder, wenn Vater oder Mutter durch den Flur gehen, gucken sie zu dem Telefonapparat hin, als müßte er nun endlich mal läuten. Aber er läutete nicht, und als er es einmal doch tat, war es Tante Molly, der Mutter von Bennos Verhaftung erzählte und die sich sehr darüber aufregte, weil sie auf seiten der Hausbesetzer ist und mit Onkel Klaus zusammen sogar eine Patenschaft für ein besetztes Haus übernommen hat.

Vater sagte nur: „Die Molly spinnt ja" – aber der Anruf machte ihn noch unruhiger, als er es ohnehin schon war. Er las weder die Zeitung noch schaltete er den Fernseher an – bis auf die Abendschau. Die wollte er sehen, weil er hoffte, daß vielleicht irgend etwas über die Räumung des Hauses gesagt würde. Aber es kam nichts zu diesem Thema. Und jetzt steht er auf dem Balkon und schaut auf die Straße hinab, während Mutter immer wieder durch den Flur geht.

Petra fährt hoch. „Ich weiß, was wir tun."

„Was denn?"

„Wir schreiben ihm einen Brief."

„Einen Brief?" Mark ist enttäuscht. Er hatte an etwas viel Größeres und Tolleres gedacht.

„Was anderes können wir ja nicht tun."

Petra hat recht. Und ein Brief ist besser als gar nichts. Mark setzt sich an seinen Schreibtisch, nimmt Papier heraus und schreibt oben rechts das Datum hin. Und um der Genauigkeit willen auch noch die Uhrzeit. Petra steht hinter ihm und guckt ihm über die Schultern.

„Lieber Benno", schreibt Mark. „Wir wissen alles..."

„Das ist blöd", meint Petra. „Du mußt doch erst mal schreiben, daß wir ihm seine Sachen bringen wollten. Sonst weiß er ja gar nicht, woher wir alles wissen."

Mark nimmt ein neues Blatt Papier. „Lieber Benno", beginnt er von vorn. „Wir waren bei Dir, um Dir Deine Sachen zu bringen, aber leider..." Er stockt.

„Leider warst Du nicht mehr da, weil Euer Haus gerade eine Stunde vorher geräumt wurde", diktiert Petra weiter. „Und deshalb haben wir alles wieder nach Hause gebracht."

„...nach Hause gebracht." Mark hat alles genauso aufgeschrieben, wie Petra es ihm diktiert hat, und er läßt sie weiter diktieren: „Wir wollen Dir nur sagen, daß wir oft an Dich denken. Und an die anderen auch. Bestimmt lassen sie Euch bald wieder frei. Das hat nämlich der Polizist vor dem Haus gesagt."

„Hat er nicht gesagt." Mark hat den letzten Satz nicht hingeschrieben.

„Aber Benno freut sich darüber, wenn er das liest."

„Aber wenn's doch gar nicht stimmt?" Mark denkt nach und schreibt einen anderen Satz hin: „Ihr habt ja nichts Schlechtes getan, und wir finden, Ihr seid im Recht. Wir, das sind Petra und ich, Mutter ein bißchen und Vater ein kleines bißchen."

„Jetzt spinnst du aber, Vater findet doch gar nicht, daß sie im Recht sind."

„Doch! Er macht sich nur Sorgen wegen später!" Mark legt den Kugelschreiber an die Lippen und überlegt, was sie noch schreiben können.

„Schreib ihm, daß wir ihn trotzdem alle sehr liebhaben", bittet Petra. „Das ist doch das wichtigste."

„*Trotzdem* ist Quatsch, das sieht ja aus, als ob er doch irgendwas Schlechtes gemacht hat." Mark schreibt nur hin: „Wir haben Dich alle sehr lieb." Und dann noch: „Deine Petra, Dein Mark und Deine Eltern." Danach klebt er den Brief zu – und starrt den Umschlag an: „Und welche Adresse schreiben wir rauf?"

Das haben sie nicht bedacht. Petra guckt traurig.

„Du und dein blöder Brief", schimpft Mark. „Jetzt haben wir ihn ganz umsonst geschrieben."

„Wieso umsonst? Irgendwann erfahren wir schon, wo Benno ist", wehrt sich Petra. „Und dann schicken wir den Brief eben später ab."

„Und wenn er vorher wiederkommt?"

„Dann geben wir ihm den Brief hier."

Mark tippt sich an die Stirn. „Dann kannste ihm ja gleich sagen, was drinsteht."

Petra will sagen, daß ein Brief viel schöner ist, aber dazu

kommt sie nicht mehr; sie hört im Flur die Tür klappen und stürzt hinaus, genauso wie Mark. Doch im Flur treffen sie nur Mutter an, die gerade wieder in die Küche will.

„Ist jemand gekommen?"

„Nein. Vater ist gegangen. Zum Polizeirevier. Er will nun endlich was Genaueres wissen."

Mark atmet auf. Vater tut was, endlich tut er was! Aber dann fällt ihm der Brief ein. Er stürmt ins Kinderzimmer, ergreift den Brief und läuft hinter Vater her. Erst auf der Straße holt er ihn ein.

„Willst du mitkommen?"

„Nein." Mark hält Vater den Brief hin. „Er ist für Benno."

Vater guckt den Brief an und überlegt. Dann nimmt er ihn und sagt: „Wenn ich ihn sprechen darf, gebe ich ihm den Brief. Und wenn nicht, schicke ich ihn mit der Post. Einverstanden?"

Mark nickt. „Aber es steht keine Adresse drauf. Wir wußten ja nicht, was wir draufschreiben sollten."

„Die kriege ich raus", sagt Vater ernst. „Da kannst du dich drauf verlassen."

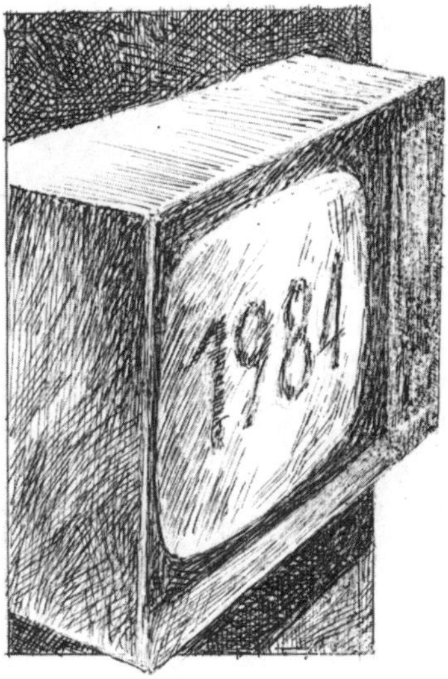
1984

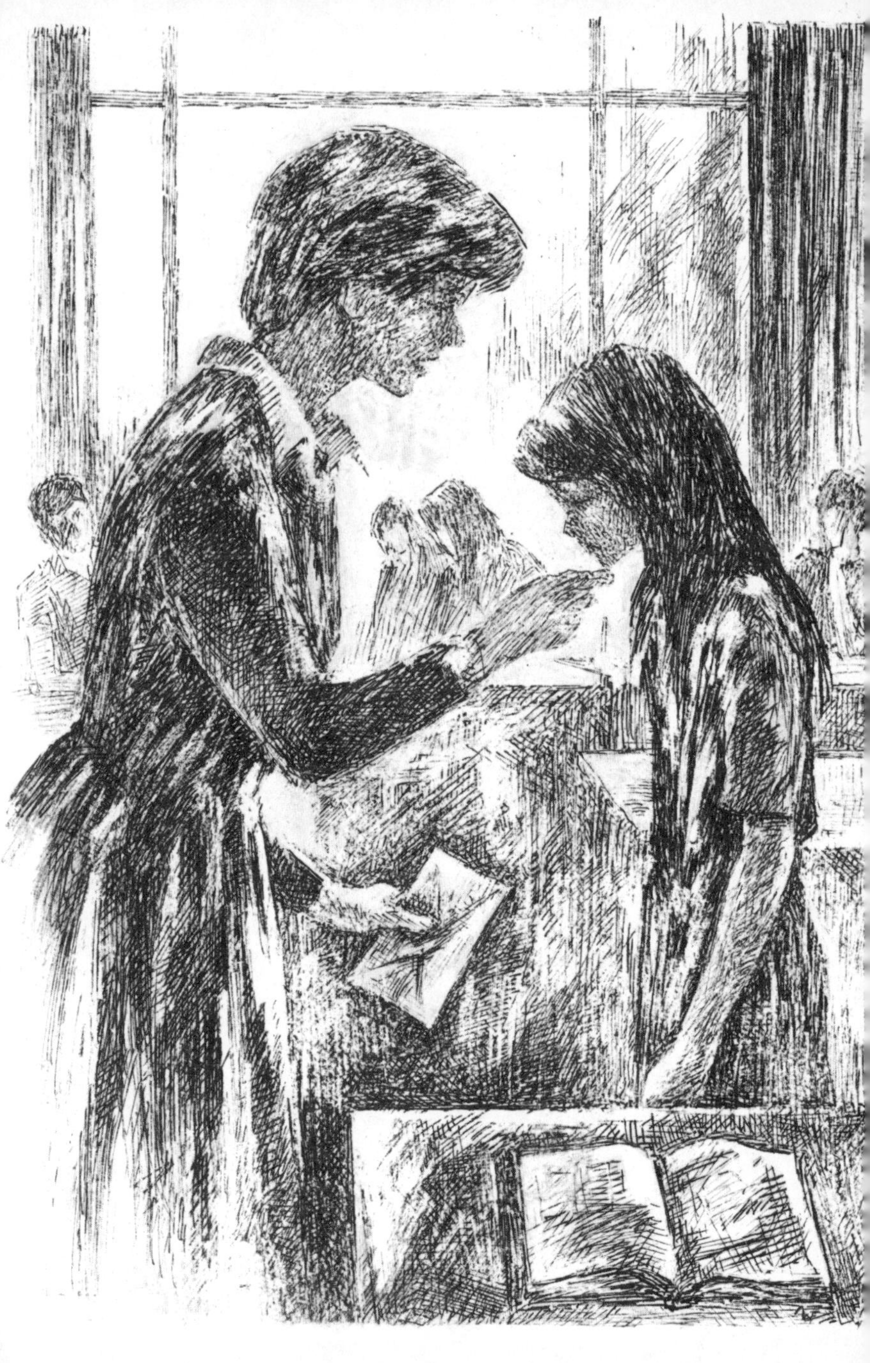

Ich bin keine Ente

Ein unfreundlicher Morgen, durch den Katja geht. Die Luft ist kühl und die Sonne irgendwo hinter den Wolken versteckt; sie bricht zwar ab und zu einmal durch, wärmt aber nicht. Und so wie der Morgen erscheint Katja die ganze Stadt. Doch das hat nichts mit dem Wetter zu tun, über das die Leute nun schon seit Wochen stöhnen – es ist viel zu kalt für diese Jahreszeit –, es hat mit der Schule zu tun, mit Tina, mit Christoph, mit Frau Holl, einfach mit allem.

Ein Zeitungskiosk. Katja bleibt stehen und betrachtet die Titelbilder der Illustrierten, die eigentlich langweilig sind, sie aber aufhalten auf ihrem Weg zur Schule.

Auf dem einen Titelbild ist ein Junger Pionier[*] zu sehen, der einem siegreichen Sportler einen Blumenstrauß überreicht. Er sieht aus wie Christoph, strahlt so, guckt so.

Hastig wendet Katja sich ab und geht weiter.

Eine Straßenbahn kommt um die Ecke gebogen. Es ist die 83, die nach Wendenschloß rausfährt, wo Oma früher ihren Garten hatte. Katja bleibt stehen und schaut der Straßenbahn entgegen, bis sie direkt vor ihr hält.

---

[*] DDR-Organisation für Kinder bis zu vierzehn Jahren.

Und wenn sie nun einfach mitfährt? Dann weicht sie dem ganzen Ärger erst mal aus.

Omas Garten! Wie schön es da draußen immer war. Wenn sie auch nicht hinein darf, sie kann ja ein bißchen dort herumspazieren, an der Dahme entlang, ein Stück in Richtung Langer See und Schmetterlingshorst... Kurz entschlossen und noch ehe sie richtig weiß, was sie da überhaupt tut, steigt Katja in die Bahn ein. Erst als sie schon drin ist und das rote Licht aufleuchtet, das ankündigt, daß die Türen geschlossen werden, weiß sie, was sie getan hat, und würde am liebsten wieder aussteigen. Aber das geht nun nicht mehr, jetzt muß sie mindestens bis zur nächsten Station mitfahren.

„Na, Frolleinchen!" Ein alter Mann zeigt scherzhaft drohend auf den Fahrkarten-Automaten. Erschrocken kramt Katja in der Mappe nach Geld. Das fehlte ihr noch! Wenn sie jetzt kein Geld dabeihat, gilt sie als Schwarzfahrerin, dann müssen die Eltern Strafe zahlen.

Aber sie hat Geld. Sie soll ja auf dem Nachhauseweg von der Schule gucken, ob es frisches Obst gibt. Katja steckt zwei Groschen in den Automaten und zieht sich einen Fahrschein. Dann geht sie, ohne den Mann, der ihr nun begütigend zunickt, weiter zu beachten, durch den Wagen zur hinteren Plattform. Dort stellt sie sich ans Fenster und schaut in den vorbeifließenden Morgenverkehr hinaus.

Und wenn sie nun doch weiterfährt? Bezahlt hat sie ja schon, und zu spät kommt sie ohnehin. Aber sie, ausgerechnet sie, eine Schulschwänzerin? Wenn das nun rauskommt?

Und wenn es nicht rauskommt? Wenn die Eltern abends nach Hause kommen, kann sie ihnen sagen, daß ihr schlecht gewesen und sie deshalb nicht zur Schule gegangen ist. Sie glauben ihr das bestimmt, sie hat ja noch nie gelogen. Jedenfalls nicht richtig.

S-Bahn-Station Köpenick. Die Straßenbahn hält, und viele Leute steigen aus, um mit der S-Bahn weiterzufahren. Katja sieht den Männern und Frauen zu, die aus- und einsteigen, und denkt an Omas Garten. Sie will sich darauf freuen, all das wiederzusehen, was sie mal so geliebt hat: Omas altes Holzhäuschen, in dem es immer nach allen möglichen Kräutern roch; den Garten, in dem sie so oft gespielt und Oma beim Pflanzen, Jäten und Ernten geholfen hatte; die vertrauten Straßen, in denen die Jungen manchmal Wettläufe veranstalteten und sauer waren, wenn sie am Rande mitlief und gewann. Auf all das will sie sich freuen, aber es gelingt ihr nicht.

Omas Häuschen sieht noch fast so aus wie damals, nur ist es jetzt grün angestrichen, und die Fensterläden sind weiß. Als Oma noch lebte, war das Haus dunkelrot und die Fensterläden gelb. Die Farbe blätterte ab, und das Haus sah fleckig aus.

Katja steht vor dem Zaun und ist sich über ihre Gefühle nicht im klaren. Ist das, was sie jetzt empfindet, mehr Freude über das Wiedersehen oder mehr Enttäuschung über zu wenig Freude? Ihr Blick gleitet über die Beete hin. Früher waren da Kohlrabi-, Tomaten-, Salat- und Erdbeerbeete, jetzt wachsen dort nur Blumen. Die neuen Besitzer kaufen sich ihr Obst und Gemüse wohl lieber in der Kaufhalle. Das hätte Oma nie fertiggebracht. Sie sagte immer: „Nichts ist so gesund wie Selbstgezogenes, nichts schmeckt so gut wie mit eigenem Schweiß Gedüngtes."

Es hat sich alles so sehr verändert, daß Katjas Enttäuschung immer größer wird. Langsam wandert sie an dem Drahtzaun entlang, der auch neu ist. Früher war hier nur ein einfacher Lattenzaun, den der Vater alle drei Jahre neu anstreichen mußte und in dem eine Latte so locker war, daß Katja sie verschieben und den so breiter gewordenen Spalt als Geheimausgang benutzen konnte. Jetzt brauchte sie mindestens drei lockere Latten, um hindurchzuschlüpfen, aber jetzt sind keine Latten mehr da.

Warum haben die Eltern Omas Häuschen eigentlich verkauft? Vater sagte mal, sie wollten nicht immer den Garten in Ordnung halten müssen; sie wollten lieber reisen, als in Wendenschloß festzukleben. Außerdem würden sicher auch hier bald Neubauten errichtet werden, und dann sei es mit dem kleinen Laubenpieperglück sowieso vorbei. Aber noch stehen hier keine Neubauten, noch gibt es die Gärten...

Katja hat das Gartentor erreicht und bleibt wieder stehen. Auch das Tor ist neu, und natürlich auch das Namensschild. Sie aber sieht das alte Tor mit dem Holzschild vor sich. *Oskar Mellenthin* stand darauf. Opas Name. Oma hatte das Schild mit der verschnörkelten Schrift nicht ändern lassen, obwohl der Opa, den sie, Katja, nur noch vom Foto her kennt, damals schon über zehn Jahre tot war.

Ein Mädchen kommt aus dem Haus, ein fast erwachsenes Mädchen in weißen Hosen und einem blauen Pullover. Katja macht einen Schritt zurück. Sie hatte geglaubt, es ist niemand da. Hat das Mädchen vielleicht hinter den Gardinen gestanden und sie beobachtet? Glaubt es vielleicht, sie will Obst klauen? In den Kleingartenanlagen wird viel geklaut, aber jetzt gibt es noch nichts, nicht mal Kirschen; durch das schlechte Wetter ist alles noch weit zurück.

Das Mädchen schließt die Tür ab und kommt mit einem bunten Handtuch über der Schulter und einem Buch in der Hand den Mittelweg entlang. Katja geht noch ein Stück weiter weg und beobachtet das Mädchen, das nun die Gartentür abschließt und in Richtung Langer See davongeht.

Will die etwa schwimmen gehen bei der Kälte? Katja verspürt Lust, dem Mädchen zu folgen, mehr über sie zu erfahren. Schließlich wohnt das Mädchen ja nun in Omas Häuschen.

Das Mädchen breitet ihr Handtuch genau an der Stelle aus, wo die Eltern früher immer ins Wasser gingen, am Knick zwischen Dahme und Langer See, genau gegenüber der Regattastrecke. Aber jetzt steht hier ein Schild: Baden verboten!

Das Mädchen will auch nicht baden. Sie setzt sich auf ihr Handtuch, nimmt ihr Buch in die Hände, schaut erst ein bißchen aufs Wasser hinaus und beginnt schließlich zu lesen. Katja setzt sich in gebührender Entfernung vor einen Busch und nimmt ihr Pausenbrot aus der Mappe. Sie hat jetzt Hunger.

Ein Ausflugsschiff fährt vorüber. Es ist die *Johannes R. Becher*. Katja muß an die Pleite denken, die sie mit einem der Gedichte des Dichters erlebte, nach dem dieses Schiff benannt wurde. Es war vor etwa einem halben Jahr. Frau Holl hatte aufgegeben, daß jeder ein Gedicht lernen sollte – und zwar sein Lieblingsgedicht. Sie hatte keins, deshalb hatte sie in Mutters altem Lesebuch nachgeschlagen, um eines zu finden, das nicht so bekannt war. Sie hatte ein besonderes Gedicht gesucht und auch eines gefunden. Es hieß „Deutschland, meine Trauer" und war von eben diesem Johannes R. Becher. Es hatte ihr gefallen, weil es so schön einfach ist und einen solchen Rhythmus besitzt, daß man aufpassen muß, es nicht einfach herunterzuleiern.

Sie hatte sich solche Mühe gegeben und das Gedicht so gut auswendig gelernt, daß sie es heute noch aufsagen kann:

>Heimat, meine Trauer,
>Land im Dämmerschein –
>Himmel, du mein blauer,
>Du, mein Fröhlichsein.

>Einmal wird es heißen:
>Als ich war verbannt,
>Hab ich, dich zu preisen,
>Dir ein Lied gesandt.

>War, um dich zu einen,
>Dir ein Lied geweiht,
>Um mit dir zu weinen
>In der Dunkelheit...

>Himmel schien, ein blauer
>Friede kehrte ein –
>Deutschland, meine Trauer,
>Du, mein Fröhlichsein.

Sie leierte nicht beim Vortragen, aber als ihr auffiel, daß Frau Holl während ihres Vortrages immer unruhiger und ungeduldiger wurde, verhaspelte sie sich und brachte den letzten Vers durcheinander. Und als sie dann fertig war, sagte Frau Holl, sie habe sich da zwar ein sehr schönes, aber leider ein wenig überholtes Gedicht ausgesucht. Der Dichter Johannes R. Becher sei, als er dieses Gedicht kurz nach dem Krieg schrieb, von falschen Voraussetzungen ausgegangen. Natürlich konnte er dafür nichts, denn damals wäre eine ganz andere Zeit gewesen, heute aber müsse man sich überlegen, ob man ein solches Gedicht noch aufsagen dürfe. Es gebe zwei deutsche Staaten, die nichts Gemeinsames hätten, und das einige Deutschland, das der Dichter in seinem Gedicht besang, könne es erst dann geben, wenn die Bundesrepublik sozialistisch geworden sei.

Sie war ungeheuer enttäuscht und mußte zu Hause heulen. Und als die Mutter fragte, was denn los sei, sagte sie ihr alles. Die Mutter besah sich nachdenklich ihr altes Lesebuch, und als Katja fragte, wann denn die Bundesrepublik sozialistisch werden würde, lachte sie und sagte: „Wahrscheinlich nie. Zumindest, wie es jetzt aussieht."

Einige Kinder auf der *Johannes R. Becher* winken. Es sind viele Kinder an Bord; vielleicht mehrere Klassen, die einen Schulausflug machen.

Das Mädchen im blauen Pullover hat die winkenden Kinder auch entdeckt. Sie winkt zurück, kann also nicht ganz unfreundlich sein. Ob sie sie mal fragt... Sie will ja nur ganz kurz ins Haus, mal sehen, wie es jetzt darinnen aussieht.

Das Mädchen im blauen Pullover legt sich auf den Bauch, stützt das Kinn auf die Hände und liest weiter. Katja steht auf und geht am Wasser entlang. Dabei bemüht sie sich, nicht zu dem Mädchen hinzublicken. Und ab und zu bückt sie sich und wirft ein Steinchen ins Wasser. Auf diese Weise nähert sie sich dem Mädchen immer mehr – bis sie an ihr vorüber ist, ohne den Mut gehabt zu haben, sie anzusprechen. Ärgerlich über sich selbst setzt sie sich auf ihre Mappe und schaut zur Regattastrecke hinüber, wo jetzt einige Ruderer trainieren. Ein Motorboot mit einem Mann, der ein trichterförmiges Megaphon vor seinen Mund hält und laute Kommandos gibt, begleitet sie dabei.

„Willst du vielleicht was von mir?"

Katja fährt herum. Das Mädchen – es steht hinter ihr und guckt sie neugierig an. Aber anstatt ja zu sagen und sich zu freuen, auf diese Weise mit dem Mädchen ins Gespräch zu kommen, schüttelt Katja nur verschreckt den Kopf.

Das Mädchen glaubt ihr nicht. Sie hockt sich neben Katja und fragt: „Und warum beobachtest du mich dann die ganze Zeit? Erst hast du vor dem Zaun gestanden, dann bist du mir nachgegangen, und jetzt schleichst du um mich herum wie um ein Denkmal. Das kann doch kein Zufall sein."

Das Mädchen ist nicht aus Berlin, das hört Katja sofort. „Das Häuschen... das hat mal meiner Oma gehört", gibt sie zu.

„Das Gartenhaus?" fragt das Mädchen. Und dann lächelt sie und sagt: „Ein schönes Häuschen. Ich mag alte Häuser. Du auch?"

Katja nickt, und dann, nachdem das Mädchen einige Zeit geschwiegen, sie dabei aber weiterhin freundlich angeblickt hat, fragt sie: „Warum habt ihr so viele Blumen im Garten und fast gar kein Gemüse?"

Das Mädchen zuckt mit den Achseln. „Der Garten gehört Freunden meiner Eltern. Ich bin nur zu Besuch hier. Weil ich gerade keine Schule hab."

„Und von wo bist du?"

„Aus Stuttgart."

Aus Stuttgart? Stuttgart ist ja Westdeutschland, Bundesrepublik – das andere Deutschland. Katja fällt sofort wieder ihr Gedicht ein und was Frau Holl sonst noch so über dieses andere Deutschland gesagt hat. Es war nicht viel Gutes darunter.

Das Mädchen muß lachen. „Na, so weit weg ist das doch nicht. Du machst ja ein Gesicht, als käme ich aus Honolulu."

Katja senkt den Blick. Sie schämt sich dafür, daß ihr dieses Mädchen ihre Überraschung so deutlich ansehen konnte. Und nun weiß sie noch weniger, was sie sagen soll.

„Ich heiße übrigens Gabi." Das Mädchen hält Katja die Hand hin. Katja nimmt die Hand und sagt ihren Namen, und dann schweigt sie, bis ihr endlich wieder eine Frage einfällt: „Machst du hier Ferien?"

„Nein", sagt das Mädchen, und dann erzählt sie Katja, daß ihr Vater bei der Ständigen Vertretung der Bundesrepublik in der Hannoverschen Straße arbeitet und sie in Ostberlin lebt und in Westberlin aufs Gymnasium geht. „Da laufen jetzt gerade die Abiturprüfungen. Deshalb fällt für die unteren Klassen viel Unterricht aus. Na ja, und weil ich nichts Besseres zu tun habe, fahre ich hier raus. Ich find's nämlich toll hier draußen."

Katja nickt nur. Gabi hat schon wieder was gesagt, was ihr die Sprache verschlägt: Gabis Vater arbeitet in dieser Ständigen Vertretung, von der sie erst gestern im Westfernsehen gesprochen haben. Es sollen sich über fünfzig Menschen da hineingeflüchtet haben, alles Leute, die in den Westen wollen: Männer, Frauen und Kinder. Der Vater hat darüber nur den Kopf geschüttelt, und die Mutter hat gesagt, damit machen die Flüchtlinge nur kaputt, was andere aufgebaut haben.

„Nur das Wetter könnte besser sein", seufzt Gabi. „Ich schwimme nämlich gern. Und hier könnte man prima schwimmen – wenn's nur nicht so kalt wäre."

Katja schweigt.

„Schwimmst du auch gerne?"

„Ja."

„Was ist denn mit dir?" Gabi mustert Katja aufmerksam. „Hab ich was Falsches gesagt?"

„Die Leute…, sind die immer noch da?"

„Du meinst die Flüchtlinge? Ja, die sind noch da." Gabi reißt einen Grashalm aus, steckt ihn in den Mund und kaut darauf herum. „Weißt du, ich finde es nicht richtig, was die machen. Ich kann zwar verstehen, daß sie weg wollen – ich kann mir auch nicht vorstellen, immer so eingesperrt leben zu müssen – aber was die Leute da tun, das ist Erpressung. Dadurch wird alles nur noch schwieriger."

Die Mutter hat so ähnlich gesprochen, nur das Wort „eingesperrt" hat sie nicht benutzt.

„Ich hab schon wieder was Falsches gesagt." Gabi lächelt. „Was war's denn diesmal?"

„Eingesperrt", sagt Katja. „Wir sind doch gar nicht eingesperrt."

Gabi schaut aufs Wasser hinaus. „Wenn du dich nicht eingesperrt fühlst, bist du's auch nicht. Aber ich würde mich eingesperrt fühlen, wenn ich zu euch gehörte. Ich war zum Beispiel Ostern in Paris. Du, da ist es wunderschön. Und wenn ich da jetzt nicht mehr hindürfte – dann würde ich mich eingesperrt fühlen."

„Dafür waren wir Ostern in Prag", entgegnet Katja, die plötzlich das Gefühl hat, sie müßte sich verteidigen.

Gabi lacht. „Na und? Wenn ich nach Prag will, fahre ich hin. Wenn du mit deinen Eltern nach Paris willst, hast du keine Chance, bevor du Rentner bist. Oder Sportler, Außenhandelskaufmann, Schriftsteller – nur die dürfen doch ab und zu mal in den Westen."

Katja schweigt wieder. So was haben die Eltern noch nie gesagt. Aber haben sie es vielleicht manchmal gedacht?

„Ich will dir nicht weh tun", sagt Gabi leise. „Wir können ja beide nichts dafür, wo wir aufgewachsen sind. Und bei uns ist auch nicht alles prima, da gibt es andere Ungerechtigkeiten, und zwar jede Menge." Sie legt eine Hand auf Katjas Schulter. „Daran mußt du dich bei mir gewöhnen, ich sag immer, was ich denke. Schwindeln, nur um jemandem einen Gefallen zu tun..., so was mag ich nicht." Sie verstummt und wechselt dann unvermittelt das Thema: „Wie alt bist du eigentlich?"

„Elf. Das heißt, im September werde ich zwölf."

„Ich bin siebzehn", sagt Gabi – und fügt schmunzelnd hinzu: „Das heißt, im Februar werde ich achtzehn."

Katja lacht mit – und dann faßt sie Mut: „Läßt du mich mal in das Häuschen? Ich möchte gern mal sehen, wie es jetzt da aussieht."

„Nichts ist leichter als das." Gabi steht auf und holt ihr Handtuch. „Am Wasser ist's jetzt sowieso zu kühl. Gehen wir rein und trinken Tee. Du trinkst doch Tee?"

Katja trinkt Tee.

Im Haus hat sich längst nicht soviel verändert, wie um das Haus herum oder im Garten. Wo Omas Küchenschrank stand, steht jetzt ein anderer Küchenschrank, aber der sieht fast genauso aus wie Omas, ist auch alt und mit ausgemustertem Geschirr vollgestellt. Und da, wo Omas und Opas Doppelbett stand, stehen jetzt zwei andere Betten.

„Hier hab ich immer geschlafen." Katja weist auf das linke Bett, Opas Bett, das immer dann, wenn sie zu Besuch kam, ihres wurde.

Gabi lächelt nur. Sie hat viel Verständnis für Katjas Erinnerungen. Und ab und zu läßt sie sie allein, um nach ihrem Teewasser zu sehen. Als der Tee dann endlich fertig ist, setzen sich die beiden Mädchen in die Küche, trinken von dem heißen Tee und essen Kekse dazu. Und während sie trinken und essen, schauen sie in den Garten hinaus, wo sich ab und zu ein Spatz, einmal aber auch eine große schwarze Krähe niederläßt.

So hat sie mit Oma immer gefrühstückt. In Katja kriecht ein komisches Gefühl hoch, das im Hals steckenbleibt. Sie muß husten.

Gabi klopft ihr den Rücken, weil sie glaubt, Katja habe sich verschluckt. Und dann fragt sie: „Wozu schleppst du eigentlich deine Schultasche mit dir rum? Kommst du gerade aus der Schule? Oder mußt du noch hin?"

Katja überlegt, ob sie Gabi was vorschwindeln soll, aber dann entschließt sie sich, die Wahrheit zu sagen. Schließlich kennt Gabi sie ja gar nicht, weiß nicht mal, wo sie wohnt. Und außerdem ist Gabi auch noch keine richtige Erwachsene.

„Ich schwänze. Ich bin heute morgen einfach nicht hingegangen."

Gabi guckt verdutzt. „Na so was! Das hätte ich dir gar nicht zugetraut."

„Es ist ja auch das erste Mal."

„Und warum schwänzt du?"

Wieder überlegt Katja, ob sie die Wahrheit sagen soll, und wieder kommt sie zu dem Entschluß, es zu tun. Wer weiß, vielleicht kann Gabi ihr sogar einen Rat geben.

„Ich will kein Brigadier mehr sein."

„Was ist denn das – ein Brigadier? Ich meine, in der Schule."

„Es gibt drei in jeder Klasse", erklärt Katja, „für jede Bankreihe einen."

„Und was muß der tun?"

„Hefte einsammeln, nachgucken, ob alle ihre Hausaufgaben gemacht haben, und..." Katja stockt.

„Und?"

„Und wenn einer sie nicht gemacht hat, muß er ihn melden."

„Ach so!" Gabi trinkt von ihrem Tee und nickt nachdenklich. „Und das macht dir keinen Spaß mehr."

Katja schüttelt den Kopf. „Es hat mir nie Spaß gemacht, aber man muß es tun; es wird immer gewechselt, jeder kommt mal ran."

„Na, dann warte doch einfach ab, bis wieder ein anderer rankommt."

„Das dauert mir zu lange."

Katja schaut zu, wie Gabi sich Tee nachgießt, und beginnt dann plötzlich zu erzählen. Sie erzählt die ganze Geschichte, nämlich wie Christoph zweimal die Hausarbeiten nicht gemacht hat und sie das Frau Holl melden mußte. Und wie dann einmal Tina, ihre beste Freundin, die Aufgaben nicht hatte und sie bat, nichts zu sagen, und sie auch wirklich nichts sagte, Frau Holl das aber herausbekam und sie vor der ganzen Klasse tadelte, weil sie bestechlich sei.

„Bestechlich? Ein hartes Wort." Gabi schüttelt den Kopf, als könne sie die ganze Geschichte nicht so recht glauben. „Wenn mich meine beste Freundin bittet, nichts zu sagen... also, da hätte ich auch den Mund gehalten."

„Na ja", sagt Katja, „aber Christoph hab ich ja gemeldet."

„Blöd, daß es so was überhaupt gibt."

„Wir sollen uns selbst kontrollieren." Das hat Frau Holl gesagt, und das fand Katja bisher auch richtig, aber nun ist sie anderer Meinung, jetzt findet sie, daß diese Kontrolliererei ihr die Freunde nimmt. Was soll sie denn machen, wenn Christoph wieder mal ohne Hausaufgaben kommt? Soll sie ihn dann melden, nachdem alle wissen, daß sie Tina nicht gemeldet hat? Oder soll sie ihn nicht melden?

„Und was passiert, wenn du sagst, daß du kein Brigadier mehr sein willst?"

„Dann sagt Frau Holl, daß ich mich vor der Verantwortung drücke." Das hat sie damals zu Uschi auch gesagt, als Uschi keine Lust mehr hatte, die anderen zu kontrollieren.

„Gibt es in eurer Klasse denn überhaupt jemanden, dem diese Verantwortung Spaß macht?"

Katja nickt heftig. Da gibt es viele. Und die sind streng, viel strenger als Frau Holl selber.

Gabi gießt Katja den letzten Rest Tee ein und schiebt die Kekse näher zu ihr hin, damit sie öfter zugreift. Und Katja tut das auch, denn nun, nachdem sie Gabi alles erzählt hat, ist ihr leichter. Gabi aber kippelt mit dem Stuhl, als könne sie so besser nachdenken. Und als sie eine Weile nachgedacht hat, sagt sie: „Ich an deiner Stelle hätte sicher genauso gehandelt – erst mal weg, nichts wie weg, damit man überlegen kann. Aber außer Zeit gewinnt man nichts dabei, irgendwann muß man sich entscheiden."

„Aber ich habe mich ja entschieden."

„Und warum schwänzt du dann heute? Warum sagst du nicht einfach, wofür du dich entschieden hast?"

„Weil... weil..." Katja verstummt.

Gabi setzt sich wieder richtig hin, stützt die Ellenbogen auf den Tisch und den Kopf in die Hände. „Weil du Angst vor deiner Entscheidung hast, stimmt's? Weil das Ärger bringt. Nichts sagen und weitermachen ist einfacher."

Katja schweigt weiter. Gabi sagt nur das, was sie sich auch schon gesagt hat, wenn auch mit anderen Worten.

„Mach dir nichts draus", sagt Gabi, wie um Katja zu trösten. „Wir sind alle keine Helden. Und deshalb machen sie mit uns, was sie wollen."

„Mit euch auch?" fragt Katja vorsichtig.

„Mit uns auch. Auf eine andere Weise, aber auch nicht sehr viel besser." Gabi macht sich an ihrer Tasche zu schaffen und baut eine kleine Zigarettenfabrik vor sich auf, um sich danach mit geschickten Händen eine Zigarette zu drehen.

„Du rauchst ja wohl noch nicht?"

Katja schüttelt den Kopf. „Was machen sie denn mit euch?"

„Sie belügen uns." Gabi stößt eine blaugraue Wolke aus. „Vor der Wahl sagen sie, jeder Jugendliche bekommt eine Lehrstelle, nach der Wahl behaupten sie, das hätten sie nie gesagt. Man könnte ihnen ihre eigenen Reden und Wahlplakate vor die Nase halten, sie würden das glattweg für eine Erfindung ausgeben."

„Hast du keine Lehrstelle?"

„Es geht nicht um mich, es geht um andere. Ich geh ja noch zwei Jahre zur Schule."

„Und was willst du mal werden?"

Gabi grinst. „Lehrerin. Aber da habe ich keine Chance, denn arbeitslose Lehrer gibt's bei uns wie Sand in der Wüste. Und deshalb werde ich wohl irgendwas anderes machen müssen."

Da ist plötzlich etwas zwischen ihnen, etwas Ernstes, das die gute Stimmung trübt. Katja schaut auf die Uhr. Sie hat noch viel Zeit, aber sie möchte nun nicht länger bleiben, obwohl ihr Gabi nach wie vor sehr sympathisch ist.

„Übernachtest du hier?"

Gabi nickt. „Ja, zumindest heute nacht. Morgen fällt ja wieder alles aus." Sie grinst. „Obwohl wir zu viele Lehrer haben, sind in den Schulen zuwenig. Komisch, was?"

„Vielleicht komme ich morgen wieder", sagt Katja und steht auf. „Aber nur, wenn du willst."

„Klar will ich. Aber willst du denn morgen wieder schwänzen?"

„Nein. Doch ich kann ja gleich nach der Schule kommen, nach dem Essen."

„Bekommt ihr denn Mittagessen in der Schule?" Gabi bringt Katja noch zur Gartentür, und Katja erklärt ihr, daß sie, weil ihre Eltern beide arbeiten, an der Schulspeisung teilnimmt.

„Finde ich toll." Gabi reicht Katja die Hand. „So was gibt's bei uns nicht. Jedenfalls nicht in allen Schulen."

Katja findet das Schulessen nicht toll, aber das sagt sie nicht. Sie ist froh, daß Gabi endlich mal was gefällt. Deshalb gibt sie ihr nur schnell die Hand und geht.

„Wenn's morgen wärmer ist, vergiß deinen Badeanzug nicht", ruft Gabi ihr noch nach. Und Katja dreht sich um und winkt Gabi zum Zeichen dafür, daß sie daran denken wird, noch einmal zu, bevor sie um die Ecke biegt.

Der Vater kommt. Katja hört das schon an der Art und Weise, wie die Wohnungstür aufgeschlossen wird. Wenn die Mutter die Tür aufschließt, geschieht das weniger geräuschvoll. Sie zieht sich die Decke bis an den Hals hoch und versucht, ein leidendes Gesicht zu machen.

„Katja?" ruft der Vater im Flur. „Wo steckst du denn?"

Sie läuft sonst immer in den Flur, wenn der Vater kommt. Heute darf sie das nicht – es geht ihr ja nicht gut. „Hier!" antwortet sie leise. „Im Wohnzimmer. Auf der Couch."

Der Vater kommt herein und guckt erstaunt. „Nanu? Was ist denn?"

Katja richtet sich halb auf. „Mir war heute nicht gut, deshalb war ich auch nicht in der Schule."

Der Vater setzt sich auf die Couch und drückt Katja sachte in ihr Kissen zurück. „Nicht gut? Ja, aber... warum hast du denn nicht angerufen?"

Die Frage hat Katja nicht erwartet. „Ich... ich dachte, es geht gleich wieder weg."

„Aber es ist noch nicht weg?"

Katja schüttelt stumm den Kopf.

„Mußtest du brechen?"

Katja nickt. Und weil sie sich dabei so schlecht vorkommt, steigen ihr die Tränen in die Augen.

Der Vater legt ihr die Hand auf die Stirn, um zu prüfen, ob sie Fieber hat, kann aber nichts feststellen. Er ist ein bißchen erleichtert, doch er sagt trotzdem: „Vielleicht sollten wir lieber zu einem Arzt gehen. Die Poliklinik hat noch auf."

„So schlimm ist's ja nicht mehr."

Der Vater schaut Katja lange an, aber es ist kein Mißtrauen, das in seinem Blick liegt, es ist nur die Sorge, sie könne etwas Schlimmes verharmlosen. Dann steht er auf. Er hat die Mutter kommen hören.

Katja hört, wie die Eltern im Flur miteinander reden, und holt tief Luft. Nun muß sie das Ganze noch mal durchstehen.

Die Mutter zieht sich gar nicht erst aus, so wie sie ist kommt sie ins Wohnzimmer und setzt sich zu Katja.

Und dann fragt sie das gleiche, was der Vater schon fragte, und als sie alles weiß, tastet sie Katjas Bauch ab.

„Tut's hier weh?"

„Nein."

„Hier?"

„Nein."

Die Mutter drückt noch eine Weile auf Katjas Bauch herum, dann gibt sie auf. „Es kann nichts Schlimmes sein. Du hast bestimmt nur eine Magenverstimmung. Was gab's denn gestern in der Schule?"

„Fisch", platzt Katja heraus und muß sich zusammenreißen, um ihrer Stimme keinen allzu jubelnden Klang zu geben. Es gab ja gestern wirklich Fisch. Und was die Mutter nun sagt, kann sie sich denken. „Dann war der wohl nicht mehr so ganz frisch... Aber wenn es dir jetzt schon wieder besser geht, kann er nicht ganz und gar verdorben gewesen sein." Sie steht auf und zieht ihre Jacke aus. Dabei fällt ihr ein, daß Katja, wenn sie nicht in der Schule war, auch kein Mittagessen bekommen hat.

„Und was hast du heute gegessen?"

„Nichts", antwortet Katja, obwohl sie sich vorhin zwei dicke Scheiben Brot abgeschnitten hat. „Mir war ja schlecht."

„Und jetzt?" fragt der Vater. „Kannst du jetzt was essen?"

Katja nickt. Jetzt hat sie einen Wahnsinnshunger und kann das Abendbrot kaum noch erwarten.

„Na, dann mach ich mich mal gleich ans Werk." Der Vater geht in die Küche, und die Mutter setzt sich noch mal zu Katja und küßt und streichelt sie. „Mach uns bloß keinen Ärger", sagt sie sorgenvoll. „Den können wir nun wirklich nicht gebrauchen."

Es gibt Tomaten, Käse und Wurst. Die Tomaten hat Katja mitgebracht. Auf dem Rückweg aus Wendenschloß war ihr

Mutters Bitte, nach frischem Obst zu sehen, wieder eingefallen. Und nun haben die Eltern sie lang und breit gelobt, weil sie, obwohl es ihr nicht gutging, einkaufen gewesen war.

Der Vater hat aufgegessen. Er ißt nie viel, er muß auf seine „schlanke Linie" achten. Aber dafür steht er auf und holt sich eine Flasche Bier aus dem Kühlschrank, die auch nicht gerade schlank macht, wie Mutter immer sagt. Und dann, beim Bier, beginnt er, wie fast jeden Abend, von dem Kabelwerk zu erzählen, in dem er arbeitet. „Dem Röhrig haben sie die Schwedenreise gestrichen. Der ist vielleicht sauer, kann ich dir sagen."

„Und warum?" fragt die Mutter, die immer sehr langsam ißt und deshalb noch lange nicht fertig ist.

„Warum! Warum!" Der Vater lacht böse. „Weil er zuviel Westkontakte hat. Eine Tante, einen Onkel, einen Schwager, der vor Jahren abgehauen ist... Er ist ihnen offensichtlich nicht zuverlässig genug."

Das ist ja das, worüber Gabi und sie vorhin sprachen. Katja kaut langsamer.

„Dabei ist der Röhrig *der* Fachmann", sagt der Vater. „Der Weber, der nun fahren soll, versteht nicht halb soviel von der Sache."

Katja ist immer noch bei den Westkontakten. Sie darf den Eltern nichts von Gabi erzählen, sonst fliegt der ganze Schwindel von ihrem Unwohlsein auf, aber wenn sie es tun würde, was würden die Eltern dazu sagen? Gabi ist ja auch so eine Art Westkontakt.

„Wenn wir Halbblinde dahin schicken, nur weil sie keine Westverwandten haben, brauchen wir uns nicht zu wundern, wenn nicht viel dabei herauskommt." Die Mutter trinkt einen Schluck von Vaters Bier. Sie trinkt gerne mal ein bißchen Bier, eine ganze Flasche aber ist ihr zuviel. Trotzdem tut sie immer so, als trinke sie nur von dem Bier, damit der Vater weniger hat und sein Bauch nicht zu dick wird.

Katja schaut der Mutter beim Trinken zu. Und dann fragt sie: „Sind wir eigentlich eingesperrt?"

Die Mutter verschluckt sich fast. „Wie kommst du denn darauf?"

„Na, weil wir nur in den Osten fahren dürfen und nicht in den Westen."

Die Eltern gucken sich an. „Da hast du es", sagt der Vater zur Mutter. „Zuviel Westfernsehen, meine Liebe!" Aber er lacht dabei, und zu Katja sagt er: „Also eingesperrt ist nicht gerade der richtige Ausdruck dafür, aber es stimmt schon, wir können nicht einfach fahren, wohin wir gerade wollen."

„Und warum nicht?"

Wieder wechseln die Eltern einen Blick, und diesmal antwortet die Mutter. „Katja, bitte! Das können wir dir nicht mit drei Worten erklären. Außerdem mußt du erst noch ein bißchen älter werden, um das verstehen zu können."

„Aber ihr würdet auch mal gerne nach Paris fahren, oder?"

„Natürlich", sagt der Vater. „Wer möchte das nicht." Und er grinst die Mutter an, als habe Katja mit ihrer Frage etwas angetippt, worüber die Mutter und er schon oft gesprochen haben.

„Und warum dürft ihr das nicht?" beharrt Katja.

„Weil sie Angst haben, daß wir nicht wiederkommen", antwortet die Mutter leise.

Nicht wiederkommen? Das versteht Katja nun wirklich nicht. Frau Holl hat gesagt, in den kapitalistischen Ländern passiere so viel Schlimmes, gäbe es so viele Arbeitslose, wäre alles so teuer, würden die Menschen so ausgebeutet und sogar ein neuer Krieg vorbereitet – warum sollen die Eltern dann nicht wiederkommen wollen? Sie haben ja ihre Wohnung und alle ihre Feunde hier. Und wer sind diese „sie"? Die Regierung?

„Ich hab ja gesagt, das verstehst du noch nicht." Der Vater legt Katja die Hand auf den Arm. „Das verstehen ja noch nicht mal alle Erwachsenen."

Katja zieht den Arm weg. Für wie dumm hält der Vater sie denn? Wenn sie auch noch nicht alles kapiert, was da zwischen Westen und Osten so läuft, daß, was in der Schule gesagt wird, nicht alles stimmt, hat sie schon mitbekommen. Als Markus Matzke plötzlich nicht mehr kam und in der Klasse herum war, daß seine Eltern mit ihm in den Westen ausgereist sind, hatte Frau Holl gesagt, Matzkes wären ein Einzelfall; sie hätten einfach nicht begriffen, auf welcher Seite der wahre Fortschritt läge. Am Abend im Westfernsehen aber hatten sie gezeigt, daß nicht nur Matzkes, sondern viele tausend DDR-Bürger in den Westen ausgereist sind. Und ein paar Tage später haben sie über die Leute in der Ständigen Vertretung der Bundesrepublik berichtet. – Daß Markus Matzkes Eltern nicht wissen, wo es besser ist, kann sie sich vorstellen, aber nicht, daß so viele Menschen nicht wissen, wo es für sie besser ist.

„Was machst du dir nur für Gedanken", sagt die Mutter. „Natürlich wäre es schön, überall hinreisen zu dürfen – aber was nicht geht, das geht nicht. Und im Westen können auch nicht alle reisen, wie sie gerade wollen; viele haben ja gar kein Geld dafür."

Und die Staus auf der Autobahn, die sie im Fernsehen immer zeigen? Katja glaubt den Eltern nicht mehr; sie merkt ganz deutlich, sie erzählen ihr etwas, woran sie selber zweifeln. Und warum? Damit sie in der Schule nichts Falsches sagt, weil sie sonst Ärger mit Frau Holl bekommen. Also haben sogar die Eltern Angst vor der Lehrerin?

„Das wichtigste im Leben ist nicht der Wohlstand oder ob man da und dort hinreisen kann", sagt der Vater nun, „das Wichtigste ist, daß Frieden bleibt."

Damit hat der Vater natürlich recht, aber das ändert nichts daran, daß die Eltern ihr nicht sagen, was sie wirklich denken. Mit wem soll sie denn reden, wenn nicht mit den Eltern? Und hat Gabi vorhin nicht recht gehabt, als sie sagte, sie finde es schlimm, zu lügen, nur um anderen einen Gefallen zu tun?

Der Vater hat Katja die ganze Zeit über aufmerksam angesehen. „Ich weiß nicht, wie du gerade jetzt darauf kommst, mit uns über all diese Sachen zu reden", sagt er leise. „Sicher hast du den ganzen Tag ferngeguckt und etwas gesehen, was du noch nicht verstehst. Und jetzt plapperst du das nach wie so eine Ente."

Der letzte Satz war scherzhaft gemeint, aber Katja trifft er doch. Daß der Vater so etwas sagen kann, zeigt, daß er sie nicht ernst nimmt. „Ich bin keine Ente!" sagt sie laut und steht auf. „Ich plappre nichts nach. Ich verstehe mehr, als ihr glaubt. Und ich sag, was ich denke." Und damit geht sie, ohne den Eltern Zeit für eine Erwiderung zu geben, aus der Tür.

Die Eltern kommen ihr nicht nach. Katja kann sich ungestört in ihrem Zimmer an den Schreibtisch setzen und heulen. Es ist ja gar nicht wahr, was sie da gesagt hat, sie lügt ja auch. Erst vorhin hat sie die Eltern ganz böse belogen. Aber trotzdem: Ihre Lüge war nur eine ganz kleine Schwindelei im Vergleich zur Lüge der Eltern. Ihre Lüge dauert höchstens ein paar Tage, die der Eltern nimmt kein Ende.

Es ist Zeit, den Eltern gute Nacht zu wünschen und ins Bett zu gehen. Katja, schon gewaschen und im Schlafanzug, macht sich auf den Weg durch den Flur und lauscht an der Wohnzimmertür.

Der Fernseher läuft, sonst ist alles still. Sie hat geglaubt, die Eltern würden vielleicht noch über sie reden und sie könnte einige Gesprächsfetzen auffangen, um zu erfahren, was die Eltern wirklich denken, aber das war ein Irrtum. Deshalb öffnet sie nun die Tür und betritt leise das Zimmer.

Der Vater dreht sich im Sessel herum und lächelt. „Na, ausgeschmollt?"

Die Eltern haben das Ostprogramm laufen, dabei gibt es im Westen einen Film, den sie sich ansehen wollten. Sie verzichten ihretwegen – und haben demzufolge doch über sie gesprochen und sich entschlossen, solange sie wach ist kein Westfernsehen mehr zu gucken. Aber nachher, wenn sie im Bett liegt, dann schalten sie vielleicht um...

„Gute Nacht." Der Vater küßt Katja und schaut sie aufmerksam an. Und dann bittet er: „Über unseren Streit darfst du in der Schule nicht sprechen, hörst du? Das wäre nicht gut – nicht für dich und nicht für uns." Und die Mutter zieht

Katja auf ihren Schoß und fragt sie erst mal nur, ob es ihr denn nun wirklich wieder bessergeht. Und als Katja das bejaht, sagt sie: „Über das andere reden wir mal in aller Ruhe. Wir wissen schon, was für uns alle das beste ist."

Katja nickt und geht. Aber im Bett kommen die Gedanken wieder. Weil die Eltern von Gabi nichts wissen, schieben sie alle Schuld aufs Westfernsehen und wollen, solange sie noch nicht im Bett ist, nur noch Osten gucken. Aber wenn sie das tun, wenn sie jetzt nur noch heimlich Westen gucken, dann lügen sie ja noch mehr...

Der Vater hat ihr vorgeworfen, sie plappere alles nach, was im Westfernsehen gesagt wird. Dabei stimmt das gar nicht, sie hat ja gar nichts behauptet, sie hat nur gefragt.

Ist Fragen schon zuviel? Aber wenn man nicht mal fragen darf, dann ist ja alles noch schlimmer, als sie dachte...

Sie hat sich verstellt, hat den Eltern was vorgespielt, das hat keinen Spaß gemacht. Sie wird das nicht wieder tun. Aber wenn sie auch gelogen hat, so ist sie doch keine Ente. Denn wenn es stimmt, was der Vater gesagt hat, nämlich, daß Enten alles nachplappern, dann sind die die Enten, die nur das nachquatschen, was sie in der Schule hören.

Der Vater kann alles von ihr sagen, aber eine Ente ist sie nicht.

Die Schule! Katja wird langsamer, denn nun wird ihr doch ein bißchen mulmig zumute. Zwar hat sie den Entschuldigungszettel der Eltern in der Mappe, es kann ihr also gar nichts passieren, aber das schlechte Gewissen bleibt doch. Und dann ist da ja auch noch die Sache mit dem Brigadier... Sie muß nun sagen, daß sie kein Brigadier mehr sein will. Aber *wie* soll sie das sagen?

Tina kommt angelaufen. Sie ist ganz abgehetzt, weil sie Katja schon von weitem gesehen hat und ihr nachgelaufen ist.

„Wo warste denn gestern?"

„Mir war nicht gut." Katja guckt Tina nicht an, als sie das sagt. Tina ist ihre beste Freundin, und nun muß sie auch sie belügen, wenn sie nicht will, daß alles herauskommt. Tina erzählt ja gern, und weiß es erst Moni, weiß es die ganze Klasse.

„Und? Geht's dir wieder besser?"

„Ein bißchen." Katja wechselt schnell das Thema, fragt, ob sie gestern viele Hausaufgaben aufbekommen und ob sie die lange angekündigte Mathearbeit geschrieben haben. Tina gibt brav Auskunft; sie käme nie auf die Idee, daß Katja ihr was vorschwindeln könnte. Deshalb ist Katja froh, als sie endlich in der Klasse sind und andere Mädchen sie begrüßen. Aber auch die anderen wollen wissen, wo sie gestern war, und Katja muß wieder schwindeln. Doch nun bekommt sie langsam Routine darin, übertreibt sogar ein bißchen, schmückt die Geschichte von ihrem Unwohlsein mit Einzelheiten aus.

Kurz nach dem Läuten betritt Frau Holl die Klasse. Timo, der Klassensprecher, macht seine Meldung, und Frau Holl geht wie immer erst mal nur durch die Klasse, bevor sie mit dem Unterricht beginnt. „Wieder gesund?" fragt sie, als sie an Katja vorbeikommt.

„Ja." Katja steht auf und reicht Frau Holl den Entschuldigungszettel der Eltern.

„Was hattest du denn?"

„Mir war schlecht."

„Die lügt", ruft da plötzlich Christoph von hinten. „René und ich haben sie gestern früh gesehen. Sie ist in die Straßenbahn gestiegen, und ihre Mappe hatte sie bei sich."

Katja fährt herum und starrt Christoph an. Der wird rot. „Du hast mich ja auch verpetzt", sagt er. „Und gleich zweimal."

Frau Holl liest den Entschuldigungszettel und weiß nicht gleich, was sie sagen soll. Dann fragt sie leise: „Stimmt das, was Christoph gesagt hat?"

Katja senkt den Kopf. Und dabei fällt ihr Blick auf Tina, die neben ihr sitzt und sie fassungslos anguckt. Und so wie Tina werden jetzt auch die anderen Mädchen gucken, denen sie vor wenigen Minuten eingeredet hat, daß ihr immer noch ein wenig schlecht sei.

„Dann hast du deinen Eltern also ein Märchen erzählt? Und mir auch? Uns allen?" Frau Holl hebt Katjas Kinn an, um ihr wieder in die Augen blicken zu können. „Was hast du dir denn dabei gedacht? Wieso schwänzt du neuerdings die Schule?"

„Ich will kein Brigadier mehr sein", sagt Katja und senkt wieder den Blick. „Ich... ich hab nur gelogen, weil..." Sie weiß nicht mehr weiter, aber dann bricht es plötzlich aus ihr heraus: „...weil alle lügen. Aber ich... ich lüge jetzt nicht mehr..., ich sag jetzt, was ich denke."

Frau Holl blickt Katja verständnislos an. „Aber das sollst du doch auch. Das sollt ihr alle."

Das ist schon wieder so eine Lüge. Doch Frau Holl weiß das vielleicht nicht einmal, und deshalb kann Katja ihr darauf auch nichts antworten.

Frau Holl überlegt einige Zeit, dann geht sie zum Lehrertisch, legt den Entschuldigungszettel ins Klassenbuch und sagt leise zu Katja: „Das beste ist wohl, ich besuch euch heute abend mal und rede mit deinen Eltern. Irgendwas stimmt nicht mit dir. Und das muß tiefere Gründe haben."

Katja setzt sich wieder und schlägt, weil sie niemanden anblicken möchte, ihr Heft auf. Die anderen aber schauen alle zu ihr hin – bis auf Tina, die ebenfalls in ihrem Heft blättert.

Die Straßenbahn kommt und kommt nicht. Die Leute an der Haltestelle werden schon ungeduldig. Katja aber ist es egal, wann die Bahn kommt. Sie hat Zeit, viel Zeit. Sie will noch mal zu Gabi rausfahren; so, wie sie es ihr ja schon ankündigte. Aber auch, wenn sie nicht zu Gabi fahren würde, hätte sie sich heute beim Essen nicht blicken lassen. Sechs Stunden lang hat sie Tinas vorwurfsvolles Gesicht und die Tuschelei der anderen ertragen müssen, sechs Stunden, die jeweils eine Ewigkeit dauerten. Und die Pausen zwischen den Stunden waren keine Erlösungen, die Pausen waren eher noch schlimmer.

Von der Schule hat sie für diesen Tag genug. Und wie es morgen werden wird, interessiert sie vorläufig noch nicht, denn dazwischen liegt ja der Abend – und Frau Holls Besuch zu Hause. Sie möchte jetzt erst mal nur zu Gabi raus, mit ihr reden. Gabi hat ja mit alldem nichts zu tun, ist aus einer anderen Welt, kann eine Art Schiedsrichter sein und ihr sagen, was sie falsch oder richtig gemacht hat.

Endlich kommt die Straßenbahn, ein Aufatmen geht durch die Menschen an der Haltestelle. Doch beim Einsteigen schimpfen sie. Der Fahrer aber läßt sich nicht aus der Ruhe bringen. „Ich kann schließlich nicht fliegen", sagt er, „ich muß durch den Verkehr hindurch."

„Als ob's bei uns soviel Verkehr gibt." Ein junger Mann in einer bemalten Lederjacke und mit einem Motorradhelm in der Hand grinst.

„Soviel wie drüben sicherlich nicht", gibt der Fahrer zu. „Dafür haben sie drüben aber auch keine Straßenbahnen mehr. Und das ärgert sie jetzt mehr, als sie zugeben wollen – wo die Luft bei denen immer schlechter wird."

„Bei uns wohl nicht?" Eine alte Frau mit zwei leeren Obstkörben auf dem Schoß, die gleich hinter dem Fahrer sitzt, lacht laut auf. „Bei uns steht's bloß nicht in der Zeitung. Das ist es!"

Immer nur hier, immer nur drüben! Katja hat sich wieder ans Fenster gestellt, guckt aber nicht raus, sondern beobachtet die Leute in der Bahn, die nun alle schmunzeln. Sie sind der gleichen Meinung wie die alte Frau mit den leeren Obstkörben, aber sie würden es nie zugeben – genau wie die Eltern.

„Stell'n Sie doch 'n Ausreiseantrag, wenn's Ihnen hier nicht mehr gefällt", sagt der Fahrer mürrisch. „Begründung: Die 83 kam zu spät."

Wieder wird gelacht. Diesmal aber sind die Lacher auf seiten des Fahrers, das gefällt ihm. Er macht ein fröhliches Gesicht und sagt: „Wenn die ollen Kutschen auch langsam sind, sie stinken nicht und sind gemütlich."

Es widerspricht keiner, nur der junge Mann in der Lederjacke zieht verächtlich die Nase hoch. „Gemütlich!" murmelt er. „Gemütlich und langweilig, wie bei Oma im Keller."

Da das außer Katja, die direkt neben dem jungen Mann steht, niemand gehört hat, gibt es keine Entgegnungen, und Katja schaut nun doch lieber wieder aus dem Fenster.

Die Straßenbahn zuckelt durch die Mahlsdorfer Straße und durch die Bahnhofstraße, dann biegt sie quietschend nach links in die Lindenstraße ein. Es geht über die Dammbrücke, durch die Köpenicker Altstadt, über die Kietzer Brücke und immer weiter. Katja erscheint die Fahrt heute länger als tags zuvor. Aber das liegt sicher an ihr; sie ist heute noch unruhiger als gestern und hat es noch eiliger, nach Wendenschloß rauszukommen.

Vor der offenen Gartentür steht ein alter, klappriger VW mit einer westdeutschen Autonummer. Katja geht um den grauen Käfer mit den vielen Rostflecken herum und guckt durch die Scheiben. Aber sie kann nichts entdecken, außer, daß die Sitze schon sehr durchgesessen und an manchen Stellen richtig löchrig sind.

Hat Gabi Besuch? Oder steht das Auto nur zufällig vor dem Garten? Vorsichtig geht Katja über den Mittelweg.

„Gabi?" ruft sie vor dem Häuschen.

„Ja?" Die Holztür zum Häuschen wird geöffnet, ein junger Mann schaut heraus und guckt genauso verdutzt wie Katja.

„Ich... ich will zu Gabi."

„Gabi!" Der junge Mann dreht sich um und ruft in das Häuschen hinein.

Einige Zeit vergeht, dann taucht Gabi in der Tür auf. Sie trägt dieselben weißen Hosen wie am Tag zuvor und auch denselben blauen Pullover.

„Ach, du bist's", sagt sie und muß über Katjas verlegenes Gesicht lachen. „Komm nur rein. Der Schorsch beißt nicht. Der hat gar keine Zähne."

Der junge Mann, den Gabi Schorsch nennt, lächelt nur.

Nur zögernd betritt Katja das Häuschen, in dem es nun sehr stark nach Zigarettenrauch riecht. Sie hatte sich schon ausgemalt, wie sie Gabi gleich alles erzählen würde, und nun ist ein fremder junger Mann bei Gabi zu Besuch; da kann sie nicht so einfach mit ihren Neuigkeiten herausplatzen.

„Setz dich!" Der junge Mann schiebt Katja einen Stuhl hin. Und als sie sitzt, sagt er: „Ich bin also der Schorsch. Und wie heißt du?"

„Katja."

Gabi setzt Teewasser auf, setzt sich dann dazu und erzählt Schorsch von Katja. Und als sie damit fertig ist, fragt sie Katja: „Na? Hast du dich getraut?"

Katja beschließt, diesen Schorsch, der sie nun so überaus neugierig anguckt, erst mal nicht zu sehen und Gabi vom Morgen in der Schule zu erzählen. Das Gespräch mit den Eltern aber erwähnt sie nicht.

„Toll!" sagt Gabi, als Katja ihren Bericht beendet hat. Und als Katja sie ungläubig anblickt, wiederholt sie: „Wirklich! Ganz schön mutig. Das hätte ich dir gestern gar nicht zugetraut."

„Na ja", sagt Schorsch. „Aber damit hat sie sich 'ne Menge Ärger aufgeladen. Das Ganze hat ja noch 'n Nachspiel."

„Und was hätte sie deiner Meinung nach tun sollen?"

„Weiß nicht." Schorsch zuckt die Achseln. „Schwer zu entscheiden."

„Typisch!" Gabi lacht, als hätte sie nichts anderes von ihm erwartet. „So nicht, aber anders auch nicht. Wischiwaschi und sich immer irgendwie durchmogeln – so kann man alt werden."

Katja gefällt dieser Schorsch, der so ruhig ist, aber sie merkt gleich, daß das, worüber die beiden streiten, nur wenig mit ihr zu tun hat. Es geht da um etwas, worüber die beiden schon oft gestritten haben müssen. „Bist du auch aus Stuttgart?" fragt sie, um das Schweigen der beiden zu unterbrechen.

„Nee!" Schorsch lacht. „Ich bin aus Leer. Das liegt in Ostfriesland. Bin also ein Ostfriese, einer von denen, über die immer so unheimlich geistreiche Witze gemacht werden. Ansonsten aber bin ich ganz normal." Und mit einem Blick auf Gabi fügt er hinzu: „Hoffe ich jedenfalls."

Gabi seufzt nur und lacht dann.

„Bist du zu Besuch hier?" fragt Katja weiter.

„Ich studier in Berlin."

„In Westberlin", verbessert Gabi.

„In Westberlin", bestätigt Schorsch.

Wieder schweigen die beiden, und Katja, die sich denken kann, daß sie sich, kurz bevor sie gekommen ist, schon gestritten haben, weiß nun auch nichts mehr zu sagen. Als dann das Teewasser kocht, ist es für alle drei wie eine Erlösung. Gabi steht auf und gießt heißes Wasser in die Kanne mit den Teeblättern, und Schorsch öffnet eine neue Packung Kekse, die er mitgebracht hat. Und während sie Tee trinken und Kekse essen, unterhalten sie sich wieder. Schorsch erzählt von einem neuen Film, den er in Westberlin gesehen und der ihn sehr beeindruckt hat, und Gabi von einem Telefonat mit ihrem Vater. Die Leute, die sich in die Ständige Vertretung geflüchtet haben, seien einfach nicht zu bewegen, das Gebäude zu verlassen. Dabei habe ihnen der DDR-Rechtsanwalt zugesichert, daß sie danach auf legalem Weg in den Westen ausreisen dürften.

„Sie trauen dem Frieden nicht", sagt Schorsch. „Das kann ich verstehen."

Gabi geht nicht darauf ein. Das Gespräch über die Flüchtlinge hat sie an Katjas Problem erinnert. „Und was werden deine Eltern dazu sagen?" fragt sie. „Ich meine, wenn heute abend deine Lehrerin kommt und sie alles erfahren?"

Katja erzählt nun doch von dem gestrigen Gespräch und dem Entschluß der Eltern, solange sie wach ist, kein Westfernsehen mehr zu gucken. Gabi ist sofort wieder auf ihrer Seite. „Du hast recht", sagt sie. „Man kann nicht immer lügen, nicht ewig heucheln – und wenn schon die Eltern vor ihren Kindern Versteck spielen müssen..." Sie schüttelt den Kopf. „Das endet doch dann alles in einer einzigen großen Heuchelei. Und die da oben reiben sich die Hände über so viele leicht zu bedienende menschliche Maschinen."

Schorsch ist nicht Gabis Meinung, und obwohl er ihr, wie Katja ganz deutlich sehen kann, nur sehr ungern widerspricht, tut er es doch. „Du hast gut reden", sagt er. „Sie müssen ja schließlich hier leben. Und wenn sie was verändern wollen, geht das nur ganz vorsichtig."

„Wenn wir Kleinen die Großen alles machen lassen, was sie wollen, machen sie mit uns, was sie wollen", entgegnet Gabi. „Und dann können wir uns später nicht beschweren, wenn sie wieder mal Mist gebaut haben."

„So?" sagt Schorsch, der nun langsam böse wird. „Und was war mit der Raketenstationierung? Die meisten Leute bei uns waren dagegen – und trotzdem stehen die Dinger jetzt da. Trotz aller Proteste."

„So?" äfft Gabi Schorsch nach. „Und was war mit der Volkszählung? Die haben wir doch abgeschmettert, oder?"

Katja versteht nicht so ganz, was die beiden da reden. Sie hat zwar von den amerikanischen Raketen gehört, die im Westen stationiert worden sind, das hatte ihnen Frau Holl ja lang und breit erklärt, aber daß die meisten Leute im Westen dagegen waren, hatte sie nicht gesagt. Und das von der Volkszählung im Westen, die dann doch nicht stattfand, weil so viele dagegen waren und ein Gericht sie schließlich untersagte, das weiß sie nur, weil der Vater, als er die Nachricht im Fernsehen hörte, traurig sagte: „So was könnten wir hier nie verhindern."

Schorsch ist nun richtig sauer. Er hat genauso eine kleine Zigarettenfabrik vor sich stehen wie Gabi und dreht sich erst mal eine Zigarette, bevor er erneut antwortet. Dann aber, als die Zigarette brennt und er ein paar heftige Züge genommen hat, verliert er die Lust an dem Streit. Er macht ein verzweifelt-komisches Gesicht und blinzelt Katja zu. „Und dafür bin ich extra rübergekommen. Dafür hab ich nun fünfundzwanzig Mark Eintritt bezahlt."*

„Wenn du möchtest, erstatte ich dir das Geld", sagt Gabi bissig.

---

* Besucher aus der Bundesrepublik und Westberlin müssen an der Grenze zur DDR pro Tag 25 DM in 25 Mark der DDR umtauschen.

Katja schaut durchs Fenster in den Garten hinaus. Es ist ihr peinlich, den Streit mitanhören zu müssen. Sie hat nun noch stärker das Gefühl, daß es den beiden gar nicht um sie und ihre Sorgen geht.

„Also – dann geh ich jetzt schwimmen." Schorsch holt seine Tasche und nimmt eine Badehose heraus.

„Wie bitte?" Gabi bemüht sich, Katja wieder ein bißchen aufzuheitern. Sie verkreuzt die Arme über der Brust und schüttelt sich. „Bei dem Wetter?"

„Mir ist heiß genug", erwidert Schorsch und geht zur Tür, dreht sich aber noch einmal um und fragt: „Kommt ihr mit?"

„Ja", sagt Gabi. „Aber nur, um zuzugucken, wie du erfrierst."

Sie fahren mit dem alten VW, der Schorsch gehört, zum Strandbad Wendenschloß und mieten sich einen Strandkorb. Und während sich Gabi und Katja in den Strandkorb setzen, geht Schorsch, erst mal vorsichtig mit dem großen Zeh die Wassertemperatur prüfend, ins Wasser. Aber es dauert nicht lange, und er schwimmt weit draußen.

Das Strandbad ist leer. An so einem kalten Tag haben nur wenige Lust, baden zu gehen.

„Na?" sagt Gabi zu Katja, als sie eine Zeitlang nur dem schwimmenden Schorsch nachgesehen und weder ein Wort noch einen Blick gewechselt haben. „Bist du nun enttäuscht?"

Katja will erst wie automatisch den Kopf schütteln, aber dann fällt ihr ein, daß das ja wieder so eine Lüge wäre, und deshalb sagt sie: „Ja."

„Das hab ich mir gedacht." Gabi nickt. „Aber – wie sollen

wir dir helfen? Wir gehören doch nicht dazu; es wäre blöd von uns, dir Ratschläge zu erteilen. Ich finde das, was du tust, richtig – von meiner Warte aus. Aber ob es aus eurer Sicht richtig ist?"

Katja hat nun keine Lust mehr, darüber zu sprechen. Gabi hat recht, mit ihren Sorgen muß sie selber fertig werden. „Ist der Schorsch dein Freund?" fragt sie, um das Thema zu wechseln.

Gabi lächelt. Sie hat Katja verstanden. Aber auf die Frage antwortet sie nur ausweichend. „Ich weiß nicht. Mal ist er's – und mal nicht. Er ist ziemlich nett, aber irgendwie zu weich. Mal sehen, wie alles läuft."

Zeittafel

1904

Seit über dreißig Jahren ist Berlin die Hauptstadt des Deutschen Kaiserreichs. In dieser Zeit entwickelte sich das Deutsche Reich zur industriellen Großmacht: Fabriken wurden errichtet, Mietskasernen für die Arbeiter gebaut, Hinterhofelend entstand. Der Lohn der Arbeiter ist gering, Kinder müssen mitarbeiten: im Haushalt, bei der Heimproduktion der Eltern oder als Milch-, Brötchen- und Zeitungsjungen. Schon früh am Morgen flitzen viele von ihnen durch die Häuser. Treppauf – treppab. In der Schule sind sie dann müde und kommen nicht mit. Ihre Berufsaussichten sind schlecht.

1917

Der 1. Weltkrieg ist im dritten Jahr. Es geht um „Einflußgebiete" – also um Rohstoff- und Absatzmärkte. Deutschland ist eines der Länder, das sich besonders zu kurz gekommen fühlte bei der Verteilung der Welt. 1914, als der Krieg begann, zogen die Männer begeistert in diesen – vom Kaiser und seinen Generälen und von den Politikern fast aller Parteien so bezeichneten – „Verteidigungskrieg", der nur ein paar Monate dauern sollte. Nun aber nimmt der Krieg kein Ende und fordert unter der nur äußerst unzureichend mit Lebensmitteln versorgten Bevölkerung in der Heimat nicht viel weniger Tote als an der Front. Im November 1918 kommt es zur Revolution, der Kaiser wird gestürzt, dem Krieg ein Ende bereitet.

1923

Deutschland ist nun seit fünf Jahren eine Republik. Doch die Folgen des 1. Weltkrieges machen sich immer noch bemerkbar; unter anderem in einer schweren Wirtschaftskrise, die zur Inflation führte – der ständigen Abnahme der Kaufkraft deutschen Geldes: Die Preise steigen stetig an, die Löhne und Gehälter hinken hinterher. Wer Geld auf der Bank hatte, bekommt für sein Gespartes nichts mehr. Wer Fabriken, Häuser, Schmuck oder Kunstgegenstände besitzt, ist ein wenig besser dran – er hat, wenn die Not ihn dazu zwingt, immer noch etwas zu verkaufen. Wer gar nichts hatte, ist nun fast dem Hungertod ausgesetzt. Die wichtigste Währung – damals wie heute – ist der amerikanische Dollar. 1923, als die Inflation in Deutschland ihren Höhepunkt erreicht hat, muß man 4,2 Billionen – 4 200 000 000 000 – Mark bezahlen, um einen einzigen Dollar zu bekommen.

1932

Ende der zwanziger Jahre hatte Deutschland wieder einen gewissen wirtschaftlichen Aufschwung zu verzeichnen, Anfang der dreißiger Jahre aber gerät das Land in den Sog einer Weltwirtschaftskrise, der die Politiker und Wirtschaftswissenschaftler in aller Welt hilflos gegenüberstehen. Die Folge ist ein unübersehbar großes Arbeitslosenheer. Allein in Deutschland zählt man sechs Millionen Menschen, die Arbeit suchen und keine finden. Dieses Elend wird von vielen Firmeninhabern ausgenutzt, denn aus Angst um den Arbeitsplatz wagen viele Arbeiter und Angestellte nicht, auch nur die selbstverständlichsten Forderungen zu stellen.

Die gegen die Not der Bevölkerung hilflosen Regierungen wechseln oftmals schon nach wenigen Wochen – ein Rezept gegen die weiter ansteigende Arbeitslosigkeit finden sie nicht. Da tritt immer mehr eine Partei in den Vordergrund, die behauptet, das Patentre-

zept für die Lösung aller Probleme in der Tasche zu haben – die
NSDAP (Nationalsozialistische Deutsche Arbeiterpartei). Ihr Führer heißt Adolf Hitler. Viele Menschen, die keinen anderen Ausweg
sehen, glauben dieser Partei und folgen ihrem Führer.

1941

Mit Hilfe der deutschen Industrie sind die nationalsozialistischen
Führer 1933 an die Macht gelangt. Durch ein „Arbeitsbeschaffungsprogramm", das Kriegszwecken dient, haben sie im Verlaufe verhältnismäßig kurzer Zeit die Arbeitslosigkeit beseitigt. Gleichzeitig
aber haben sie eine Diktatur errichtet, andere Parteien verboten und
Presse, Rundfunk und Gewerkschaften „gleichgeschaltet" – das
heißt, jede andere Meinung als die der Regierung genehmen verboten. Gegner der Nazi-Diktatur werden in Konzentrationslager gesperrt und viele von ihnen umgebracht. Aber die Nazis bekämpfen
nicht nur ihre Gegner, sondern auch die Angehörigen anderer Rassen oder Glaubensgemeinschaften, besonders die Juden. Schon in
seinem Buch „Mein Kampf" hatte Hitler gegen die „minderwertige
Rasse" der Juden gewettert und ihre Vernichtung angekündigt.
Nun, da seine Partei an der Macht ist, beginnen er und seine Gefolgsleute diesen Plan in die Tat umzusetzen. Seit dem 1. April 1933
wurden alle arischen* Deutschen dazu aufgefordert, nicht mehr bei
Juden zu kaufen; die Juden würden die Deutschen ausbeuten, hieß
es. Daß nur sehr wenige Juden Warenhäuser besaßen, viele aber Arbeiter und Angestellte, Wissenschaftler und Schriftsteller, kleine Ladenbesitzer und Künstler waren, sagten die Nazis nicht. Und wer es
besser wußte, hielt den Mund, um nicht ebenfalls Verfolgungen ausgesetzt zu werden.

---

* Arisch – Arier: Völker, die im Altertum arisch sprachen. Von den Nazis
 übernommene Bezeichnung für „Angehörige der nordischen Rasse", oft
 mit „Germanisch" gleichgesetzt.

Aber dieser Boykott war nur der Anfang. Im November 1938 benutzten die Nazis einen Vorwand, um zum ersten großen Schlag gegen die Juden auszuholen: In Paris hatte ein siebzehnjähriger Jude aus Zorn über die Abschiebung von 17000 in Deutschland lebenden polnischen Juden über die polnische Grenze einen deutschen Botschaftsangehörigen erschossen. Die „Vergeltungsmaßnahme" der Nazis: die berühmt-berüchtigte Reichskristallnacht, in der die Schaufensterscheiben 7500 jüdischer Geschäftsleute zerschlagen und die Läden demoliert wurden. Außerdem wurden 190 Synagogen (jüdische Gotteshäuser) in Brand gesetzt und 25000 Juden verhaftet, mißhandelt, umgebracht.

Nach dieser Nacht verließen viele Juden Deutschland, flüchteten in die Nachbarländer und sogar übers Meer – und mußten erleben, daß man sie in den meisten Ländern nicht haben wollte. Einige von ihnen wurden sogar wieder nach Nazi-Deutschland zurückgeschickt, wo sie und die vielen daheim gebliebenen Juden nun noch grausamere Verfolgungen als zuvor erwarten. Denn seit der im September 1939 von den Nazis angezettelte 2. Weltkrieg über Europa tobt, betrachten die Nazis die Juden als „inneren" Feind und erlassen immer strengere Gesetze gegen sie – wie z. B. am 1. September 1941 die Verordnung, die die Juden anweist, einen gelben Stern zu tragen, und einen Monat später das Gesetz, das den Juden nun auch noch das Verlassen Deutschlands verbietet. Und dann, im Januar 1942, beschließen führende Vertreter des Hitler-Regimes in einer Villa am Großen Wannsee in Berlin die „Endlösung der Judenfrage": die Ermordung der im durch den Krieg vergrößerten Machtbereich der Nazis lebenden elf Millionen Juden. Von nun an werden in immer stärkerem Maße Deportationen vorgenommen, werden jüdische Männer, Frauen und Kinder aus ihren Wohnungen geholt und in die zu Todeslagern umgebauten Konzentrationslager geschafft. Zwar gelingt es den Nazis nicht, alle elf Millionen Juden umzubringen, aber sechs Millionen jüdische Menschen – Männer, Frauen und Kinder – müssen unter ihrer Herrschaft ihr Leben lassen.

1948

Am 8. Mai 1945 ging der 2. Weltkrieg zu Ende. Die Kriegsverbrecher, die ihn entfacht hatten, wurden in Nürnberg zu hohen Freiheitsstrafen oder zum Tode verurteilt – sofern sie sich nicht vorher durch Selbstmord der Verantwortung entzogen hatten. Deutschland verlor seine Ostgebiete, der verbliebene Rest wurde in vier Besatzungszonen aufgeteilt und jeweils von einer der vier Siegermächte (USA, Sowjetunion, Frankreich und England) verwaltet. Und so wie das vom Krieg zerstörte Land geteilt wurde, so wurde auch die zu zwei Dritteln zerbombte ehemalige Reichshauptstadt Berlin, die auf dem Gebiet der sowjetisch besetzten Zone liegt, in vier Sektoren eingeteilt.

1948 haben sich die ehemaligen Siegermächte längst zerstritten, ihre Ziele und Absichten in Europa sind zu unterschiedlich, um weitere Gemeinsamkeiten zuzulassen. Die Westmächte, unter Führung der Amerikaner, wollen den Einfluß der kommunistisch regierten Sowjetunion in Europa eindämmen und die Sowjetunion wiederum den der antikommunistisch eingestellten USA-Regierung. Alle Verhandlungen über ein gemeinsames Vorgehen in Deutschland scheitern. Aus den vier Besatzungszonen werden immer deutlicher *zwei* Teile: auf der einen Seite die drei Westzonen, auf der anderen Seite die sowjetisch verwaltete Ostzone.

Bis Mitte 1948 aber gab es in dem geteilten Land noch eine einheitliche Währung, die Deutsche Reichsmark. Um den Schwarzmarkthandel zu ersticken und endlich wieder eine stabile Währung zu schaffen, wurde im Juni 1948 eine Währungsreform durchgeführt. Da sich die drei westlichen Besatzungsmächte mit der Sowjetunion über ein gemeinsames Vorgehen nicht einigen konnten, fand diese Währungsreform vorerst nur in den drei Westzonen und in den drei Westsektoren Berlins statt. Als Antwort darauf führte drei Tage später auch die Sowjetunion in ihrer Zone und in Ostberlin eine Währungsreform durch. Es existieren nun also zwei deutsche Währungen: die Deutsche Mark (West) und die Mark der Deutschen Notenbank (Ost). Nachdem sich die ersten starken Schwankungen gelegt haben, handeln die westlichen Banken die sogenannte Ostmark im Kurs von etwa 1 : 4 – das bedeutet, für eine Westmark bekommt man etwas mehr als vier Ostmark.

Die Sowjetunion will die Ausdehnung der westlichen Währungsreform auf Westberlin – was ja eine wirtschaftliche (und damit auch politische) Anbindung Westberlins an Westdeutschland bedeutet – mit allen Mitteln verhindern, deshalb läßt sie vom 24. Juni 1948 bis 12. Mai 1949 alle Land-, Wasser- und Schienenwege von und nach Westberlin sperren – und zwar für den Personen- wie auch den Güterverkehr. Westberlin soll ausgehungert und die Westmächte durch Druck zum Lösen der bestehenden Bindungen bewegt werden. Doch die Westmächte lassen sich durch diese Blockadepolitik nicht erpressen, sie richten die sogenannte Luftbrücke ein und versorgen die Bevölkerung Westberlins durch die Luft. Die Berliner nennen die Flugzeuge, die ununterbrochen Lebensmittel und Heizmaterial in die Stadt hineinfliegen, „Rosinenbomber" – und halten dem Druck stand. Nach fast einem Jahr erfolgloser Blockade muß die Sowjetunion einlenken.

Doch in diesem Jahr ständiger Spannung kommt eine neue Kriegsangst auf, die die ganzen fünfziger und sechziger Jahre hindurch anhalten wird – die Angst vor einem Krieg zwischen den beiden Supermächten USA und UdSSR, der unzweifelhaft auch auf europäischem Territorium geführt und zu einem 3. Weltkrieg werden würde. Immer wieder neue Krisenherde in Europa und anderen Teilen der Welt (Korea, Kuba, Naher Osten, Vietnam) lassen diese Angst nicht abklingen. Erst in den siebziger Jahren dieses Jahrhunderts, als von allen Seiten eine mehr oder weniger erfolgreiche Entspannungspolitik betrieben wird, läßt die Angst vor einem 3. Weltkrieg etwas nach.

1953

Aus den vier Besatzungszonen Deutschlands sind zwei Staaten geworden: Im September 1949 wurde innerhalb der drei westlichen Besatzungszonen die Bundesrepublik Deutschland, im Oktober 1949 auf dem Territorium der sowjetisch besetzten Zone die Deutsche Demokratische Republik gegründet. Berlin bleibt Vier-Sektoren-Stadt, doch der Ostsektor fühlt sich der DDR zugehörig und wird von der DDR – entgegen der Rechtsauffassung der drei Westmächte – als Hauptstadt bezeichnet. Die drei Westsektoren fühlen sich der Bundesrepublik verbunden. Die Grenzen zwischen den beiden Stadthälften aber sind offen: Westberliner fahren nach Ostberlin, und besonders viele Ostberliner fahren in das wirtschaftlich attraktivere Westberlin hinüber. Viele davon nutzen die Situation der geteilten Stadt aus, um in Westberlin zu arbeiten, einen Teil ihres Lohnes in Westgeld ausgezahlt zu bekommen und in Ostberlin zu leben, wo Mieten, Gas, Strom und Grundnahrungsmittel wesentlich billiger sind.

Die offene Grenze führt aber auch dazu, daß viele DDR-Bürger ihre Heimat ganz verlassen – teils aus politischen Gründen, teils weil das westliche Wirtschaftswunder sie lockt. Die Westmächte unterstützen diese Fluchtbewegung, indem sie Westberlin immer mehr zum Schaufenster des „freien Westens" ausbauen. Dieser Verlust an Arbeitskräften und die in der DDR bevorzugte Planwirtschaft – mit dem Schwerpunkt Schwerindustrie – aber führt immer häufiger zu Engpässen in der Versorgung der Bevölkerung mit Lebensmitteln und Konsumgütern, was die Situation noch verschlimmert und noch mehr Menschen dazu bewegt, ihre Heimat zu verlassen. Im ersten Halbjahr 1953 kommt es dann zu einer besonders ernsten Versorgungskrise. Die DDR-Regierung reagiert darauf, indem sie die Arbeitsnormen erhöht, um so die Arbeitsproduktivität zu steigern. Die Ostberliner Bauarbeiter sind mit diesen Normenerhöhungen nicht einverstanden. In den Mittagsstunden des 16. Juni 1953 streiken sie dagegen und setzen damit ein Zeichen für die gesamte DDR. Am 17.

Juni schließen sich ihnen die Belegschaften weiterer Betriebe überall in der DDR an. Die Arbeiter besetzen ihre Betriebe, stürmen die Gefängnisse, um politische Häftlinge zu befreien, und verlangen im Überschwang der Begeisterung nicht nur die Zurücknahme der Normenerhöhungen – wozu die DDR-Regierung noch am selben Tag bereit war –, sondern auch freie Wahlen, die der DDR-Bevölkerung bisher (und auch späterhin) versagt blieben. Die DDR-Regierung bekommt diese gegen sie gerichtete Bewegung nicht in den Griff, erst die Ausrufung des Kriegsrechts und der Einsatz sowjetischer Panzer beenden die Aktionen der streikenden Arbeiter.

267 Arbeiter, 116 Volkspolizisten und Funktionäre sowie 18 sowjetische Soldaten sollen während dieses Aufstandes getötet, 1017 Arbeiter verletzt, 1500 Menschen zu hohen Zuchthausstrafen verurteilt und bis zu 100 Personen standrechtlich erschossen worden sein. Bestätigt worden sind die Zahlen von der DDR-Regierung allerdings nie.

In den darauffolgenden Jahren behauptete die DDR-Staatsführung stets, der Aufstand vom 17. Juni 1953 wäre durch Westberliner Provokateure angezettelt worden. Das ist eine Schutzbehauptung, weil nach Auffassung der DDR-Regierung nicht sein kann, was nicht sein darf – nämlich daß in einem Arbeiter- und Bauernstaat Arbeiter streiken müssen, um ihre Rechte durchzusetzen. Andererseits aber ist es eine Tatsache, daß viele Westberliner in den Ostteil der Stadt hinüberfuhren, um die Streikenden zu unterstützen. Die meisten dieser Westberliner jedoch waren Jugendliche, die kaum aus politischen Motiven, sondern mehr aus Spaß am Krawall an den Aktionen der Streikenden teilnahmen.

Daß man in Westberlin einen anderen Ausgang dieses Aufstandes erhofft hatte, wurde besonders in den Sendungen des auch in der DDR viel gehörten Westberliner Rundfunksenders RIAS deutlich. Dieser unter amerikanischer Kontrolle stehende Sender tat vor, während und auch nach dem Tag des Streikausbruchs alles, um der berechtigten Empörung der Arbeiter der DDR immer wieder neue Nahrung zuzuführen.

1961

Die Situation zwischen den ehemals verbündeten Siegermächten hatte sich in den fünfziger Jahren immer mehr verhärtet. Immer wieder kam es zu Konflikten zwischen den beiden Supermächten USA und Sowjetunion, und oftmals stand die Stadt Berlin dabei im Mittelpunkt.

Für die Sowjetunion ist Westberlin nach wie vor Pfahl im Fleisch der DDR, für die Westmächte eine „Insel der Freiheit" im kommunistisch regierten Osten. Die offene Grenze zwischen den beiden Stadthälften aber wird für die DDR immer mehr zu einem lebenswichtigen Problem, denn die Fluchtbewegung aus dem Osten Deutschlands in den Westen nimmt nicht ab, sondern zu. Immer mehr DDR-Bürger werden durch den höheren Lebensstandard in Westberlin und der Bundesrepublik, aber auch durch die dort größeren bürgerlichen Freiheiten in den Westen gelockt. Im Frühsommer 1961 sind es täglich ein- bis zweitausend Menschen, die der DDR den Rücken kehren. Das bedeutet für die DDR einen lebensbedrohlichen Arbeitskräftemangel; wichtige Liefertermine für Exportaufträge können nicht eingehalten, die Ernten nicht rechtzeitig eingebracht werden. Die Versorgung der Bevölkerung der DDR, auch mit den einfachsten Konsumgütern und Lebensmitteln, ist schlecht. Die DDR-Regierung sieht sich gezwungen, immer stärkeren Druck auf die DDR-Bevölkerung auszuüben, um sie zum Verbleiben in der DDR und ständig höheren Produktionsleistungen bei veralteter Technologie zu veranlassen. Als Ergebnis dieser Politik verlassen noch mehr DDR-Bürger ihre Heimat; die Flüchtlingslager in Westberlin und der Bundesrepublik sind überfüllt, die westlichen Zeitungen veröffentlichen Statistiken und Jubelmeldungen.

Die Sowjetunion versucht mit allen Mitteln, zu einer Berlin-Regelung zu kommen, die dieses Ausbluten verhindert. Schon 1958 stellte sie den Westmächten ein „Berlin-Ultimatum", in dem sie forderte, aus Westberlin eine „entmilitarisierte freie Stadt" zu machen. Das bedeutete, die Westmächte sollten ihre Truppen aus Westberlin abziehen, dieser Teil der Stadt sollte einen neutralen Charakter bekommen. Falls die Westmächte diesen Vorschlag ablehnten, verlangte die DDR die Kontrolle aller Zugangswege nach Westberlin. Das wiederum hätte bedeutet, daß auch die offene Grenze in Berlin von der DDR geschlossen werden könnte. Die Westmächte lehnten dieses Ultimatum ab. Sie fürchteten, ein schutzloses Westberlin werde von der Sowjetunion über kurz oder lang in den östlichen Herrschaftsbereich eingegliedert. Das Berlin-Ultimatum lief ab, nach außen hin geschah nichts, aber die Krise um Berlin wurde immer bedrohlicher.

Im Sommer 1961 drängt die DDR-Regierung – durch verschiedene politische und militärische Gedankenspiele westlicher Politiker über eine eventuelle Wiedervereinigung noch zusätzlich verunsichert – die Sowjetunion, ihr zu gestatten, die offene Grenze dichtzumachen. Die Sowjetunion, an einer stabilen DDR-Wirtschaft interessiert, gibt schließlich ihr Einverständnis, und so kommt es am 13. August 1961 zur Schließung der Grenzen zwischen den beiden Stadthälften, der dann später der Bau der Berliner Mauer folgt. Menschliche Tragödien, die Zerreißung ganzer Familien, verzweifelte Fluchtversuche, die zu Verhaftungen oder zum Tode führen, sind die Folge.

1969

Der wirtschaftliche Aufschwung, den die Bundesrepublik und Westberlin in den fünfziger Jahren und Anfang der sechziger Jahre genommen haben und der sich noch immer gemäßigt fortsetzt, führt zu einem beträchtlichen Arbeitskräftemangel. Anwerbungen von Arbeitskräften aus Ländern mit hoher Arbeitslosigkeit oder Niedriglöhnen wie Italien, Spanien, Jugoslawien, Griechenland, Türkei und auch den arabischen Staaten sollen dem abhelfen. Immer mehr Menschen aus diesen Ländern kommen in die Bundesrepublik.

Den Ausländern gefällt es nicht unbedingt in Deutschland. Zu fremdartig, zu abweisend erscheinen ihnen diese Deutschen, die sie geholt haben, um von ihnen die Schmutz- und Dienstleistungsarbeiten erledigen zu lassen, sie aber nicht als vollwertige Menschen behandeln. Doch die Möglichkeit, in Deutschland sich und die Familie ernähren zu können, läßt sie über all die Schwierigkeiten hinwegsehen.

Aus einem der ärmsten Länder, der Türkei, kommen besonders viele Menschen – und viele von ihnen lassen sich in Westberlin nieder. Für die Stadt ist das ein Glück, denn nach dem Bau der Mauer hat Westberlin nicht nur die ca. 60 000 Ostberliner Grenzgänger verloren, die Tag für Tag nach Westberlin zur Arbeit gefahren waren, auch viele Westberliner haben die Stadt verlassen. Die unsichere politische Situation der Inselstadt hat sie vertrieben. Nicht lange, und Westberlin ist nach Istanbul und Ankara die Stadt mit den meisten türkischen Einwohnern. Ein Satz kommt auf: „Wir riefen Arbeitskräfte – und es kamen Menschen." Denn die türkischen Menschen, die nun in der Stadt leben, haben nicht nur ihre Familien, sondern auch ihre Sitten und Gebräuche mitgebracht, die manchem Berliner so unverständlich bleiben wie vielen Türken die deutschen Eigenheiten. Zwei völlig unterschiedliche Mentalitäten und Lebensweisen müssen lernen, miteinander auszukommen.

1974

Der stetige Aufschwung der Wirtschaft der Bundesrepublik und Westberlins bringt auch eine rege Bautätigkeit mit sich, denn Wohnungen sind nach wie vor Mangelware. Erst sind es nur Neubaublocks, dann sind es ganze Neubauviertel, Trabantenstädte, die überall in der Bundesrepublik und Westberlin, aber auch in der DDR, entstehen.

Zur gleichen Zeit wird ein rapider Anstieg der Selbstmordrate unter Kindern und Jugendlichen beobachtet. 80 bis 90 Selbstmorde von Kindern und Jugendlichen unter 14 Jahren in der Bundesrepublik und Westberlin werden Jahr für Jahr bekannt; 1000 Fälle unter den Fünfzehn- bis Dreißigjährigen. Dazu entfallen auf beide Gruppen insgesamt 13 000 Selbstmordversuche pro Jahr.

Als Grund für diese Verzweiflungstaten benennen die Sozialwissenschaftler den erhöhten Leistungsdruck, dem Kinder und Jugendliche in einer immer kälter werdenden, materialistisch bestimmten Umwelt ausgesetzt sind. Besonders hoch ist die Selbstmordrate in den neu entstandenen Trabantenstädten.

1981

Immer mehr Hauseigentümer lassen Altbauwohnungen leerstehen, weil sie auf steigende Bodenpreise spekulieren. Wertvolle Altbausubstanz verrottet und geht verloren – auch in einer Stadt wie Westberlin, in der es zu wenig preiswerte Wohnungen gibt, wovon besonders junge Leute betroffen sind. Einige dieser jungen Leute ziehen in die leerstehenden Altbauwohnungen, „besetzen sie instand", andere folgen ihrem Beispiel, immer mehr Häuser werden besetzt und in Ordnung gebracht.

Die Hausbesitzer klagen gegen die Hausbesetzer, die Polizei führt Räumungsaktionen durch. Schriftsteller, Wissenschaftler und Theologen sympathisieren mit den Hausbesetzern, übernehmen Patenschaften. Vielen Teilen der Bevölkerung wird jetzt klar, welches Unrecht die Hausbesitzer begehen, indem sie im Interesse ihrer persönlichen Bereicherung wertvolles Wohngut dem Zerfall anheimgeben – dennoch werden weitere Räumungen durchgeführt. Eine dieser Polizeiaktionen führt dann zum Tode eines gegen diese Räumungen protestierenden Demonstranten, was zur Folge hat, daß die Auseinandersetzungen zwischen Polizei und Besetzer immer gewalttätiger werden. Das letzte besetzte Haus wird im Jahr 1984 geräumt. Schließlich kommt es zu Verhandlungen, in einigen Fällen werden Verträge zwischen Eigentümern und Besetzern geschlossen.

1984

Beide deutsche Staaten blicken auf eine fünfunddreißigjährige Geschichte zurück. Ihre Beziehungen zueinander haben sich in den siebziger Jahren zwar verbessert, aber eine wirklich tiefgehende Entspannung und Verständigung haben sie in dieser Zeit nicht erreicht. Auf fast jede Entspannungsphase folgen neue Spannungen, Enttäuschungen bestimmen das Bild in beiden Ländern. In der Bundesrepublik ist es die erweiterte Ost-West-Aufrüstung, die viele Menschen resignieren läßt, in der DDR kommt dazu noch die erneute Hoffnungslosigkeit, jemals eine größere Freizügigkeit in bezug auf Meinungsfreiheit und Reisen in westliche Länder zu erreichen. Viele Schriftsteller, Schauspieler und andere bekannte Künstler haben das Land bereits verlassen, 40 000 Ausreisewillige, denen die DDR-Regierung plötzlich und ohne Angabe von Gründen die Tore öffnet, um sie danach wieder zu schließen, folgen. DDR-Bürger, die keine Ausreisegenehmigung erhalten haben, flüchten in die Botschaften der Bundesrepublik in Prag und Budapest oder auch in die Ständige Vertretung der Bundesrepublik in Ostberlin, um ihre Ausreise zu erzwingen. Dadurch werden die Beziehungen der beiden deutschen Staaten, die in einer neuen Phase des kalten Krieges vernünftig handeln und ihre Beziehungen – wenn auch nur in sehr kleinen Schritten – weiter verbessern wollen, schwer belastet.

Der Illustrator
Horst Wolniak ist in Hamburg geboren und dort aufgewachsen. Er ist verheiratet und hat vier Söhne. Nach der Schulzeit machte er eine Lehre als Farbenlithograph. Er studierte im Kupferstichkabinett die Graphiken und Handzeichnungen von Künstlern der Romantik bis zur Gegenwart, zeichnete fortwährend nach der Natur und besuchte regelmäßig die Abendschule zur Fortbildung im figürlichen Zeichnen. Die jährlichen Urlaubsreisen mit der ganzen Familie führen regelmäßig in die Schweiz, wo die Skizzenbücher gefüllt werden.

Horst Wolniak hat bisher 30 Bücher illustriert: Jugend- und Abenteuerliteratur sowie Lyrik, Sagen und historische Stoffe. Im Zweifelsfalle wird eine Illustration dem kritischen Nachwuchs zur Beurteilung vorgelegt.